D1874228

Campbell McLean · Das Lied des Fremden

Vorausexemplar für Buchhandel und Presse

192 Seiten/DM 22,–
Auslieferung: August 1985
Wir bitten, Rezensionen nicht vor dem 15. August 1985 zu veröffentlichen.

Allan Campbell McLean

Das Lied des Fremden

Eine Geschichte
aus dem schottischen Hochmoor

Aus dem Englischen von Karl Hepfer

C. Bertelsmann

Originaltitel: The Year of the Stranger
Originalverlag: William Collins Sons & Co. Ltd., London
Lektorat: Ursula Heckel

Für Douglas Young

© Allan Campbell McLean 1971
Alle deutschen Rechte bei C. Bertelsmann Verlag GmbH
München 1985 / 5 4 3 2 1
Gesamtherstellung Mohndruck Graphische Betriebe GmbH, Gütersloh
ISBN 3-570-03596-4 · Printed in Germany

Ich bin Calum Og, der Sohn von Domhnull Ban, der im Jahre 1865 mit einem Walfänger aus Nantucket unterging. Ein paar Dinge über meinen Vater und über die Umstände, in denen wir in den alten Tagen lebten, müßt ihr wissen, wenn ihr meine Geschichte verstehen wollt.

Mein Vater stammte aus dem Bezirk Glenuig auf unserer Insel Skye. Ich vermute, daß er seine Tage in Glenuig beschlossen hätte wie sein Vater und sein Großvater, wie unzählige Generationen vor ihm, wenn man ihn bei seinem Vieh und seinen Äckern gelassen hätte; aber es sollte nicht sein. Just an dem Tag, an dem in Amerika Abraham Lincoln den Sklaven die Freiheit wiedergab, erschienen bei meinem Vater Männer, die im Namen des Gesetzes das Dach seines Hauses zerstörten, und da sich mein Vater widersetzte, mußte er fliehen. Er rettete sich in die Berge, doch auf seinem Kopf stand ein Preis.

Als er weg war, gingen auch die anderen Dorfbewohner ohne Widerstand. Sie wurden aus dem breiten Tal vertrieben und mußten sich unten an der Küste um die Bucht herum niederlassen, wo der Boden mager war; eine schlechte Ernte bedeutete nun, daß man die nächsten zwölf Monate am Hungertuch nagte. Dreißig Familien wurden auf diese Weise ihrer Weidegründe auf dem Berg beraubt. Die Leute des Sheriffs rissen das Stroh von den Dächern ihrer früheren Häuser, stießen die Balken herunter und traten das Feuer in ihren Kaminen aus; und obgleich die Frauen weinten, machten die Männer keinen Versuch, sich zur Wehr zu setzen, so sehr waren sie eingeschüchtert von den wichtig aussehenden Papieren mit dem Siegel des Sheriffs, die sie in einer ihnen völlig unverständlichen Sprache aufforderten, dem Gesetz zu gehorchen.

Sie führten von nun an ein erbärmliches Dasein und hatten eigentlich nie genug zu essen, denn auch die Heringschwärme, die vorher regelmäßig das Wasser der Bucht gefüllt hatten, blieben aus und wurden seitdem nie wieder gesehen. Das Weideland auf dem Berg und ganz Glenuig aber war an einen Mann aus dem Süden, einen Bruder des Faktors, verpachtet worden. Jetzt grasten Schafe zwischen den verlassenen Häusern der Leute.

Oft habe ich von den großen Tagen, in denen Glenuig und der ganze Berg noch uns gehörten, erzählen hören; wie zum Sommerbeginn die Herden zusammengetrieben wurden und das Tal verließen und hinaufzogen in die Höhe zu den Hütten auf der Sommer-

weide; wie die Berge den ganzen Sommer über widerhallten von fröhlichem Gelächter. Ich hörte von Tagen, die mit übermütigen Spielen und Kraftproben vergingen, und von Nächten, in denen man im Mondschein um ein Feuer saß und Geschichten erzählte und sang.

Ich bin nie bei den Hütten auf der Sommerweide gewesen, genauso wie ich meinen Vater nie gekannt habe – und doch ist die Erinnerung an beide in mir sehr lebendig.

Was sich später zutrug, habe ich hier aufgeschrieben – bis zu der finsteren Oktobernacht des Jahres 1877 – es war Sonntag, der 13., ich erinnere mich noch ganz genau –, in der ich in Uamh an Oir war und die ganze Herrlichkeit der Goldenen Höhle erblickte.

Ein Schlag, kalt und feucht, traf mich auf den Bauch und riß mich aus tiefem Schlaf. Es war ein Erwachen, das für mich zum Beginn eines Alptraumes wurde. Natürlich schlug ich die Augen auf und blinzelte in die gleißende Junisonne, aber ich war noch so schlaftrunken und benommen, daß ich unfähig war, mich zu regen.

Dann sah ich die riesigen Nagelschuhe, einen links und einen rechts von mir, mit der dreifachen Naht, die in regelmäßigen Linien über die Kappen verlief; ich sah die groben Baumwollsocken, die sich über die kräftigen Waden spannten, die säuberlich geflickte Stelle in dem schweren Tweed der Knickerbockerhose, die wohl von einer Drahtangel herrührte; und endlich ging mein Blick hinauf zu dem stiernackigen Hals, der eingezwängt war in einen steifen Sonntagskragen wie in einen Eisenreifen. Noch bevor ich sein zornrotes Mondgesicht drohend über mir erblickte, wußte ich, daß es Fearghus Mor war, der mich erwischt hatte.

In meiner Blödheit blieb ich liegen, ohne mich zu rühren, und dachte, daß es mich auch hätte schlimmer treffen können; wenn mich zum Beispiel Mr. Ferguson, der Oberaufseher, erwischt hätte. Mr. Ferguson war ein verschlossener Mann aus dem Süden, dessen schwerer Zunge das Gälische fremd war. Nicht, daß er des Gälischen je bedurft hätte: Die übrigen Aufseher – und Fearghus Mor war einer von ihnen – kuschten und spurten, wenn er bloß mit dem Finger schnalzte. Vielleicht stand dahinter auch die erbarmungslose Tyrannei des Faktors, vor dem sogar Mr. Ferguson in demütigem Gehorsam zu Kreuze kroch wie ein Hund, der nur darauf wartet, seinem Herrn zu willfahren.

Wieder traf mich ein Schlag – und diesmal mitten ins Gesicht – mit der tropfnassen Erlengerte, die Fearghus Mor fest in seiner riesigen Pranke hielt. Der Schmerz brachte mich in Bewegung. Ich kroch unter der Brücke seiner Beine hervor und streifte mir im Aufstehen die nassen Blätter aus dem Gesicht, das wie Feuer brannte. Meine Kleider lagen auf der moosigen Böschung. Ich langte nach meiner Hose und versuchte, mich verschämt abwendend, in blinder Hast hineinzusteigen. Und noch einmal ließ er die Rute niedersausen, und zwar auf meinen Rücken und mit solcher Wucht, daß sie ihm aus der Hand schnellte und über die Böschung in den Fluß fiel und davontrieb. Ich schnappte mein Hemd und hielt es mir schützend vor die Brust; ich hatte Angst, mich vollends anzuziehen, weil ich fürchtete, er würde mich mit den Fäusten bearbeiten, sobald ich den Kopf in das Hemd gesteckt hätte.

Alles war still um uns herum, bis auf das Murmeln des trägen Flusses und das Summen der Bienen, die emsig von Blüte zu Blüte flogen; in der Höhe erklang das zarte Lied einer Lerche – und vor mir stand Fearghus Mor und schnaubte wie ein Stier. Man hätte meinen können, ein Blasebalg fülle ihm die Lungen mit Luft. Der Mann sah aus, als würde er auf der Stelle platzen, und ich wußte natürlich ganz genau, warum er so geladen war. Liebend gern hätte er jetzt losgebrüllt und getobt; es war aber Sonntag, und auf Skye ist der Sonntag der Tag der Stille und des geflüsterten Wortes, und das ganze Dorf dämmert lautlos vor sich hin. Diese Art von Ruhe ist dazu angetan, den Zorn eines jeden Mannes zu zügeln, auch wenn er noch so aufgebracht und wild ist. Nicht einmal jemand wie Fearghus Mor wagte es, am heiligen Sonntag herumzubrüllen.

Ich weiß nicht mehr, wie lange wir so dastanden und uns mit ineinander verschränkten Blicken anstarrten; es muß ziemlich lange gewesen sein, denn als Fearghus Mor sich schließlich soweit in der Gewalt hatte, daß er sprechen konnte, war ich hellwach.

Er fuhr sich mit der Hand über den Mund und wischte sich die Schweißperlen von der Oberlippe. Schließlich sagte er mit mühsam beherrschter Stimme durch die Zähne: »Was tust du hier, Junge? Sag mir das. Was tust du hier?«

»Nichts«, sagte ich.

Wenn ich mich nicht flink geduckt hätte, wäre ich gewiß im nächsten Augenblick bewußtlos zu Boden gegangen von dem Schlag, den er mir über den Schädel verpassen wollte.

»Ich hab mich bloß in die Sonne gelegt«, sagte ich

schnell. »Zum Trocknen. Ich muß dabei eingeschlafen sein.«

»Was? Zum Trocknen?« sagte er. Sein breiter Rücken wölbte sich, als er die Faust hob und auf mich zu kam.

»Ich hab mich nur im Weiher abgekühlt. Es war so furchtbar heiß, und da hab ich Lust gehabt zum Baden.«

Fearghus Mor schaute über den Fluß zum Weiher hinüber. Hinter einem schwarzen Felsblock, der die grüne Uferböschung durchbrach, verbarg sich die Öffnung einer engen Schlucht. Er schüttelte den Kopf wie ein bis aufs Blut gepeinigter Bulle, der versucht, eine lästige Fliege abzuschütteln. »Baden wolltest du?« sagte er. »Im Weiher? Bist du noch zu retten, Junge? Der Weiher ist für die Leute von der Lodge da. Die wollen da unten angeln und in Ruhe picknicken und ungestört sein, das ist schon seit Jahr und Tag so. Fluß und Weiher dienen ausschließlich dem Privatvergnügen der Herrschaften. Es kostet sie schließlich auch ein Heidengeld, mit den Haufen Bäumen und Ziersträuchern, die sie hier gepflanzt haben, und den vielen Leuten, die ihren Lohn wollen; wo doch jeder weiß, wie schlecht die Zeiten sind. Meine Güte, wenn der Faktor erfährt, daß du hier gebadet hast, dann garantiere ich für gar nichts. Mancher ist schon für viel weniger von Haus und Hof gejagt worden. Stell dir vor, dein Onkel würde seinen Croft verlieren und deine Mutter mit ihm, und euch bliebe nichts als das Armenhaus? Wie würde dir das schmecken? Nein, nein, Junge, das war nicht schlau, was du da gemacht hast.«

»Wie soll denn der Faktor etwas erfahren?« sagte ich hitzig. »Du brauchst es ihm ja nicht unter die Nase zu reiben.«

Ich hätte natürlich wissen müssen, daß Fearghus Mor nicht zu den Leuten gehörte, die eine solche unbesonnene Bemerkung übergingen, aber die Worte waren mir herausgerutscht, und jetzt war nichts mehr zu machen. Er begann erneut, vor Wut zu kochen. Bevor ich das Weite suchen konnte, stürzte er sich auf mich, erwischte mich am Oberarm und drückte so fest zu, daß er mir fast die Muskeln zerquetschte und ich mich vor Schmerz in seinem Griff wand. Er schüttelte mich und riß mich in seiner unmäßigen Wut in die Höhe, als sei ich nichts weiter als ein halbvoller Sack mit Spreu. »Du hast ein ganz schön vorlautes Mundwerk, Junge«, knurrte er, »genau wie dein Vater, und es sollte mich nicht wundern, wenn es mit dir ein ebenso schlimmes Ende nähme. Du meinst wohl, ich sollte so tun, als hätte ich nichts gesehen? Dabei wimmelt es hier von Leuten, die nur darauf warten, mich beim Faktor anzuschwärzen und sich selber lieb Kind zu machen.« Sein Blick wanderte die kahlen Felswände der engen Schlucht hinauf und schwenkte dann stromabwärts bis zu der Stelle, wo der Fluß einen Knick machte und sich durch das Grün einer Anpflanzung davonschlängelte, als wolle er auf seinem Weg nicht von unbefugten Augen beobachtet werden. »Ich bin nicht so blöd, Junge. Ich nicht. Gute Arbeit gibt's heutzutage nicht so leicht, und ich hab keine Lust, diese hier zu verlieren.«

»Es wäre schlimm, wenn mein Onkel meinetwegen in Schwierigkeiten geriete«, sagte ich. Diese Lüge schmerzte mich mehr als sein Hieb ins Gesicht. »Und wo er doch Kirchenältester ist«, setzte ich hinzu und wartete, bis sich die Worte in ihm gesetzt hatten.

Fearghus Mor sagte nichts, aber in seinem Kopf hatte es zu arbeiten begonnen. Sein ganzer Körper war angespannt, und ich merkte, wie sich der Griff um meinen Arm lokkerte. Das Denken fiel Fearghus Mor nicht leicht, und er war jetzt gerade mächtig dabei. Ich wußte genau, was in diesem Kopf vor sich ging. Jeder am Ort wußte, daß er unheimlich scharf darauf war, Mitglied im Kirchenrat zu werden, aber dazu mußte man erst einmal Kirchenältester sein, und die Kirchenältesten waren natürlich darauf bedacht, ihre Mitgliederzahl so gering wie möglich zu halten, um die Macht und die Ehre, die ihnen aus ihrem Amt erwuchsen, besser auskosten zu können. Fearghus Mor dachte jetzt sicher, daß er sich meinen Onkel durch eine Gefälligkeit verpflichten würde, und wie hätte sich mein Onkel besser revanchieren können, als ihm zu einem Sitz im Ältestenrat der Gemeinde zu verhelfen.

Er blinzelte drei-, viermal hintereinander wie jemand,

der allmählich wach wird nach einem schweren, tiefen Schlaf, und seine kleinen, farblosen Augen sahen mich voller Schläue an. »Vielleicht hab ich ja tatsächlich nichts gesehen«, sagte er schließlich und entblößte dabei seine gelben Zahnstümpfe zu einem Lächeln, das ihm eher zu einer Grimasse geriet. »Aber ich werd dir sagen, was du verdient hast, und genau das sollst du auch bekommen: Du hast eine solide Tracht Prügel verdient, Junge, und die werd ich dir höchstpersönlich verabreichen. Und wenn ich damit fertig bin, wirst du wohl für einige Zeit das Zeichen von Fearghus Mor mit dir herumtragen.«

Er ließ meinen Arm los und knöpfte sich seine dicke Tweedjacke auf. Seine Augen forderten mich auf, davonzurennen, aber so dumm war ich nicht. Fearghus Mor war trotz seiner Größe flink und schnell, und wenn ich mich auf eine Jagd einließ, dann war ich derjenige, der dafür teuer bezahlen mußte.

Er war bereits mit einem Arm aus der Jacke geschlüpft, als plötzlich eine Stimme von der Anpflanzung her rief: »Nicholson! Mann, wo sind Sie?«

Ich weiß nicht, wer von uns beiden mehr erschrak. Als ich Mr. Fergusons Stimme hörte, dachte ich, jetzt bin ich erledigt. Ich erwartete jeden Augenblick, daß der Oberaufseher aus dem Schatten des Gehölzes auftauchen und mich mit seinen kalten Augen bannen würde wie die Schlange das Kaninchen.

Aber so groß der Schrecken auch war, Fearghus Mor erfaßte die Situation sofort und reagierte blitzschnell, das muß ich ihm lassen. Er zog sich die Jacke wieder über die Schultern, zischte in meine Richtung »versteck dich«, und rannte auch schon den Abhang hinunter, als sei der Teufel hinter ihm her. Ich hörte ihn rufen: »Warten Sie, Mr. Ferguson, hier bin ich.«

Er verschwand zwischen den Bäumen, wo der Fluß eine Biegung macht. Ich blieb allein zurück, das Hemd noch immer in blödsinniger Weise an die nackte Brust gedrückt, und wußte, daß es für mich hier oben, wo weit und breit weder Baum noch Busch stand, kein Entrinnen gab. Ich hätte genausogut vor aller Augen an einen Pfahl gefesselt sein können. »Versteck dich«, hatte Fearghus Mor gesagt. Aber wo?

Der Pfad endete am Eingang zu der Schlucht, und die Wand des Felsblocks, der davor lag, erhob sich senkrecht aus dem Wasser. Auf der rechten Seite war offenes Gelände, das leicht anstieg zu dem dahinter sich erhebenden Berg und spärlich mit Ginster bewachsen war, allerdings nicht einmal hoch genug, um ein Kaninchen mit seinen Jungen zu verdecken. Die Anpflanzung war meine einzige Hoffnung, aber wenn ich zu dem Wäldchen hinunterrannte, lief ich Gefahr, Mr. Ferguson und Fearghus Mor direkt in die Arme zu laufen. Ich zog mein Hemd an, und zwar weniger, weil ich glaubte, daß sich dadurch etwas an meiner Lage ändern könnte, als vielmehr, um den Bann zu brechen, der mich gelähmt hatte, als sei ich am Boden festgewachsen. Mit oder ohne Hemd, sicher war, daß es um mich geschehen war, wenn mich der Oberaufseher erwischte.

Ich hörte Fearghus Mors Stimme in der Nähe. Mich packte die nackte Angst und brachte mich auch noch um das bißchen Hoffnung, das ich gehegt hatte: »Mit dem Regen von heute nacht und dem hohen Wasserstand sind ein Haufen Fische reingekommen. Im unteren Becken hab ich drei prächtige Burschen gesehen.«

Es folgte tiefe Stille; nicht der kleinste Laut war zu hören – nicht einmal das Knacken eines Zweiges unter dem schweren Tritt Fearghus Mors. Dann drang seine Stimme wieder an mein Ohr, laut und dröhnend gegen das stetige Rauschen des Flusses. »Das wird ein prima Fang werden, Sir, darauf können Sie sich verlassen. Am Dienstag kann's losgehen, der Vetter vom Laird hätte sich's gar nicht besser wünschen können.« Die Stimme klang noch näher, oder redete er vielleicht absichtlich lauter, um mir zu verstehen zu geben, daß sie auf mich zukamen? Wie ein in die Enge getriebenes Tier, das unfähig ist, ruhig zu verharren, andererseits aber jeden Fluchtweg versperrt findet, taumelte ich auf die Schlucht zu, blieb am Rand des Wassers stehen und verwünschte mich im gleichen Augenblick für meine

Dummheit; dann rannte ich in der entgegengesetzten Richtung auf ein Büschel Grün zu, hinter dem ich Schutz zu finden hoffte, merkte aber erst, als es schon zu spät war, daß die Erhebung im Boden nicht hoch genug war, um mich zu verbergen; ich machte kehrt und blieb dann stehen. Es wurde mir klar, daß ich in der Falle saß. Ich starrte auf die Stelle, wo der Pfad, der Biegung des Flusses folgend, in die Anpflanzung mündete – die Stelle, wo die beiden gleich auftauchen und mich sehen mußten.

Eine heisere Stimme flüsterte: *»Thigibh an so«*, und wiederholte noch einmal, wie ein Echo: »Hierher.«

Ich dachte, ich hätte Wahnvorstellungen, denn die Stimme schien aus dem Boden zu kommen. Ich schaute gehetzt um mich, aber natürlich war niemand außer mir da, obwohl ich Herzklopfen für zwei hatte. Um mich war es tatsächlich nicht gut bestellt: Jetzt hörte ich schon Stimmen von unten, aus der Erde, und schwitzte, daß mir das Hemd am Körper klebte. Ich war, um ehrlich zu sein, fast wahnsinnig vor Angst, und dabei stand mir das Schlimmste, die Begegnung mit dem Oberaufseher oder gar mit dem Faktor, noch bevor.

Ich versuchte meiner Angst Herr zu werden. Ich sagte mir, daß es dem Sohn eines Vaters, der dem Sheriff und seinen Männern getrotzt hatte und der nicht einen Augenblick lang den Mut hatte sinken lassen, schlecht zu Gesichte stand, wenn er vor Feigheit und Angst fast starb. Und dieser Gedanke war es, der mir wieder Mut gab.

In diesem Moment schloß sich etwas um meinen Knöchel und hielt mich fest.

Mein kaum wiedergefundenes Selbstvertrauen war im Nu verflogen. Ich schwöre, so wahr ich lebe, daß mir in diesem Augenblick das Herz stehenblieb. Es war Angst und nichts als Angst, die mir den Schrei in der Kehle erstickte. Wenn ich nicht so furchtbar erschrocken wäre, hätte man diesen Schrei überall auf den Ascrib Inseln, ja sogar im fernen Vaternish Point gehört.

»Komm schnell«, sagte die heisere Stimme, »sonst erwischen uns die Aufseher noch.«

Ich zwang mich, nach unten zu blicken. Ein hageres, dunkles Gesicht – das Gesicht eines Kesselflickers, ich wußte es sofort, als mein Blick auf ihn fiel – mit einem grauen Stoppelbart von mehreren Tagen schaute aus einem Erdloch zu mir hoch. Nur Kopf, Schultern und rechter Arm ragten aus der Öffnung. Seine schmale braune Hand hielt mein Fußgelenk mit einem stählernen Griff umschlossen. Ich hatte die blödsinnige Vorstellung, ich müßte diese schmale braune Hand bis ans Ende meiner Tage als Fessel um mein Fußgelenk mit mir herumtragen. Aber schon ließ er mich los und kletterte aus dem Loch.

Er war klein von Wuchs, kaum ein paar Zentimeter größer als ich; ich hatte jedoch keine Zeit, ihn recht anzusehen, denn er packte mich und schob mich vor sich her in das Erdloch, was das einzig richtige war, denn meine Beine waren inzwischen wie Gummi, und ich hätte ohne Hilfe keinen Schritt mehr tun können.

Er ließ sich neben mir herunterfallen und deutete auf einen mit Steinplatten ausgelegten Gang, der kaum höher war als ein Korbhocker und vielleicht gerade so breit wie ein Heringsfaß in der Mitte. »Rein mit dir«, sagte er.

Ich ließ mich auf die Knie fallen, aber ehe ich in den Gang hineinkroch, sah ich, wie er einen riesigen Stein zur Seite schwenkte und vor den Eingang schob. Der Stein war fast so groß wie er selber, aber er bewegte ihn mit einer Hand, und er gab, als der Kesselflicker ihn berührte, genauso leicht nach wie der Deckel der Mehltruhe, die bei uns in der Küche steht.

Ich war vielleicht ein oder zwei Meter weit in dem stockfinsteren Gang vorwärts gekrochen, als meine linke Hand von einem runden Gegenstand abrutschte, der lärmend auf den Steinen schepperte. Ich hielt so plötzlich inne, als habe mir jemand ein Messer an die Kehle gesetzt, während sich das Geräusch dumpf dröhnend durch den Gang ausbreitete.

»Geh weiter«, sagte der Kesselflicker seelenruhig, »das ist bloß meine Stange, die einen solchen Lärm macht.«

Ich kroch weiter, indem ich mich vorsichtig mit einer

Hand an der Stange vorwärts tastete. Ich zählte achtzehn Schritte, bevor ich daran vorbei war. Mann, war das eine Stange! Aber ich hatte viel zuviel Angst vor den möglichen Gefahren, die in der Dunkelheit auf mich lauerten, als daß ich Lust verspürt hätte, darüber zu spekulieren, was er wohl mit einer Stange von solcher Länge, die er dazu noch unter der Erde versteckt hielt, anfangen mochte. Natürlich, wenn ich meine fünf Sinne beisammen gehabt hätte, wäre ich sofort darauf gekommen. Und ich war froh, daß mir die Frage nicht entschlüpft war, sonst hätte er mich für ziemlich schwer von Begriff gehalten.

Mit einem Krampf in den Beinen und wundgescheuerten Knien machte ich in dem engen unterirdischen Gang noch einmal Halt. Plötzlich packte mich ein wahnsinniges Verlangen, umzukehren und ins Freie zu gelangen, frische Luft zu atmen und die Sonne zu spüren. In dem Augenblick wäre es mir gleich gewesen, wenn mich der Faktor oben am Fluß höchstpersönlich in Empfang genommen hätte.

Der Kesselflicker knurrte ungehalten und bedeutete mir weiterzugehen, worauf ich mich wieder in Bewegung setzte, denn ich wollte nicht, daß er glaubte, ich hätte Angst vor der Dunkelheit. Als ich schließlich einen dünnen Lichtschimmer vor mir sah, hatte ich nur noch den einen Gedanken: mich gerade aufzurichten und meine verkrampften Gliedmaßen zu recken.

Der Gang weitete sich zu einem kleinen Raum, in dessen Mitte die rußige Flamme eines *cruisgean* brannte, der ein dürftiges Licht verbreitete. Die Flamme flackerte aufgeregt und tanzte wie wild, als ich mich steif aufrichtete und langsam meinen schmerzenden Rücken straffte. Obgleich ich nicht groß bin, stieß ich mit dem Kopf gegen die Decke. Vor lauter Verblüffung merkte ich den Stoß gar nicht richtig. Der Raum hatte die Form eines, wie mir schien, recht gemütlichen Bienenkorbs, dessen Boden und Wände mit großen Steinplatten ausgelegt waren. Sogar die Decke war aus Stein: Sie bestand aus länglichen Platten, die auf dikken Querstreben ruhten. Was mich am meisten in Erstaunen setzte, war die Tatsache, daß diese Querstreben ihrerseits ebenfalls aus Stein gehauen waren. Ich war so fasziniert, daß ich die Augen nicht davon abwenden konnte.

Die Hälfte des Bodens war mit einer hohen Schicht getrockneter Heide bedeckt. Der Kesselflicker setzte sich auf das weiche Bett und lud mich mit einer Handbewegung ein, es ihm gleichzutun. Ich ließ mich also nieder und streckte mich bequem auf dem würzig duftenden Heidekraut aus. Dann fiel mein Blick auf die Speerspitze. Sie lag auf dem Boden und funkelte matt im Schein der Lampe: Eine Spitze mit zwei Zacken, deren Widerhaken die Lachse daran hinderten, sich wieder freizuzappeln, nachdem sie bereits aufgespießt waren. Wahrscheinlich war am Ende der Stange, die im Gang lag, eine ähnliche Spitze angebracht. Ich fragte mich, wie viele Lachse der Kesselflicker wohl schon mit seinem Speer aus dem Fluß geholt hatte. Wenn Fearghus Mor wüßte, was sich hier unten verbarg!

Ich sah dem Kesselflicker zu, wie er eine dicke schwarze Rolle Tabak aus der Tasche seiner zerlumpten Jacke holte und mit flinken, sicheren Bewegungen seines scharfen Messers säuberlich ein paar Ringe davon abschnitt. Er zerrieb den Tabak zwischen den Händen, stopfte ihn dann in eine kurze Tonpfeife und zündete diese an der Flamme der Lampe an. Er zog an der Pfeife mit der Gier eines Mannes, der nach Tagen des Hungerns zum erstenmal wieder etwas zu essen vor sich hat. Wie er da in dem trüben Licht der rußigen Funzel auf seinem Lager aus Heidekraut hockte und die Beine vor sich verschränkt hielt, sah er aus wie eine dunkle, aus Stein gemeißelte Statue. Er rauchte und schien mich völlig vergessen zu haben.

Ich fuhr zusammen, als er plötzlich sagte: »Wie heißt du denn, Junge?«

»Ich bin Calum Og«, sagte ich, »der Sohn von Domhnull Ban. Mein Großvater war Calum Ban.«

»Und ich bin Mata«, sagte er, »der Sohn von Peadair.« Er nahm die Pfeife aus dem Mund und spuckte aus. »Du hättest mir gar nicht zu sagen brauchen, wie du heißt, ich weiß nämlich auch so, daß du Domhnull Bans Sohn bist. Du bist ihm wie aus dem Gesicht geschnitten, so wahr ich hier sitze.«

»Meine Mutter würde das bestreiten«, antwortete ich und hoffte, daß mich meine Stimme nicht verriet, denn sicher gab es auf dem ganzen Erdboden keinen Sohn, der seine Mutter so haßte wie ich. »Sie behauptet, ich schlage ihrem Vater nach.«

»Ach, das braucht dich doch nicht zu kratzen«, erwiderte er. »Ich sehe Domhnull Ban in dir, und der wird hier in der Gegend nicht so bald vergessen sein. Über den gibt es ja sogar Lieder. Der Barde von Maligar hat ein ganz großartiges Lied auf ihn gemacht.«

»Das Lied vom Polizeihauptmann?«

Er nickte. »Ja, genau das. Es handelt davon, wie er den Polizeihauptmann fertiggemacht hat.« Er saß eine Weile schweigend und unbewegt da wie eine Statue, dann seufzte er und sagte: »Ich glaub kaum, daß ich so was noch einmal erleben werde.«

»Du warst dabei?«

»Ich war dabei.«

»Du warst wirklich dabei, als der Polizeihauptmann mit seinen Leuten kam?«

»Ja, ich war dabei. Es war in dem furchtbaren Winter. Der Fluß war zugefroren. *Dhia,* es war so kalt, daß sogar die See zuzufrieren begann. Es war –«

»Der erste Januar 1863«, sagte ich aufschneiderisch dazwischen. Ich wollte ihm zeigen, daß ich nichts vergessen hatte, daß ich das Datum, ohne auch nur eine Sekunde zu zögern, hersagen konnte, was im übrigen gar nicht so verwunderlich war, wenn man bedenkt, wie oft ich das Ganze von Seumas, dem Schuster, gehört hatte, während er bei der Arbeit saß und immer wieder die alte Geschichte erzählte. Aber Seumas hatte damals am anderen Ende des Tals gewohnt und daher nicht mit eigenen Augen gesehen, was geschehen war.

»Mann, Calum Og, hast du ein Gedächtnis«, sagte Mata mit sanfter Ironie, »und dabei warst du damals noch nicht einmal auf der Welt.« Sein Gesicht war völlig ernst, ohne den leisesten Anflug eines Lächelns, aber ich wußte, daß er sich über mich lustig machte. »Das einzige Kind, das zu der Zeit auf Domhnull Bans Croft herumlief, war ein spilleriges, schwarzhaariges Ding, nicht blond wie du – ein Mädchen, wenn ich mich recht entsinne.«

»Meine Schwester Marsali«, sagte ich und war überrascht, daß es mir gar nichts ausmachte, verspottet zu werden, und dazu noch von einem Kesselflicker. »Ich bin erst im Juni darauf zur Welt gekommen.«

»Es war in dem Winter, wo es so fürchterlich kalt war«, fuhr er fort, als habe ich nichts gesagt. »Wir waren droben im Hochmoor bei Reieval und hatten nichts zu essen. Nur leere Töpfe in den Zelten und nichts im Bauch. Es reichte nicht einmal für eine Tasse Tee. Ich ging runter zu Domhnull Ban und wollte ihn um was zu essen und ein bißchen Tee – und vielleicht eine Prise Tabak – bitten.« Er nahm die Pfeife aus dem Mund und sah mich aus seinen dunklen Augen an; vielleicht habe ich mir das im flackernden Schein der *cruisgean* nur eingebildet, aber ich hätte geschworen, daß das Lächeln, das über sein Gesicht huschte, eine gewisse Verlegenheit überspielen sollte.

»Mit Tabak, Calum Og, da bin ich wirklich furchtbar. Ich kann unheimlich lange ohne einen Bissen auskommen, aber ohne Tabak halt ich es nicht aus. Domhnull Ban war immer gut zu mir. Ich ging nie mit leeren Händen von seiner Tür. An dem Tag bekam ich getrockneten Lengfisch, Scones, ein Päckchen Tee und Tabak für eine Pfeife – und auch noch ein bißchen für unterwegs. Domhnull Ban begleitete mich hinunter bis zum grünen Hügel, du weißt schon, zum Cnoc an t-Sithein am Fluß. Und da sahen wir sie; wie ein kleines Heer marschierten sie auf das Tal zu: der Sheriff an der Spitze, flankiert von zwei Leuten, und dahinter folgten sechs ungeschlachte Riesen von Polizisten. Es war bereits das zweitemal, daß sie bei ihm auftauchten. Sie waren kurz vorher, noch im alten Jahr, dagewesen, um Domhnull von seinem Croft zu verjagen, aber Domhnull hatte sie mit einem alten Gewehr, das er unterm Strohdach versteckt hielt, vertrieben.

Es ist schon komisch, wie die Brüder einen von seinem Croft vertreiben. Da mußt du richtig gelehrt sein, sonst verstehst du überhaupt nichts. Sie kommen mit einem Haufen Papier. Und sobald der Sheriff seinen Fetzen an die

Haustür genagelt hat, bist du dran und kannst gar nichts mehr machen. Dann heißt es mit Sack und Pack verschwinden. Selbst wenn deine Frau guter Hoffnung ist oder deine alte Mutter krank im Bett liegt und der Wind dir vom Norden Schnee in die Haustür bläst. Sie müssen alle raus, wenn der Sheriff mit den entsprechenden Papieren kommt. Da steht nämlich alles drin. So ist das Gesetz.

Nun, der Sheriff hielt Domhnull Ban seine Papiere unter die Nase und sagte, diesmal bist du dran, mein Freund, und zwar heißt's für dich ins Kittchen, du kannst dir ja denken, warum. Domhnull Ban sagte darauf kein Wort. Er nahm dem Sheriff wortlos die Papiere aus der Hand und zerriß sie in Fetzen. Zwei Polizisten wollten auf ihn losgehen, aber er hat sie mit einem Schlag k.o. gehauen. Und bevor die anderen recht begriffen, was da vor sich ging, hatte er den Sheriff am Hals und an den Beinen gepackt und ihn in die Luft gestemmt.« Mata streckte dabei die Arme in die Höhe und demonstrierte, die Handflächen nach oben, mit gekrümmten Fingern, wie mein Vater es gemacht hatte. »Er hat den Sheriff hoch über den Kopf gehoben – und Domhnull Ban war alles andere als klein – und dann direkt in den Fluß geschleudert, wo er beim Aufprall die Eisdecke durchschlug. Das war eine ziemlich kalte Dusche, die der Sheriff da bekommen hat, das kannst du mir glauben.

Dhia, Junge, da war die Hölle los. Du machst dir keine Vorstellung. Ein ohrenbetäubender Lärm, ein Gefluche und Geschrei, wie ich's noch nie gehört hab. Die zwei Männer des Sheriffs sind zum Wasser gestürzt, um ihren Vorgesetzten zu retten. Drei Polizisten warfen sich auf Domhnull Ban, ein vierter versuchte, ihn zu fesseln. Ich schrie, der Sheriff, der Sheriff, er ertrinkt, und so hab ich Domhnull Ban zur Flucht verholfen. Er hat sich aus ihrem Griff befreit und ist dann wie ein aufgescheuchtes Kaninchen in Richtung Berge davongeflitzt; ich nicht faul, bin hinter ihm drein gerast, und dann hab ich die Polizisten gehört, die hinter uns herkeuchten, so gut sie konnten.

Ich muß zugeben, die Brüder haben sich nicht schlecht gehalten, aber in den Bergen waren sie uns nicht gewachsen. Wir haben sie noch vor dem Bealach Uige abgehängt.

In der Nacht haben wir in einer Höhle oberhalb vom Loch Carcasgil geschlafen und sind fast umgekommen vor Kälte. Vom Beinn Edra blies uns ein Wind durch die Knochen, der selbst die Toten hätte erschauern lassen.«

Inzwischen war seine Pfeife ausgegangen. Er zündete sie wieder an und zog eine Weile schweigend daran. Schließlich sagte er: »Es ist lange her, Junge, aber ich erinnere mich daran, als sei es erst gestern gewesen.«

»Der Sheriff«, sagte ich, »ist ihm was passiert?«

»Dem doch nicht. Er war noch immer wild nach Arbeit, als sie ihn aus dem Wasser gezogen hatten.«

»Er hat meine Mutter aus dem Haus rausgeschmissen?«

»Ja, sie und das Kind, und zwar noch am gleichen Tag. Vor Sonnenuntergang hatte sie kein Dach mehr überm Kopf. Und ehe der Sommer zu Ende war, waren alle anderen – so um die dreißig Familien – ebenfalls aus Glenuig vertrieben.«

»Warst du lange mit meinem Vater zusammen in den Bergen?« fragte ich ihn.

»Den ganzen Winter über. Er wär ja am liebsten gleich wieder ins Dorf zurückgegangen, aber wir hatten erfahren, daß das Haus zerstört war und der Himmel durchs offene Dach schien, und daß seine Frau mit dem Kind bei ihrem Bruder Unterschlupf gefunden hatte. Außerdem wimmelte es überall von Polizisten, und schließlich war auf seinen Kopf ein Preis ausgesetzt.«

»Hat er das Tal noch einmal wiedergesehen, bevor er ging?«

»Ein einziges Mal«, erwiderte er. »Und zwar in der Nacht vor unserer Flucht aus Skye. Ein Fischerboot hat uns von Staffin nach Gairloch hinübergebracht. Wir schlichen uns in der Nacht hinunter zum Croft deines Onkels, der dieses Schielauge hat, das ihm nicht gehorcht. Er war nicht gerade entzückt. Mich hat gewundert, daß er Domhnull Ban überhaupt über seine Schwelle gelassen hat. Aber natürlich hätte eine Menge Mumm dazu gehört, ihn daran zu hindern.«

»Hat dir mein Vater irgend etwas erzählt?«

»Worüber?«

»Daß er fortgehen wollte.«

»Nach Gairloch? Wir hatten gar keine andere Wahl, Junge. Entweder Gairloch oder das Gefängnis! Die Polizei war Tag und Nacht auf der Lauer. Wir mußten von Skye verschwinden.«

»Nein, ich meine nach Amerika.«

»Nach Amerika? Ja, von Amerika hat er schon was gesagt. In Gairloch hat ihm ein Mann aus Culnacnoc, den er von früher kannte, versprochen, er würde ihn an Bord eines Dreimasters schmuggeln, der ihn im Nu nach Glasgow brächte. Am Abend vor der Abfahrt des Schiffes erzählte mir Domhnull Ban, er wolle sein Glück in Amerika versuchen, und sobald er genug Geld habe, würde er seine Familie holen. Er meinte, mit Glenuig sei es vorbei, den Leuten bliebe sowieso nichts anderes übrig, als unten am Wasser zu hausen und von Napfschnecken zu leben, wenn sie sich nicht wehrten und für ihr Land kämpften. Er sagte, in Amerika gäbe es Land in Fülle und keine Lairds, die es einem wegnähmen. Und wenn er sich für ein, zwei Jahre beim Walfang verdingte, würde er genug Geld haben, um sich ein Stück Land und was man sonst noch brauchte zu kaufen. Das war der Grund, warum er sich zum Croft deines Onkels hinabwagte, bevor wir Skye verließen, obgleich es überall nur so von Polizei wimmelte. Er sagte, seine Frau sollte wissen, daß er nach Amerika gehen wollte und sie nachholen würde, sobald er konnte.«

»War das alles, was er gesagt hat?«

»Ja, das war alles – bis auf etwas, was nur für mich bestimmt war.«

Es stand mir natürlich nicht zu, neugierig in ihn zu dringen und weiterzubohren, aber ich konnte meine Zunge nicht im Zaume halten. »Und was war das?« fragte ich und spürte im selben Augenblick, wie mir das Blut ins Gesicht schoß vor Scham über meine Taktlosigkeit.

Der Kesselflicker nahm die Pfeife aus dem Mund und umschloß sie mit den Händen. Wenn er peinlich berührt war, dann verbarg er es jedenfalls gut. »*Ich bin kein Prophet, Mata, aber wir werden uns wiedersehen, und wenn ich übers Meer fahren muß, um dich zu finden* – das waren Domhnull Bans Worte.« Er öffnete die Hände und sah seine Pfeife an. Sie war ausgegangen. Er steckte sie in die Tasche. »Es sollte nicht sein. Wir werden uns nie mehr wiedersehen, Domhnull Ban und ich, jedenfalls nicht in dieser Welt.«

Er erhob sich schnell und flink, obgleich sein Bart schon ziemlich grau war. »Inzwischen sind die Aufseher wohl weg«, sagte er. »Sonntags halten sie sich nie lange am Fluß auf. Am besten verschwindest du jetzt auch, Junge.«

Ich packte ihn am Arm, als er sich bückte, um in den niedrigen Gang zu kriechen. »Mata«, sagte ich, »wer hat dies hier gemacht?«

»Wer weiß?« antwortete er. »Ein dunkles Volk, Wesen von kleinem Wuchs und schwarzem Haar wie ich und meinesgleichen – das jedenfalls erzählen die Alten des Stammes. Sie sagen, in alten Zeiten gehörte dieses ganze Land dem kleinen dunklen Volk; sie konnten frei durch Täler und Berge streifen und sich an den Flüssen und Lochs ergötzen. Aber sie verstanden nichts vom Krieg, die kleinen dunklen Leute, und eines Tages kamen hochgewachsene blondhaarige Männer, wahrhaftige Riesen, aus dem Norden übers Meer und führten Krieg gegen sie. Das kleine dunkle Volk machte sich diese Höhlen als Verstecke, so sagen jedenfalls die Ältesten unseres Stammes. Wer weiß?« Seine magere braune Hand strich über einen Stein, fuhr den Bogen entlang, wo sich das Dach der Kammer wölbte. Dann sagte er: »Ich weiß nur soviel: Ich bin noch keinem, der von einem Weib geboren wurde, begegnet, der Stein auf solche Weise hätte formen können.«

Er sprach kein Wort, während wir durch den langen unterirdischen Gang zurückkrochen, und war noch immer stumm, als er mir am Ende auf die Füße half und wir zusammen in der Dunkelheit unter der großen Steinplatte, die den Eingang verschloß, standen. Ich konnte das Rauschen des Flusses hören, und zwar so deutlich und klar, als läge ich direkt am Ufer.

Mata packte mich am Arm. »Du darfst niemandem erzählen, was du hier gesehen hast, Calum Og«, sagte er.

»Bestimmt nicht«, sagte ich, »ich schwör's bei Gott.«

Das Sonnenlicht flutete herein und blendete mich, als er die Platte wegdrehte. »Geh jetzt«, sagte er.

Nun, wo es soweit war, wollte ich nicht mehr fort. »Kann ich dich wiedersehen, Mata?«

»Wir lagern am Wildbach bei Reieval«, sagte er. »Komm in mein Zelt, wenn der Sonntag vorbei ist, da können wir reden.«

»Über die Zeit, die du mit meinem Vater in den Bergen verbracht hast?«

»Ja, ja, aber jetzt geh.«

Ich kletterte ins Freie. Die Steinplatte schloß sich mit einem dumpfen Geräusch, bevor ich mich umdrehen und ihm zum Abschied zuwinken konnte. Ich starrte auf die Platte, die genauso aussah wie die anderen großen Steinblöcke am Hang des grasbewachsenen Ufers. Sie saß tief im Boden, als habe sie seit Anbeginn der Schöpfung und unberührt von Menschenhand dort gelegen, und ich begann mich zu fragen, ob ich nicht die ganze Zeit geträumt hatte – von dem unterirdischen Gang und dem Speer mit den Widerhaken für die Lachse, von der Kammer, die wie ein Bienenkorb aussah, ja vielleicht war mir sogar Mata, der Kesselflicker, nur im Traum erschienen, während ich in der heißen Sonne am Fluß geschlafen hatte.

Aber Fearghus Mor war kein Traum, das wußte ich genau, als ich ins Haus meines Onkels trat. Fearghus Mor war natürlich nicht da, und die Küche sah aus wie an jedem Sonntag: Mein Onkel, Tomas Caogach, saß am einen Ende der Bank, neben sich die stets aufgeschlagene Bibel, damit er sie griffbereit hatte, falls sich ein Nachbar bei ihm sehen ließ; am anderen Ende saß meine Mutter, die Hände fest im Schoß gefaltet. Keiner von beiden sagte etwas, als ich über den Lehmboden zu dem Birkenhocker ging, aber es lag etwas in der Luft, was mir gar nicht behagte, etwas, das sich unter der Sonntagsruhe zusammenbraute. Ich spürte es in den Knochen, daß Fearghus Mor hiergewesen war und mich verpetzt hatte.

Tomas Caogachs große, knochige Hand griff nach der Bibel und machte sie zu. Alles an ihm war groß und knochig und sah unbeholfen aus, seine Füße, seine langen Arme und Beine, vor allem sein Gesicht, das von der Stirn bis zu dem langen Kinn nur aus kantigen Höckern und Zacken bestand. Es war ein Gesicht, das obendrein entstellt war durch sein schrecklich schielendes rechtes Auge. Wenn er in Gegenwart anderer war, versuchte er das Schielen zu verbergen, indem er die Schultern hochschob und den Hals einzog. Dabei hielt er den Kopf seitlich, so daß er die Leute nicht direkt ansehen mußte. Ein Fremder hätte ihn für einen bescheidenen, demütigen Mann gehalten, der es verabscheute, sich in den Vordergrund zu spielen. Aber ich kannte ihn und wußte, daß dieser Eindruck nicht stimmte.

Er stand auf und machte die Tür zu und ging dann wieder an seinen Platz auf der Bank zurück, ohne mich eines einzigen Blickes zu würdigen. Es war eigentlich nicht seine Art, daß er die Bibel zuklappte, bevor es Zeit war, in die Kirche zu gehen; und wieso sperrte er die Sonne und die frische Luft aus, als sei jemand im Hause krank? Ich warf meiner Mutter einen Blick zu. Sie hielt ihre gefalteten Hände so verkrampft im Schoß, daß die Knöchel weiß hervortraten. Sie hatte die Augen geschlossen, schlief aber keineswegs. Ihre Lippen bewegten sich. Sie betete, soviel war sicher.

Tomas Caogach hob langsam den Kopf – und sah mir direkt ins Gesicht. Das kam nicht häufig vor. Sein heiles linkes Auge bohrte sich förmlich in mich, während das schielende rechte irgendwo an meiner linken Schulter vorbeisah. Ich starrte auf den sauber gefegten Lehmboden, unfähig, ihn anzusehen, denn ich wußte, daß mein Blick alsbald von seinem unkontrollierten rechten Auge angezogen würde, und dann würde mich das unwiderstehliche Bedürfnis packen, ihm zu folgen, um festzustellen, wohin es sich verirrt hatte. Es war merkwürdig, wie dieses Schielen sein Gesicht in zwei völlig verschiedene Hälften zu teilen schien. Ich hatte immer die absurde Vorstellung, daß die beiden Hälften nicht zusammengehörten, daß die Teile irgendwie verwechselt worden waren und daher als Ganzes so häßlich wirkten. Es war jedesmal das gleiche, wenn sich meine Gedanken in dieser Richtung bewegten: Ich spürte ein nervöses Kribbeln im Hals, das immer stärker wurde. Ich mußte an mich halten, um nicht loszuprusten, und zwang mich, ganz ruhig auf dem Hocker zu sitzen, während mein Blick einer Küchenschabe folgte, die quer über den Fußboden lief.

»Du hast ja unheimlich viel Zeit gebraucht, um das Vieh auf die Weide zu bringen«, sagte er nun mit der leisen, tonlosen Stimme, die er sich angewöhnt hatte, und die er nie hob, selbst wenn er vor Zorn bebte. »Was hat dich denn so lange aufgehalten?«

»Ich hab einen Spaziergang gemacht«, sagte ich. Unfähig, länger still zu sitzen, begann ich, mit dem Daumennagel am Bein des Birkenhockers entlangzuschaben.

»So so, einen Spaziergang hast du gemacht«, sagte er mit samtener Stimme, »und dabei ist heute Sonntag. Wer hat dir denn beigebracht, daß der Sonntag für deine nichtsnutzige Vergnügungssucht da ist? Ich bestimmt nicht, Junge. Deine Mutter auch nicht. Das Vieh auf die Weide treiben ist eine gottgefällige Arbeit, und nötig ist sie obendrein. Das steht auch in der Heiligen Schrift. Nur die Gottlosen spotten des Herrn und gehen am Sonntag zu ihrem Vergnügen spazieren, und in der Heiligen Schrift steht geschrieben, daß die Gottlosen im ewigen Feuer der Hölle sollen verbrennen. Ich sage dir, Junge, du solltest auf Knien liegen und zittern und beben bei dem Gedanken an das ewige Feuer, das der Gottlosen harret. Wo ist das Bett, auf dem sie ruhen? Da gibt's kein Stroh für ihre müden Glieder, sondern Feuer; keine Freunde, sondern Furien; keine Sonne, die dir zeigt, wie die Zeit vergeht, sondern Finsternis – und Feuer, das bis in alle Ewigkeit brennt und nie erlischt. Wer vermag das ewige Feuer zu ertragen, Junge? Es wird lodern Tag und Nacht, und sein Rauch wird zum Himmel steigen immerdar, selbst wenn Meere vertrocknen und Berge bersten.«

Er mußte eine Pause machen, um Atem zu holen, ließ

sich aber dadurch nicht in seinem Redefluß bremsen. Er stieß seine lange, scharfe Nase in die Luft und sagte: »Wo bist du spazierengegangen, Junge?«

Ich antwortete mit einem Achselzucken.

»Wo bist du spazierengegangen, Junge?« wiederholte er leise. »Du bist schließlich lange unterwegs gewesen.«

»Och, halt da draußen«, sagte ich.

»So so, halt da draußen, hast du das gehört, Iseabal?« sagte er zu meiner Mutter. »Er sagt, er ist da draußen spazierengegangen.«

Meine Mutter warf mir einen empörten Blick zu, sagte aber nichts. Sie kannte ihren Bruder zu gut, um ein Wort außer der Reihe zu riskieren.

»Haltdadraußen«, sagt er, die Worte aneinanderreihend, so daß sie wie ein fremder Name klangen, mit dem er nichts anzufangen wußte. »Ich kenn keinen Ort Haltdadraußen. Wo ist das, Junge? Wahrscheinlich überm Berg auf der anderen Seite vom Maoladh Mor; lange genug warst du ja weg.«

»Ich hab das Vieh auf die Weide getrieben«, sagte ich störrisch.

»Und hast dich zu deinem Vergnügen rumgetrieben«, sagte er. »Wo bist du gewesen, Junge?«

»Ich hab in der Sonne gesessen.«

»Hörst du das, Iseabal?« sagte er zu meiner Mutter gewandt. »Er hat in der Sonne gesessen. So nach und nach erfährt man ja einiges, du brauchst nur zu warten. Ich bin sicher, da kommt noch mehr.« Er beugte sich vor und strich sich übers Kinn. Sein schielendes Auge ruhte auf dem Spinnrad in der Ecke, während das andere mich ins Visier nahm. »Hör zu, Junge«, sagte er. »Wo hast du in der Sonne gesessen?«

»Das hab ich doch schon gesagt.«

»Nein, ich warte noch immer auf eine Antwort, obgleich du meine Geduld übel strapazierst.«

»Ich hab die Tiere auf die Weide getrieben.«

»Schön.«

»Im Moor.«

»Und?«

»Es war so schön mit der Sonne . . .«
»Heut ist der Tag des Herrn.«
». . . und da hab ich solche Lust bekommen, in der Sonne zu sitzen.«
»Wo?«
»Dreimal darfst du raten.«
»Nimm dich in acht, Junge. Ich hab dich gefragt wo?«
»Im Moor, wo denn sonst?« sagte ich, was nicht direkt gelogen war, aber auch nicht unbedingt stimmte.
»Lügen«, kreischte meine Mutter. »Nichts als Lügen! Deine Zunge wird noch einmal dein Verderben sein; du weißt überhaupt nicht, was Wahrhaftigkeit ist.«
»Na ja, wenn er weiß, wo ich gewesen bin, wieso fragt er mich dann?« sagte ich zu ihr und hoffte inständig, daß die Fragerei nun ein Ende hatte. Sollte er mich doch verprügeln, das war mir lieber als dieses ewige Gemeckere.
Meine Mutter sah ihren Bruder an. Tränen schossen ihr in die Augen. Sie wollte etwas sagen, brachte aber kein Wort heraus. Sie brauchte freilich nicht nach Worten zu ringen; ihr Blick genügte ihm. Er war um Worte nie verlegen, im Gegenteil, sie standen ihm nur allzu reichlich zu Gebote und flossen ihm ölig glatt und ohne Zögern über die Lippen.
»Wieso ich dich frage, Junge?« sagte er. »Um die Wahrheit zu ergründen, damit Gerechtigkeit geschehe. Aber das ist gar nicht leicht bei einem, der so tief in der Sünde steckt wie du.« Er machte eine Pause und holte tief Atem. Ich wußte genau, was jetzt kommen würde. »Du bist nicht im Moor gewesen, sondern im Gehölz des Laird am Fluß, oder stimmt das vielleicht nicht? Am Fluß hast du gelegen und geschlafen, und zwar splitternackt.«
»*A chruitheachd!*« schrie meine Mutter auf. »Nackt! Und das am Sonntag!« Sie begann zu schluchzen.
»Nackt wie er auf die Welt gekommen ist«, wiederholte Tomas Caogach mit Nachdruck, »so hat Fearghus Mor gesagt, und der ist keiner, der Lügen erzählt.«
Es folgte ein langes Schweigen. Ich rutschte unbehaglich auf dem Hocker hin und her und fühlte mich nackter, als ich es oben am Fluß in der Sonne gewesen war. Dann fie-

len die beiden über mich her wie zwei hungrige Möwen über einen Kadaver und hackten mit solcher Inbrunst auf mir herum, daß sie sich gegenseitig ins Wort fielen und es gar nicht erwarten konnten, ihre Empörung über mich auszuschütten. Ich konnte schließlich nicht mehr unterscheiden, wer was sagte.

»Hältst du das wirklich für schlau, Junge?«

»Die Schande, daran denkst du wohl überhaupt nicht?«

»Du weißt genau, daß du da oben nichts zu suchen hast. Das ist Betreten fremden Grundes, und darauf steht Ausweisung, solange ich denken kann.«

»Und deine eigene Schwester in der Lodge in Stellung. Glaubst du, der Faktor würde Marsali behalten, wenn sie dich, ihren Bruder, am Fluß erwischten? Nie im Leben. Mit Schimpf und Schande würde er sie davonjagen.«

»Und nicht nur widerrechtliches Betreten fremden Grundes. Man würde dir sicher noch Wilderei vorwerfen, und der Faktor kann Wilddiebe auf den Tod nicht ausstehen. Inzwischen bin ich ja überzeugt, daß man uns deswegen aus Glenuig vertrieben hat; der Faktor hat einfach die Nase voll gehabt von der ewigen Wilderei, und mit Recht. Dein Vater hat auch andauernd bloß am Fluß gelauert und sich selbst bedient, wenn ein Lachs im Wasser war.«

»Und wenn dich jemand von den Herrschaften da oben überrascht hätte? Was dann?«

»Und wenn der Ceistear etwas davon erfährt, hm? Schließlich bin ich Kirchenältester!«

»Du bringst mich noch ins Grab, Junge. Ich versteh das nicht. Was ist bloß in dich gefahren?«

»Der Teufel, das sieht man doch.«

»Reicht nicht einer in der Familie, hinter dem die Polizei her ist?«

»Nein, dieser Strolch ist doch auch schon auf der schiefen Bahn. Sein Vater, der sich vor der Polizei verstecken hat müssen und am Ende nach Amerika verduftet ist, ohne seiner Frau etwas zu sagen, der hat sich wenigstens noch geschämt. Aber der hier, der ist viel schlimmer: rotzfrech, und er hat nicht *so* viel Schamgefühl im Leib. Der bringt es fertig und schwört bei der Heiligen Schrift, wenn er das

Blaue vom Himmel lügt, und findet noch nicht einmal was dabei.«

So ging das jedesmal mit Tomas Caogach, wenn er seiner Wut über mich Luft machte, nur daß er diesmal tatsächlich brüllte. Bei seinen letzten Worten fuhr ich von meinem Hocker hoch, als habe jemand Feuer unter mir gemacht – nicht, weil er brüllte, obschon der Umstand für ihn bemerkenswert war, sondern weil er etwas Unglaubliches gesagt hatte. »Wer lügt hier, hm?« schrie ich nun meinerseits. Die beiden waren derart verblüfft, daß es ihnen die Sprache verschlug. »Du bist hier doch derjenige, der lügt. Du behauptest, mein Vater sei nach Amerika gegangen, ohne Mutter ein Wort zu sagen. Du weißt ganz genau, daß das gelogen ist.« Ich zeigte mit einem zitternden Finger auf meine Mutter, hielt aber den Blick unverwandt auf Tomas Caogachs Gesicht gerichtet. »Du bist ein Lügenbold, so wahr ich hier stehe!«

Er kochte förmlich vor Wut. Die Röte schoß ihm ins Gesicht und wich ebenso schnell wieder daraus, so daß seine Haut grau und wächsern wirkte vor Anstrengung und Schweiß. Auf seiner Stirn begann eine Ader anzuschwellen und heftig zu zucken. Er drückte mit der Handfläche dagegen, als wollte er die unbotmäßige Ader zum Gehorsam zwingen. Aber als er die Hand wieder fallen ließ, pulste und zuckte die Ader noch genauso heftig; seine Hand zitterte. Er bewegte die Lippen, brachte aber keinen Laut heraus.

Meine Mutter war diejenige, die die Sprache als erste wiederfand. »Auf die Knie mit dir, Junge«, schrie sie hysterisch, »auf die Knie vor deinem Onkel, der dich genährt und gekleidet und an jedem einzelnen Tag deines Lebens beschützt hat – du bittest ihn auf der Stelle um Verzeihung!«

»Ich denke nicht daran«, sagte ich frech, obgleich ich innerlich bebte, »solange er über meinen Vater Lügen verbreitet. Ich weiß genau, daß mein Vater nicht von Skye fortgegangen ist, ohne sich vorher von dir zu verabschieden. Das hat mir Mata gesagt. Mata ist bei ihm gewesen. Mata war sein Freund!«

»Dieser *ceard*!« Tomas Caogach spuckte das Wort aus, als sei es ein Pferdeapfel. »Dieser Kesselflicker!« Seine Lippe wölbte sich, und dann spuckte er mir tatsächlich vor die Füße. Ein bißchen Speichel blieb ihm am Kinn hängen; er wischte ihn mit einer ärgerlichen Handbewegung weg. »Ein feiner Freund, so ein Kesselflicker, der klaut, was nicht niet- und nagelfest ist; ein Kerl, der von Tal zu Tal zieht und sich sein Essen zusammenbettelt bei Leuten, die sich ihr täglich Brot mit ehrlicher Arbeit verdienen. Freilich, so jemand wie dein Vater, der ist gut Freund mit Kesselflickern. Und natürlich, dieser Mata muß es sein, der mieseste Verbrecher von dem ganzen heidnischen Lumpenpack. Warum denn nicht gleich ein räudiger Köter?«

»Mir war er ein guter Freund«, sagte ich aufgebracht. »Schließlich hat er mich vor dem Oberaufseher versteckt.«

Die Worte waren heraus, ehe ich mich's versah, aber, wie es schien, brauchte ich mir deswegen keine Gedanken zu machen. Tomas Caogach tat, als interessiere ihn diese Bemerkung nicht sonderlich; er hatte sich inzwischen etwas beruhigt, die rasende Wut, die ihn geschüttelt hatte, war anscheinend verraucht. Alles, was er sagte, war: »So so, Mata der Kesselflicker ist also am Fluß gewesen.« Und dann fuhr er nach einer ziemlich langen Pause fort: »Der Kerl würde sogar noch in einem abgeernteten Stoppelfeld einen Winkel finden, um sich zu verstecken, wenn's sein muß.«

Er war ganz plötzlich ruhig geworden, als säße er in der Kirche und lauschte voller Andacht dem Ceistear, wie er die Gottlosen geißelte. Meine Mutter wollte etwas sagen, er bedeutete ihr jedoch, den Mund zu halten. So saß er geraume Zeit tief in Gedanken und nagte dabei an seiner Lippe. »Ihr werdet wohl ohne mich in die Kirche gehen müssen«, sagte er schließlich zu meiner Mutter. »Sorg dafür, daß dieser Bengel ordentlich angezogen ist und nicht ohne Mütze geht.« Und zu mir gewandt: »Ich werd dem Ceistear sagen, daß er sich dich mal vorknöpfen soll, Junge. Wenn irgend jemand aus dir noch einen anständigen Menschen machen kann, dann ist es der Ceistear.«

Er stand auf, blieb aber in der Tür noch einmal stehen. »Wenn die Gemeindebrüder nach mir fragen, Iseabal, dann sag ihnen, der Herr habe mir heute anderes befohlen.«

Er ging ohne ein weiteres Wort hinaus und zog die Tür hinter sich zu.

Die Kirche, die wir besuchten, liegt auf der anderen Seite der Bucht, jenseits des alten Friedhofs am Ufer des Conon, wo wir unsere Toten beerdigen. Die Straße kommt vom Hochmoor im Norden herab, biegt und wendet sich wie eine Schlange an den Felsblöcken vorbei, die aus dem Boden ragen, mündet dann oberhalb unseres Dorfes in eine lange Gerade ein und macht schließlich direkt auf der Höhe des Krämerladens vor der Kate von Seumas, dem Schuhmacher, eine scharfe Biegung. Sie fällt steil in die Tiefe, ehe sie das flache Land entlang der Bucht erreicht. Zwei Steinbrücken tragen sie über den Rha und den Conon – die beiden Wildbäche, die vom Berg herabstürzen und links und rechts an der Lodge vorbei in den Loch fließen –, und dahinter beginnt sie wieder, sich mühselig den Berg im Süden hochzuwinden. Unsere Kirche sitzt an der Flanke des Berges, von wo aus der Blick auf die breite Landzunge fällt, die die Bucht im Norden begrenzt.

Der Pfarrer wohnte in Snizort und kam nur einmal im Monat zu uns herüber, so daß normalerweise Somhairle, der blinde Ceistear, bei uns den Gottesdienst versah. Die Leute behaupteten, er sei in jungen Jahren ein großartiger Fiedler gewesen, der seiner Fiedel Töne entlockte, bei denen es selbst die Toten noch in den Beinen juckte. Mit neunzehn Jahren hatte Somhairle die Pocken, an denen er beinahe gestorben wäre. Er verlor dadurch sein Augenlicht, der arme Mann, obgleich die Leute meinten, er habe dabei eher einen Gewinn gemacht. Die Erleuchtung sei über ihn gekommen und habe ihn bekehrt. Als er sich von seinem Krankenbett erhob, zerschmetterte er seine Fiedel und begann von Dorf zu Dorf zu ziehen und das Wort Gottes zu predigen und die Sünder zu bekehren. Manche erinnern sich noch heute an den Tag, an dem er die Leute aus den Dörfern im Umkreis von sieben Meilen veranlaßt hatte, sämtliche Musikinstrumente, derer sie habhaft werden konnten - Fiedeln, Dudelsäcke, Akkordeons, Mundharmonikas - zusammenzutragen und auf den Berg zu bringen. Als es dunkel wurde, zündeten sie ein Freudenfeuer an, und jeder ging an dem Feuer vorüber und warf sein Instrument hinein. Während die Akkordeons, Mundharmonikas, Dudelsäcke und Fiedeln verbrannten, predigte Somhairle das Wort Gottes, und gar mancher unter den Männern weinte und rief verzückt, er sei errettet worden, und die Frauen fielen reihenweise in Ohnmacht und lagen ausgestreckt im Gras und warteten darauf, daß man sie nach Hause trüge, sobald der letzte der Sünder bereut und die Feier ein Ende hätte. Das alles war vor vielen, vielen Jahren geschehen. Somhairle war inzwischen alt, dürr und gebrechlich und obendrein von Rheumatismus geplagt. Allein seine Stimme war unverändert geblieben, so sagten die Leute - eine mächtige, dröhnende Stimme, die eher zu einem Riesen gepaßt hätte -, und der Eifer, mit dem er Sünder bekehrte.

Was mich beunruhigte, war nicht die Stimme des blinden Ceistears, die mir laut in den Ohren dröhnte, oder das merkwürdige Gefühl, daß seine toten Augen in der ganzen versammelten Gemeinde nur mich suchten; es war vielmehr die Tatsache, daß Tomas Caogach tatsächlich nicht in die Kirche gekommen war. Als der Präzentor sich erhob und den ersten Psalm anstimmte, warf ich einen Blick in die Runde, weil ich annahm, mein Onkel sei zu spät gekommen und habe es für schicklich gehalten, sich irgendwo hinten auf einen Platz zu drücken. Aber ich konnte ihn nirgends entdecken. Und jedesmal, wenn meine Mutter während der langen Predigt vor sich hinzudösen begann, drehte ich verstohlen den Kopf nach hinten und nahm dabei bewußt in Kauf, seinem mißbilligenden Blick zu begegnen. Aber er war nicht da.

Der Gedanke daran, was er wohl vorhatte, machte mich fast wahnsinnig. Tomas Caogach war nicht der Mann, der einen öffentlichen Gottesdienst versäumte. Man hätte ihm vielmehr Ketten anlegen müssen, um ihn vom sonntäglichen Kirchgang abzuhalten. Lange bevor ich in die Schule ging, ließ er mich bereits jeden geschlagenen Tag den Katechismus hersagen, und bei Frage sechzig bestand er auf jedem einzelnen Wort:

Wie soll der Tag des Herrn geheiligt werden?

Der Mensch soll ruhen am Tag des Herrn von allem weltlichen Tun und Treiben; gottgefällig soll er knien und beten im Hause Gottes, er soll den Herrn lobpreisen in seiner Kammer und soll nur solche Werke verrichten, die notwendig und gottgefällig sind. So soll der Tag des Herrn geheiligt werden.

Welches notwendige und gottgefällige Werk mochte Tomas Caogach in diesem Augenblick verrichten? Ich hatte nicht die leiseste Vorstellung. Aber irgend etwas mußte es sein – etwas ganz unheimlich Dringliches und Gottgefälliges –, das ihn vom Gottesdienst abhielt, obgleich er Kirchenältester war. Ich überlegte und überlegte, bis mir der Kopf weh tat, war aber am Ende keinen Deut klüger.

Bis wir die Steige vor der Kirche hinuntergegangen waren und aus der Wegbiegung am Haus des Großpächters auftauchten: Die Leute vor uns waren dichtgedrängt an der Brücke über den Rha stehengeblieben und starrten in die Schlucht hinunter. Ich rannte zu der Gruppe hinüber und überhörte geflissentlich den Tadel meiner Mutter, die hinter mir her rief, es sei Sonntag und ich solle gefälligst nicht rennen.

Auf dem engen Pfad stieg eine Prozession aus der Schlucht herauf, angeführt von Mr. Ferguson und Tomas Caogach, die Schulter an Schulter nebeneinander her marschierten. Mein Onkel war wahnsinnig stolz, vorneweg mit dem Oberaufseher zu gehen, man konnte es daran sehen, wie er den Kopf voller Eitelkeit in die Höhe reckte. In kurzem Abstand folgte Fearghus Mor, der Mata, den Kesselflicker, an einem Strick um den Hals hinter sich herzog. Sie hatten Mata wie einen ungebärdigen Bullen gefesselt und ihm die Hände auf dem Rücken zusammengebunden. Ein weiterer Wildhüter folgte ihm. Den Schluß bildete ein Stallknecht aus der Lodge, der einen Sack über der Schulter trug.

Ich konnte Mata besser sehen, als er auf den Zauntritt stieg und über die Steinmauer an der Straße kletterte. Sein schwarzes Haar klebte ihm feucht auf dem Kopf wie das Fell eines Seehundes, und seine zerlumpten Kleider, durch die man hindurchsehen konnte und die vor Wasser troffen, schmiegten sich um seinen mageren Körper. Er hatte eine Schnittwunde auf der Stirn direkt über dem rechten Auge, aus der das Blut quoll und sein ganzes Gesicht verschmierte. Mata war vielleicht mager und klein, aber sein Blut war ganz schön dick, wie es ihm so übers Gesicht rann.

Fearghus Mor zog mit einem plötzlichen Ruck an dem Strick und hoffte, den Kesselflicker zu Fall zu bringen – das hinterhältige Grinsen auf seinem breiten, blöden Gesicht genügte, um das zu begreifen –, aber Mata sprang leicht und geschmeidig wie eine Katze von der Mauer herunter. Er blickte nicht rechts noch links, als er über die Straße und durch das offene Tor zur Lodge geführt wurde. Ich war sicher, er hatte mich nicht gesehen, und ich war sehr froh darüber.

Die Prozession ging weiter die geschwungene, von Bäumen gesäumte Auffahrt entlang; der Stallknecht, der Schwierigkeiten gehabt hatte, über die Mauer zu klettern, hastete hinterher und versuchte die Gruppe wieder einzuholen. An dem Sack, den er schleppte, klebten Fischschuppen. Ich blieb stehen und sah ihnen nach, bis sie hinter den Bäumen verschwunden waren, und fragte mich, woher Mata die Selbstbeherrschung nahm, so wenig Furcht zu zeigen. Es war mir rätselhaft, wie sich jemand so sehr in sich selbst zurückziehen konnte, daß ihm alles, was ihm widerfuhr, nichts anzuhaben schien: die Schnüre, die seine Handgelenke banden, und die Schmach, wie ein Stück Vieh an einem Strick über die Straße gezerrt zu werden, unter den Blicken einer neugierig gaffenden Menge.

Es ist merkwürdig, welch eigenartige Gedanken einem kommen können: Ich hatte plötzlich die Vorstellung, daß der Mensch nicht nur mit den Augen sieht. Ich hatte die ganze Zeit über in die Gesichter Matas und seiner Häscher gestarrt, aber jetzt, wo sie an mir vorbei waren, sah ich vor mir deutlich und klar die schweren Nagelschuhe Mr. Fergusons und Matas nackte Füße, die schutzlos zwischen dem lauten, klirrenden Schuhwerk der anderen tappten, leicht und leise wie die Pfoten einer Katze.

Meine Mutter hatte sich von hinten an mich herangeschlichen und packte mich unversehens. Die Menge hatte sich zu zerstreuen begonnen, murmelnd und schnatternd, obgleich es Sonntag war. Sie mußte den Augenblick abgewartet haben, damit die anderen ja nicht hörten, wie sie mich anranzte. Sie packte mich wütend am Arm und drückte noch fester zu, als ich versuchte, ihre Hand abzuschütteln. »Wenn du jetzt nicht aufhörst zu rennen«, schrie sie und bohrte ihre Finger in meinen Arm. »Was soll das überhaupt? Und das am heiligen Sonntag!«

War denn das die Möglichkeit! Das einzige, was sie im Kopf hatte, war, daß ich die paar Meter bis zur Brücke gerannt war! Dabei hätte ihr Bruder inzwischen tot in der Schlucht liegen können. Ich war so angewidert, daß ich mich widerstandslos von ihr festhalten ließ, was sie vermutlich für Folgsamkeit hielt, weil sie dachte, der Anblick des armen Mata mit seinen gefesselten Händen und dem Strick um den Hals habe mir einen bösen Schreck eingejagt.

»Du siehst aus, als wolltest du gleich losplärren, Junge. Na ja, das ist ja auch kein Wunder«, sagte sie, als wir am Hang vor Seumas' Kate angekommen waren und in den schmalen Weg einbogen, der zum Croft führte. »Laß dir das eine Lehre sein. Du kannst dich bei Fearghus Mor und deinem Onkel dafür bedanken, daß sie dich nicht vor den Faktor schleppen wegen Fischwilderei am Sonntag.«

Sie hätte genauso chinesisch auf mich einreden können, denn ihr ganzes Geschwätz berührte mich überhaupt nicht. Ich war mit meinen Gedanken bei Mata und sah sicher auch recht niedergeschlagen aus; was mich am meisten bedrückte, war der Gedanke, Mata könnte glauben, der Sohn Domhnull Bans habe ihn verraten.

Ich mußte ihn befreien, ehe sie ihn ins Gefängnis brachten! Ich war nicht ganz allein. Da war Marsali, die in der Lodge arbeitete, und da war sein Volk, das oben am Wildbach bei Reieval lagerte. Es würde mir nicht an willigen Helfern fehlen, sobald sie von meinem Plan erfuhren.

Es gelang mir an dem Tag nicht mehr, aus dem Haus zu kommen. In dem guten Glauben, mir einen Gefallen zu tun, hatte Alasdair Ruadh unsere Kühe zusammen mit seinen eigenen vom Moor heruntergetrieben, so daß ich keinen Vorwand mehr hatte, nach draußen zu gehen. Die einzige Unterbrechung, die ich mir verschaffen konnte, war, daß ich die Kälber füttern durfte, nachdem meine Mutter mit dem Melken fertig war. Danach hieß es sofort wieder hinein und zurück auf den Birkenhocker, wo ich für den Rest des Abends mit der schweren Bibel auf den Knien saß und ihr daraus vorlesen mußte.

Es war die einzige Zeit, in der ich sie je entspannt und ruhig erlebte, wenn sie sich von mir aus der Heiligen Schrift vorlesen ließ. In gewisser Weise war der Sonntag für sie schwer zu ertragen, denn sie konnte eigentlich keine Sekunde ruhig dasitzen und die Hände in den Schoß legen; das einzige aber, was ihr am Sonntag zu tun blieb, war, die vier Kühe zu melken. Ihr Spinnrad stand still; die Stricknadeln ruhten in ihrem Nähkästchen; das Wasser hatte sie am Abend zuvor bereits vom Brunnen geholt, ebenso genügend Torfscheite vom Stoß vor dem Haus. Sie hatte Kartoffeln gekocht, den Haferbrei vorbereitet und die Teeblätter bereits in die Kanne geschüttet, damit der Sonntag ja nicht entheiligt würde. Wenn sie aber ihre Hände nicht beschäftigen konnte, stand sie Qualen aus. Sie zupfte sich ewig am Haar und versuchte, widerspenstige Strähnen, die sich aus ihrem Knoten gelöst hatten, wieder in ihre Frisur zu zwängen, und schaute sich beim kleinsten Geräusch um. Dabei sah sie so verängstigt drein, als erwarte sie jeden Augenblick einen Boten, der ihr eine schlimme Nachricht überbrachte. Wenn ich ihr jedoch aus der Heiligen Schrift vorlas, saß sie wie entrückt da, die Hände ruhig im Schoß, und hing an meinen Lippen. Sie selbst konnte nicht lesen, und ich glaube, sie wurde nie müde, mir zuzusehen, wie ich aus den schwarzen Buchstaben, die ihr stets ein Geheimnis geblieben waren, Worte formte, obgleich sie fast die ganze Bibel auswendig konnte. Nun, was immer der genaue Grund sein mochte, sie schwieg jedenfalls, während ich vorlas, und das bedeutete, daß im Haus Ruhe und Frieden herrschten – bis Tomas Caogach auftauchte und wieder über mich herfiel.

Aber als er an jenem Abend in die Küche trat, lange nachdem wir gegessen hatten – und dabei hatte meine Mutter eine geraume Zeit mit dem Auftragen gewartet –, war er merkwürdigerweise recht gut gelaunt. Er war geradezu in Hochstimmung und sah so zufrieden mit sich und der Welt aus, wie jemand seines Schlages überhaupt sein kann. Er würdigte mich nicht eines Blickes; er war so zufrieden mit sich selbst, daß ihn außer seinem eigenen Wohlbehagen nichts interessierte.

Er ließ sich auf die Bank fallen und steckte einen Finger in seinen steifen weißen Kragen, als wolle er ihn lockern, wobei er den Hals reckte wie die Truthähne auf dem Hof des Großpächters. Ich habe mich immer gewundert, warum er das tat; denn in Wirklichkeit drückte ihn der Kragen nicht, sondern saß im Gegenteil so locker, daß seine ganze Faust zwischen dem steifen Reif und seinem dürren Hals Platz gehabt hätte. Vielleicht tat er es bloß, um sich selber daran zu erinnern, daß er einen guten steifen Kragen um den Hals trug, den er erst unlängst vom Hausierer erstanden hatte – und das war mehr, als mancher am Ort sich leisten konnte. Mein Onkel war ungemein eitel, was weltliche Dinge anlangte, und das als Kirchenältester. Sogar sein Haus unterschied sich von den Häusern der übrigen Croft-Bauern in der Gemeinde. Während sie ihre Häuser im alten Stil erbaut hatten, das heißt, den Wohnraum und den Viehstall unter einem Dach vereinten, wobei nur eine Trennwand aus Treibholz die beiden Bereiche trennte, mußte er höher hinaus. Sein Haus bestand aus einer Küche und zwei Räumen; der Viehstall befand sich außerhalb und hatte sein eigenes Dach.

»Mr. Ferguson war sehr zufrieden«, sagte er jetzt, zu meiner Mutter gewandt. »Er hat darauf bestanden, daß ich mit ihm zum Tee nach Hause komme. Ich hab immer wieder abgelehnt, aber das ließ er einfach nicht gelten. Und so ein umgänglicher Mann! Man tät nie denken, daß er fast jeden Tag mit dem Faktor und den feinen Leuten von der

Lodge verkehrt und haufenweis adlige Herrschaften kennt – und da ist kaum jemand dabei, von dem er dir nicht aus dem Handgelenk die ganze Familiengeschichte bis mindestens zum Großvater zurück erzählen kann, und alle Titel hat er im Kopf. Aber er ist ein ganz bescheidener Mann. Grad, als wär er einer von uns. Und seine Frau, die ist genauso. Sie hat sich richtig nett nach dir erkundigt. Und was sie alles zum Tee aufgetischt hat, Iseabal, das hättest du sehen sollen! Fürstlich, sag ich dir! Ich saß an einem Tisch mit einem Tischtuch, so weiß wie ein frisch geschorenes Schaf. Und was es zu essen gab! So was hab ich noch nie gesehen. Einen Riesenschinken, ein großes Stück Rindfleisch, Käseplatten, richtiges Brot vom Bäcker, Haferkuchen und Scones in Fülle; verschiedene Sorten Marmelade gab es und Gelees, ich krieg gar nicht mehr alles zusammen, so voll war der Tisch. Er ist ein richtiger Gentleman, der Mr. Ferguson, ein richtiger Gentleman. Du rätst nie, was er mir noch in die Hand gedrückt hat, bevor ich ging.« Er klopfte auf seine Tasche. »Tabak. Ja, Tabak hat er mir geschenkt. Und das nur, weil ich nach dem Essen nicht die Pfeife stopfen wollte. Als ich zum Gehen aufstand, sagte Mr. Ferguson: ›Wenn Sie schon am Sonntag nicht rauchen, dann müssen Sie wenigstens eine Rolle Tabak mitnehmen.‹« Er klopfte wieder auf seine Tasche und streichelte sie fast liebevoll. »Ein feines Geschenk. Ja, Mr. Ferguson ist ein echter Gentleman. Wenn alle Evangelischen so wären, dann säh es bei denen auch besser aus.«

Die Welt hatte sich plötzlich vollkommen verändert. Wie oft hatte ich ihn auf den Oberaufseher schimpfen hören, und dann hieß es immer, der gehe bloß deshalb in die evangelische Kirche, weil sie direkt vor seiner Haustür sei und weil er zu faul sei, den Berg zur Freikirche, zu der wir gehörten, hinaufzugehen.

»Wie sieht das Haus von innen aus?« wollte meine Mutter wissen.

»Was die Engländer ›gediegen‹ nennen«, antwortete Tomas Caogach, wobei ihm das englische Wort etwas schwer von der Zunge kam. Aber er redete, als sei er seiner Lebtag in den Palästen und Häusern der feinen Leute ein und aus gegangen und wisse haargenau Bescheid, so wie unsereins wußte, wie ein Lachs aussah, wenn er gelaicht hatte. »An die Lodge kommt es natürlich nicht ran, nicht im entferntesten, aber gediegen ist es schon.«

Ich hatte keine Ahnung, was »gediegen« bedeutete. Vermutlich wußte er es genausowenig und hatte das Wort lediglich von Mr. Ferguson aufgeschnappt. Vielleicht hatte Mr. Ferguson von den Fugen des Gemäuers geredet und gemeint, sie seien sauber gearbeitet, und Tomas Caogach hatte das Ganze in den falschen Hals bekommen. Ich merkte, wie es mich in der Kehle juckte, laut loszulachen. Ich machte mich auf meinem Hocker noch kleiner und hielt mir fest die Hand vor den Mund, um mich nicht durch mein Glucksen zu verraten. Ich fuhr zusammen, als mir klarwurde, daß er sich inzwischen zu mir gewandt hatte, aber er schien nichts bemerkt zu haben.

»Du kannst dich bei Fearghus Mor und mir bedanken, daß du ungeschoren davongekommen bist«, sagte er, die Worte wiederholend, mit denen mir meine Mutter ein paar Stunden zuvor ins Gewissen geredet hatte. »Zum Glück sind nicht alle hier so schwer von Begriff wie du, Junge. Hast du tatsächlich geglaubt, der Kesselflicker treibt sich am Fluß herum, um sich in der Sonne zu räkeln? Ich hab mir gleich gedacht, als du seinen Namen nanntest, dieser Mata, der Halunke, der hält doch nichts vom heiligen Sonntag, der nutzt die Zeit, wo hier alles in der Kirche sitzt und den Herrn preist; da ist kein Mensch um den Weg, der ihn bei seiner schändlichen Arbeit sehen könnte.«

Damit wandte er sich wieder meiner Mutter zu, denn er hatte bereits, wie er meinte, zu viele Worte an mich verschwendet. Er platzte beinahe vor Wichtigkeit und mußte ihr unbedingt erzählen, wie er den armen Mata in die Falle gelockt und dafür vom Oberaufseher ein paar schöne Worte und eine Rolle Tabak bekommen hatte. »Ich hab also Fearghus Mor geholt«, sagte er stolz, »und dann sind wir zu Mr. Ferguson gegangen, obgleich Fearghus Mor nicht so begeistert war von dem Gedanken, und haben ihm erzählt, wir hätten einen Kesselflicker zum Fluß runtergehen sehen. Mr. Ferguson wollte uns nicht glauben. Er meinte, den Kesselflicker gäbe es nicht, der das wagen würde, diese Burschen hätten alle eine Mordsangst vor dem Faktor und meinten immer noch, sie würden nach Australien deportiert, wenn man sie mit einem gestohlenen Lachs erwischte. Aber Mr. Ferguson gehört nicht zu denen, die so was auf sich beruhen lassen; er hat Colla und Aonghas, die Stallknechte, zu sich gerufen, und dann haben wir fünf gewartet, bis alle in der Kirche waren, so daß wir freie Bahn hatten. – Meine Güte, Iseabal, du hättest Mr. Fergusons Gesicht sehen sollen, als wir durch die Büsche schlichen und den Kesselflicker vor uns sahen. Mit einer Dreistigkeit stand der Kerl da und hantierte mit seinem Speer. Das glaubst du nicht, fängt Lachse mit einem Speer! Fünf herrliche Brocken hatte er im Gras neben sich liegen. Faul war er nicht gewesen. Aber Ohren hat er, dieser Mata. Bevor wir nahe genug herankommen konnten, um ihn zu schnappen, war er schon im Wasser und auf der nördlichen Seite des Ufers und flitzte dann flink wie ein Wiesel davon. Dabei ist er ja auch nicht mehr der Jüngste. Den ganzen Rha runter ist er gekommen bis zum Wasserfall, bevor wir ihn erwischten, und wenn er nicht ausgerutscht und mit dem Kopf gegen einen Stein geknallt wäre, dann, schätz ich, würd er jetzt noch rennen.«

»Ein Glück, daß ihr ihn erwischt habt«, sagte meine Mutter, nachdem sie sich genug entrüstet hatte. »Der Faktor, der weiß, wie man mit solchem Gesindel umgeht. Der wird dafür sorgen, daß er hinter Gitter kommt und auch da bleibt.«

Tomas Caogach hob die Hand und gebot ihr mit einem genüßlichen Leuchten in den Augen zu schweigen. Man konnte ihm ansehen, daß er noch einen Leckerbissen in der Hinterhand hatte, den er ihr nicht bieten wollte, ohne sie vorher gehörig scharf darauf gemacht zu haben.

»Der Faktor ist nicht da«, sagte er schließlich, jedes einzelne Wort betonend. »Aber keine Angst, der Kesselflikker, der läuft uns nicht davon, den haben wir. Warte«, fuhr er fort, als sie zum Reden ansetzen wollte, »das Allerbeste weißt du noch gar nicht. Der Faktor ist unterwegs, um den Vetter des Laird abzuholen. Und Mr. Ferguson hat den

Auftrag, am nächsten Dienstag den Vetter vom Laird zum Angeln zu begleiten.« Er lehnte sich zurück und schlug sich kräftig und voller Entzücken auf die Schenkel. »Ich sag dir, Iseabal, der Faktor wird fuchsteufelswild sein, wenn er erfährt, daß schon wieder jemand im Fluß gewildert hat. Ins Gefängnis hast du gesagt? Der dreiste Sabbatschänder wird sich noch nach dem Gefängnis sehnen, wenn ihn der Faktor erst mal in den Fingern hat. Der Faktor wird ihm das Fell abziehen, darauf kannst du Gift nehmen.«

Sein kaltes linkes Auge nahm mich wieder ins Visier. Ich sah, wie er den Mund verzog. »Was fehlt dir denn, Junge?« sagte er. »Ich bin baff, daß du so ruhig und brav wie ein Mädchen auf deinem Hocker sitzt. Willst du deinen großen Freund Mata, den Kesselflicker, nicht wenigstens ein bißchen in Schutz nehmen? Oder hast du die Hosen voll, weil du denkst, das hätt dir auch passieren können und du wärst jetzt eingesperrt und würdest auf die Rückkehr des Faktors warten?«

»Calum Og hat einen Schreck bekommen, den er nicht so schnell vergessen wird«, krächzte meine Mutter. »Du hättest sein Gesicht sehen sollen, als er euch mit dem Kesselflicker zur Lodge hinaufmarschieren sah.«

»Das hatte er auch mal bitter nötig, dieser liederliche Luftikus«, sagte Tomas Caogach brutal. Seine gute Laune war völlig verflogen, er redete, als sei ich gar nicht da, als sei ich taub und stumm wie das Holz des Hockers, auf dem ich saß. »Fearghus Mor meinte vorhin, ich sei viel zu nachsichtig mit diesem Bengel. Er sagte, wenn er sich um ihn zu kümmern hätte, dann würd er ihm jeden Tag eine Tracht mit dem Stock verpassen, das würd ihn schon zur Räson bringen.«

Während er redete, fiel sein Blick immer wieder auf die Haselrute, die rechts neben ihm über der Banklehne hing. Ich kannte diese Rute nur zu gut und wußte, wie weh ihre Schläge taten; ich hatte sie oft genug gespürt, selbst wenn er immer so tat, als sei ihm das Prügeln zuwider. Aber natürlich, so war er: Er schützte stets jemand anderen vor, um sein eigenes Handeln zu rechtfertigen. Ich wußte ganz genau, daß es ihm Vergnügen machte, mich zu verdreschen, aber der scheinheilige Patron brachte es fertig, sein größtes Vergnügen als lästige und unangenehme Pflicht auszugeben. Ich machte die Augen zu und hoffte, daß ich mich durch sein Schielen hatte täuschen lassen, denn er hatte mich bisher noch nie an einem Sonntag verprügelt. Als ich die Augen wieder öffnete, griff er gerade nach der großen Bibel.

Für diesmal war ich also gerettet. Er würde ein Kapitel vorlesen, dann würden wir alle drei vor der Bank niederknien und zusammen ein letztes Gebet vor dem Zubettgehen sprechen.

Ich lag voller Behagen in meinem Kastenbett in der Schlafecke der Küche und wartete, bis es ungefährlich war, aufzustehen. Es war die schönste Zeit des Tages, wenn ich ganz und gar für mich hinter dem schweren Vorhang lag und mich auf meinem frischen Strohbett ausstrecken konnte. Die hintere Wand meines Bettes folgte der Schräge des Daches und diese führte so knapp über meinem Kopf nach oben, daß ich, als ich noch in dem Alter für derlei Phantasien war, das Bett meine Kajüte nannte und mir vorstellte, ich sei der Kapitän eines Walfängers, der den südlichen Ozean auf der Suche nach dem großen Wal durchkreuzte. Am besten war es hier drin im Winter, weil diese Holzwand den kalten Zugwind und die Regentropfen, die unweigerlich durch das Strohdach in den Wohnraum drangen, abhielt.

Ich lag auf dem Rücken und dachte an meine Schwester Marsali. Es war der letzte Tag im Juni, sie war also fünfzehn Jahre, vier Monate und siebenundzwanzig Tage alt – fast auf die Stunde genau, denn unsere Mutter sagte, sie sei spät in der Nacht auf die Welt gekommen. Ich rechnete noch ein bißchen weiter. Sie war demnach ein Jahr drei Monate und fünf Tage älter als ich. Der Altersunterschied zwischen uns war also nicht groß – knapp fünfzehn Monate. In mancher Hinsicht jedoch war Marsali eher fünfzehn Jahre älter als ich. Sie sah stets aus, als wisse sie viel mehr als sie sagte; dabei ist es bei allen Jugendlichen unseres Alters, die ich so kenne, genau umgekehrt. Sie arbeitete seit ihrem dreizehnten Lebensjahr in der Lodge, vielleicht hatte es damit zu tun; denn ihr entging nicht die kleinste Kleinigkeit, und in der Lodge gab es gewiß eine Menge zu sehen und zu hören bei all den vornehmen Leuten, die dort verkehrten, und die so ungeniert drauflos redeten, daß man, wie Marsali meinte, hätte glauben können, sie dachten, Dienstboten würden ohne Ohren geboren. Aber das allein war es natürlich nicht. Ich war ihr schließlich ähnlich genug, um zu wissen, daß Marsalis ureigenster Charakter von innen kam und nicht das Ergebnis irgendwelcher Erziehung war, die sie sich bei den vornehmen Leuten in der Lodge abgeguckt hatte.

Äußerlich waren wir so grundverschieden, wie Geschwister überhaupt nur sein können – Marsali war dunkelhaarig und ich war blond –, aber sie war bei weitem der beste Kumpel, den ich mir vorstellen konnte; sie benahm sich überhaupt nicht wie ein Mädchen. Sie war der einzige Mensch, dem ich alles anvertrauen konnte, und sie vertraute mir ihrerseits Dinge an, die sie keinem einzigen Mädchen im Dorf erzählt hätte. Ich glaube, äußerlich kam sie nach unserer Mutter, aber während die *cailleach* stumpfes graues Haar hatte, das zu einem strähnigen kleinen Knoten zusammengebunden war, der alles Lebendige darin abgewürgt zu haben schien, war Marsalis Haar schwarz wie die Flügel eines Raben, berstend vor Leben, selbst wenn sie es fest zu einem dicken Zopf geflochten hatte. Und während die Augen unserer Mutter brütend und schwermütig waren – Ursprung und Quelle jenes griesgrämigen Blickes, der alle Linien in ihrem Gesicht nach unten zog –, ließen einen Marsalis lachende Augen stets glauben, sie lächle vergnügt, selbst wenn sie vollkommen ernst war. Mir kam häufig der Gedanke, unsere Mutter müsse als junges Mädchen wie Marsali ausgesehen haben, aber ein einziger verdrießlicher Blick von ihr genügte, um diese Vorstellung als abwegig zu verscheuchen.

Wir unterschieden uns auch in einem anderen Punkt: Marsali hatte überhaupt nie Ärger. Ich habe Tomas Caogach nie ein unfreundliches Wort Marsali gegenüber sagen hören, und unsere Mutter hat sie nicht ein einziges Mal geschlagen. In Wirklichkeit hatten die beiden natürlich nicht die leiseste Vorstellung davon, was in Marsalis Kopf vorging, und wenn sie es gewußt hätten, hätten sie es nicht geglaubt. Tomas Caogach war geradezu in sie vernarrt. Aber er hatte nie erlebt, wie sie sich über ihn lustig machte. Sie konnte ihn so perfekt nachmachen, daß man nur die Augen zu schließen brauchte, und man hatte Tomas Caogach vor sich, wie er schimpfte und meckerte – bis Marsali nicht mehr an sich halten konnte und sich vor Lachen schüttelte.

Tomas Caogachs langes, rasselndes Schnarchen mischte sich in meine Gedanken, es klang so laut durch die dünne Bretterwand, daß man hätte denken können, er schliefe neben mir im gleichen Raum. Ich horchte, bis sein Schnarchen ganz regelmäßig kam, ehe ich aus dem Bett kroch und die Hosen anzog. Aus dem Zimmer meiner Mutter kam kein Laut, aber sie schlief immer sehr ruhig und rührte sich nicht vor dem Morgengrauen. Da die Haustür zu war, war es in der Küche dunkel, denn durch das einzige kleine Fenster, das tief in der dicken Steinmauer saß, drang nicht genug Licht herein, um den Raum zu erhellen, und das Feuer, das wegen der feuchten Torfsoden sowieso nur schwach vor sich hinschwelte, gab auch kein Licht. Aber draußen würde es hell genug sein. Die Tage hatten gerade erst wieder begonnen, kürzer zu werden, und bei uns hier oben auf der Insel wird es im Juni ohnehin nie richtig Nacht, nur ein kurzes Zwielicht trennt die Tage voneinander. Ich tastete mich langsam zur Tür, hob den Riegel und machte sie ganz vorsichtig auf.

Draußen war es dunkler, als ich gedacht hatte. Eine dichte weiße Nebelbank hatte sich vom Meer hereingewälzt, so daß die Bucht nicht mehr zu sehen war. Das ganze Haus begann, nach Rauch zu stinken. Morgen, das stand jedenfalls fest, würde wieder ein heißer Tag werden. Ich schlüpfte ins Freie und schloß die Tür leise hinter mir.

Das Gras war feucht von Tau und fühlte sich an meinen nackten Füßen eiskalt an. Ich rannte den Hang hinter dem Haus hinauf zu dem Fußweg, auf dem ich bis zur Straße ging. Nach einer Weile verließ ich die Straße und nahm eine Abkürzung querfeldein, ein schmaler Wildpfad, der am Rand des alten Steinbruchs entlanglief und sich in steilem Zickzack in die Höhe wand. Oben auf dem Hochmoor war die Luft kühler; da mir die Schweißtropfen über das Gesicht rollten, empfand ich die Kühle als wohltuend. Ich kletterte über die aus losen Steinen kunstvoll gefügte Mauer, die die Weidegründe unserer Gemeinde im Moor begrenzte, und blieb dann, an die Mauer gelehnt, stehen, um Luft zu holen. Der nördliche Himmel war nebelverhangen, nicht ein einziger Stern war zu sehen. Ich schaute hinunter auf den Weg, den ich gekommen war. Die Bucht war hinter einem weißen Schleier verschwunden, nur die Gipfel der beiden Landzungen ragten deutlich links und rechts aus der Nebelbank empor.

Ich begann im Dauerlauf durchs Moor zu laufen, durch Bäche und moosigen Morast, stolperte über Grasbüschel und Heidekraut und war mit jedem Schritt, den ich tat, weniger erpicht auf die Aufgabe, die ich mir vorgenommen hatte. Ich machte noch einmal Halt, als ich zur Straße kam, die quer durchs Moor über den Paß am Quirang nach Staffin hinunterführte, und versuchte mich zu orientieren. Die Öffnungen der Torfgruben, die über das ganze Moor verstreut waren, starrten mich aus schwarzen Augen an. Ich dachte, hinter unserer eigenen Grube säße ein Mann, der mir auflauerte, und bekam einen furchtbaren Schreck, aber es war nur der rußgeschwärzte Felsbrocken, in den früher einmal der Blitz eingeschlagen hatte und der in der Dunkelheit auf merkwürdige Weise menschliche Gestalt anzunehmen schien. Ich rannte weiter, bis ich zum Bach kam. Von hier aus war es nicht mehr weit. Die Kesselflicker hatten ihr Lager in der Mulde hinter der nächsten Hügelkuppe aufgeschlagen.

Ich blieb stehen und horchte und versuchte tief durchzuatmen, denn mein Herz hämmerte wie wild. In meinem ganzen Leben war ich bisher nur ein einziges Mal mitten in der Nacht in die Nähe von Kesselflickern gekommen. Das war vor zwei Jahren gewesen, am Abend vor Allerheiligen, und zwar hatten Rob, der Enkel des Schuhmachers, und ich mit den anderen gewettet. Wir waren in der Dunkelheit herangeschlichen, bis wir sie richtig sehen konnten: Sie saßen um ihre Feuer herum, entspannt und friedlich, denn um diese Stunde gehörte das ganze weite Moor nur ihnen. Die Laute, die sie von sich gaben, gehören zu den merkwürdigsten, die ich je gehört habe: sie klangen wie das schrille Gekecker eines riesengroßen Schwarms von Staren. Wenn das, was sie sprachen, Gälisch war, dann ähnelte es in nichts dem Gälischen, das ich kannte. Aber was mich am meisten verblüffte, war der Lärm, den sie machten, das schrille, spitze Geschrei, mit dem sie sich unterhielten. Ich wollte meinen Ohren nicht trauen und war so verdutzt, daß ich darüber meine Angst vergaß. Kesselflikker, diese schweigsamen Menschen, die nie ungefragt auch nur ein Wort von sich gaben, die sich selbst am hellichten Tag, wenn die Sonne am Himmel stand, unauffällig und leise wie Diebe in der Nacht bewegten – hier saßen sie und schnatterten und zwitscherten wie Vögel und hatten es ungemein wichtig.

Und dann mußte Rob niesen!

Das schrille Geschnatter hörte auf, als seien sie alle mit einem Schlag stumm geworden. Kein Laut war mehr zu hören. Die Stille tat den Ohren weh, so unglaublich dies klingen mag. Ohne ein Wort waren wir beide auf und davon, und wir hörten erst wieder auf zu rennen, als wir sicher im Lichtschein der Stube seines Großvaters angekommen waren.

Ich mußte an diesen Winterabend denken, als ich jetzt dastand und horchte; aber die einzigen Laute, die ich vernahm, waren das sanfte Rauschen des Windes in den Gräsern und der ferne Schrei eines Nachtvogels. Ich setzte mich also wieder in Bewegung und überlegte, wie ich wohl den Mut aufbringen würde, in eines der Zelte zu treten und jemanden aufzuwecken. Ich war noch immer am Überlegen, als ich die Mulde neben dem Bach erreichte. Es war sicher ein idealer Platz für ein Lager. Die Straße machte einen weiten Bogen nach Osten. Gegen Norden schützte ihn eine dunkle Felswand, die sich hinter dem Bach erhob. Aber von Zelten war keine Spur, nichts.

Mein Fuß trat in etwas Weiches und Warmes. Ich bückte mich und fühlte mit den Händen. Es war die Asche eines toten Feuers. Es war nicht das einzige. Die Feuerstellen waren in einem großen Kreis angeordnet. Ich war schwer von Begriff, soviel stand fest. Obgleich mein Herz wie wild klopfte, dauerte es eine ganze Zeit, bis mir klarwurde, daß ich zu spät gekommen war mit meiner Nachricht, daß Mata gefangen war und Hilfe brauchte. Die Kesselflicker waren schneller gewesen. Sie hatten gewußt, wer Mata erwischt hatte, und hatten ihre Zelte zusammengefaltet und sich noch in derselben Nacht davongemacht.

Ich ging denselben Weg über das einsame Moor zurück, den ich gekommen war. Ich war gründlich ernüchtert: Da war nichts mit jungen Männern des Stammes, die mir voller Begeisterung folgen würden, um Mata zu befreien. Ich war allein, und es gab nur eine Person, an die ich mich wenden konnte, und die war kaum älter als ich.

Ich rannte den ganzen Weg, müde und erschöpft wie ich war, den Berg hinunter, an unserem Dorf vorbei, und verlangsamte meinen Schritt erst, als ich die Mauer, die die Lodge umschloß, vor mir sah. Schließlich blieb ich stehen, den Kopf gegen das kalte, feuchte Gemäuer gelehnt, und rang keuchend nach Atem. Als ich mich wieder etwas erholt hatte, kletterte ich hinauf und war auf der anderen Seite, ehe ich es recht wußte.

Der Nebel, der vom Meer her kam, hatte sich zu einem schweren, feuchten Vorhang verdichtet, der jedes Geräusch verschluckte und keinen Luftzug aufkommen ließ. Es war jedoch merkwürdig und unheimlich, wie er die Bäume in Bewegung zu setzen schien. Ich mußte immer wieder stehenbleiben, weil plötzlich ein dunkler Stamm vor meinen Augen auftauchte, wo eine Sekunde zuvor kein Baum zu sehen gewesen war. Am schlimmsten erschrak ich, als mich etwas am linken Arm packte und herumzerrte: Über mir ragte ein riesiges schwarzes Ungeheuer. Es war nur gut, daß ich vor Schrecken wie gelähmt war, sonst hätte ich nach dem Rhododendronbusch geschlagen wie ein kleines Kind, das nachts aus einem bösen Traum hochfährt und gegen seine Decke kämpft. Ich weiß nicht, was schmählicher war: vor lauter Angst nicht zuzuschlagen oder auf einen harmlosen Strauch mit Fäusten loszugehen. Mit einem wütenden Ruck befreite ich mich von dem Ast und hörte, wie das Gewebe meiner Jacke krachte. Ich tastete mich mit ausgestreckten Armen vorwärts.

Plötzlich stand ich auf der Auffahrt; ich war froh, daß ich sie in dem dichten Nebel gefunden hatte, zögerte jedoch, in aller Selbstverständlichkeit darauf weiterzugehen. Als ich mich dann doch dazu entschlossen hatte, bewegte ich mich, als sei ich an einer Leine entlang der säuberlich getrimmten Rasenkante angebunden. Um ehrlich zu sein, ich mußte die ganze Zeit an die Geschichten denken, die die alten Männer im Dorf über die *sluagh,* den Geisterzug der Verstorbenen, erzählten. Die Alten wußten natürlich alle Einzelheiten, wann wo was geschehen war, sie wußten sogar die Namen von Burschen, die der Whisky so tollkühn gemacht hatte, daß sie in stockfinsterer Nacht mitten auf der Straße gegangen waren. Und dabei war diesen dreisten Gesellen der stumme Geisterzug begegnet, den keine Macht der Erde aufzuhalten vermochte, und die *sluagh* waren einfach über sie hinwegmarschiert. Am nächsten Morgen hatte man die Burschen dann gefunden, zerstampft und zermalmt unter dem Tritt unzähliger Füße. Ich redete mir ein, daß die Auffahrt zur Lodge ja keine richtige Straße war, dennoch, darauf ankommen lassen wollte ich es trotzdem nicht.

Als der Weg eine Biegung machte, wußte ich, daß ich fast da war, obwohl das Haus in dichten Nebel gehüllt war. Der Eingang zur Lodge lag auf der Seeseite, und die Zufahrt machte einen weiten Bogen um das Haus herum bis zu der großen Steintreppe.

Ich tastete mich durch die Sträucher zum Hintereingang weiter. Hinter Nebelschwaden, die sich an manchen Stellen auftaten, um sich gleich wieder um so dichter zu schließen, sah ich einen Giebelvorsprung und die dunklen Umrisse des schrägen Daches. Der Nebel war so dicht, daß ich beinahe gegen die Außenmauer der Küche, die wie ein Erker vorstand, gerannt wäre.

Küche, Speisekammer und Vorratsräume waren neu im Vergleich zum Rest der Lodge – man hatte sie ein Jahr vor meiner Geburt, als der letzte Faktor hier einzog, angebaut. Marsalis Zimmer lag unterm Dach, direkt über der Küche, so daß sie in Reichweite war, wenn sie gebraucht wurde. Von allen Dienstboten war sie morgens stets als erste auf den Beinen, denn es gehörte zu ihren Pflichten, in dem großen Küchenherd Feuer zu machen.

Ich kletterte am Regenrohr an der Ecke hinauf und wäre beinahe abgestürzt in meiner Eile, auf das abschüssige Dach zu gelangen. Ich rutschte mit dem Knie ab, bevor ich mich vergewissert hatte, daß ich fest auftreten konnte, und erwischte gerade noch mit einer Hand die Dachrinne. Ich arbeitete mich wieder nach oben; diesmal gab ich jedoch acht, daß ich mit dem Knie fest in der Dachrinne saß, ehe ich mich weiter vortastete. Die Schieferziegel waren naß und glitschig. Vorsichtig kroch ich hinauf, wie die jungen Burschen, die um die Wette an einer rutschigen Stange hochkletterten. Zentimeter um Zentimeter kam ich voran, bis ich mit der ausgestreckten Hand an die Dachluke heranreichte und mich an dem überstehenden Rahmen festhalten konnte. Die Luke war weit geöffnet und im dritten Loch der Metallschiene eingehakt. Ich zog mich vollends hoch, steckte den Kopf in die Fensteröffnung und rief mit gedämpfter Stimme: »Marsali, ich bin's, Calum Og.«

Marsali hatte Nerven, das mußte man ihr lassen. Wenn ich mir vorstellte, daß ich durch eine Stimme vom Dach mitten in der Nacht aus dem Schlaf geholt würde, ich wette, ich würde vor lauter Schreck einen zehn Meter langen Satz tun. Nicht, daß Marsali etwa wach gelegen hätte und meine Stimme beim ersten Laut erkannt hätte. Im Gegenteil, sie lag da und schlief wie ein Stein. Ich mußte dreimal rufen, ehe sie sich überhaupt rührte; und noch einmal, bis sie antwortete. Aber sie schrie nicht auf oder kreischte oder fiel gar in Ohnmacht, wie man das von einem Mädchen erwarten würde. Sie sagte lediglich verschlafen: »Calum Og?« und dann, plötzlich hellwach, mit Besorgnis in der Stimme: »Ist was passiert, Calum Og?«

»Ich muß unbedingt mit dir sprechen, Marsali«, flüsterte ich. »Komm raus.«

»Warte«, sagte sie. »Ich komm gleich runter. Paß du nur gut auf beim Runterklettern.«

Ich hörte, wie sie die Tür entriegelte. Die schwere Küchentür, die auf den Hof führte, öffnete sich mit einem Quietschen. Über ihrem Nachthemd trug sie einen Umhang, den sie sich in der Eile über die Schultern geworfen hatte, und ihr langes schwarzes Haar fiel offen über ihren Rücken. Sie machte die Tür ganz leise zu, nahm mich bei der Hand und führte mich zum Holzschuppen, und zwar so geräuschlos und behende, daß ich gewettet hätte, sie würde den Weg auch mit verbundenen Augen finden. Wir ließen uns nebeneinander auf einem großen Hackklotz nieder. Der süße, harzige Geruch von frisch geschlagenem Holz war geradezu betäubend nach dem naßkalten Nebel vom Meer, und so begann ich, ihr alles zu erzählen, was sich zugetragen hatte, angefangen bei Fearghus Mor, der mich schlafend am Bach überrascht hatte. Ich verschwieg ihr nur eines: den unterirdischen Gang und die geheime Steinkammer. Davon zu sprechen war mir, auch Marsali gegenüber, verboten.

Sie kicherte los, als ich meinen Bericht beendet hatte, und sagte:

»Ich hätte das Gesicht der *cailleach* sehen mögen, als sie hörte, daß du nackt in der Sonne gelegen hast.«

»Wie hätt ich mich denn sonst trocknen sollen?« sagte ich etwas pikiert, denn ich wollte nicht unbedingt an den Gesichtsausdruck unserer Mutter erinnert werden. Dieses entsetzliche Getue reichte mir für die nächsten zwölf Monate.

»Und du schläfst einfach so ein«, sagte sie. »Hattest du denn keine Angst, jemand könnte kommen und dich splitternackt sehen?«

»Ich konnte doch nicht wissen, daß ich einschlafen würde.«

»Mein Gott, du hast Nerven, Calum Og«, sagte sie.

Das war natürlich ein großer Witz, wenn ich daran denke, was für eine Mordsangst ich ausgestanden hatte und wie kopflos ich hin und her gerannt war, bis mir Mata zu Hilfe gekommen war. Komisch, daß jemand wie Marsali auf den Gedanken kommen konnte.

»Wo ist Mata?« fragte ich sie.

»In dem alten Kornspeicher.«

»Wo ist der?«

»Drüben beim Zwinger.«

»In der Nähe der Hunde?«

»Direkt daneben. Die Wildhüter benutzen ihn inzwischen für das Hundefutter und für Geräte und so.«

»Wie viele Hunde sind in den Hütten?«

Sie überlegte einen Augenblick. »Zur Zeit fünf.«

»Dieser Mr. Ferguson ist doch ein übler Schuft«, sagte ich düster. »Der weiß natürlich ganz genau – wenn irgend jemand in die Nähe des alten Speichers geht, dann machen die Hunde einen solchen Höllenlärm, daß man sie im Umkreis von fünf Meilen hört.«

»Wenn ein *Fremder* in ihre Nähe kommt.«

»Was meinst du?«

»Die Hunde würden sicher keinen Muckser tun, wenn sie den Betreffenden kennen.«

»Du meinst, bei dir würden sie nicht bellen?« sagte ich erleichtert.

»Genau das«, antwortete Marsali.

»Und wenn ich mitkäme?«

»Ich könnte sie sicher ruhig halten.«

»Wie sieht denn der alte Kornspeicher aus?«

Ich hätte natürlich auch direkt fragen können, was ich wissen wollte. Marsali war alles andere als schwer von Begriff. »Wie ein Gefängnis eben aussieht«, sagte sie schnell, »sonst hätte Mr. Ferguson deinen Kesselflicker mit Sicherheit nicht darin eingesperrt. Die Mauern sind dick wie die einer Festung. Selbst Samson hätte Mühe gehabt, die Tür aufzubrechen.«

»Hat denn der Bau keine Fenster?«

»Nein, es gibt nur ein paar Schlitze im Gemäuer, vielleicht so breit wie eine Hand, weißt du, wie Schießscharten in den alten Burgen.«

»Ich muß mit ihm reden«, sagte ich eindringlich, denn er mußte unbedingt erfahren, daß ich ihn nicht verraten hatte. »Vor allen Dingen muß ich mit ihm reden.«

Marsali erhob sich von dem Hackklotz. Sie nahm meine Hand.

Ich wußte, daß sich der Zwinger in einiger Entfernung von der Lodge zwischen Sträuchern und Büschen befand, hatte ihn aber noch nie mit eigenen Augen gesehen. Wohlgemerkt, ich hatte von Marsali schon einiges gehört, was ich aber nie geglaubt hätte, wenn nicht die Leute im Dorf Ähnliches erzählt hätten. Die Hundehütten bestanden aus genau demselben behauenen Stein wie die Lodge. Es waren sechs adrette, kleine Hütten aus teurem Stein, für sechs Hunde, und jede Hütte besaß eine Klappe, die in den mit Metallstäben vergitterten Zwinger führte. Es schien mir völlig unbegreiflich, weshalb der Laird ein paar Maurer beauftragt hatte, diese soliden, aufwendigen Hundehütten zu mauern, um sie dann hinter Büschen und Sträuchern vor den Blicken der Öffentlichkeit zu verstecken. Aber wer kann schon behaupten, daß er die Reichen mit ihren Marotten versteht!

Marsali führte mich durch den Gemüsegarten; nach einer scharfen Biegung entfernte sich der schmale Weg von der Lodge und schlängelte sich durch eine dichte Sträucherhecke. Man konnte ein dumpfes Knurren, ein erregtes Kläffen, halbersticktes Gebell vernehmen. »Wollt ihr wohl ruhig sein, ihr Köter«, sagte Marsali barsch. »Ruhe, hab ich gesagt!«

Jetzt sah ich die dunklen Umrisse der Hütten durch den quellenden Nebel hindurch. Sie waren niedriger, als ich gedacht hatte. Links von ihnen tauchten die Konturen eines höheren, massiveren Gebäudes auf.

»Da drin ist er«, flüsterte Marsali und gab mir einen sanften Stoß in den Rücken. »Geh schon und beeil dich.«

Ich stolperte mehrmals, bis ich den alten Kornspeicher

erreichte, und tastete mich an der Wand entlang bis zur Tür vor. Ich lehnte mich fest mit der Schulter gegen die Tür, aber sie gab keinen Ruck nach. Hinter mir hörte ich, wie Marsali leise auf die Hunde einredete und sie bei ihren Namen rief. »Mata«, flüsterte ich eindringlich. »Mata!«

Nichts. Kein Laut.

»Mata!« wiederholte ich, diesmal etwas lauter. »Ich bin's, Calum Og.«

Jetzt drang eine Stimme an mein Ohr. Sie schien von irgendwo über mir zu kommen und war durch die Dicke des Gemäuers und durch die gewaltige Tür gedämpft. Ich stellte mich auf Zehenspitzen und reckte mich in die Höhe. Die Tür war nicht allzu hoch, und darüber war ein schmaler Spalt, vielleicht gerade drei Finger breit. »Wie geht es dir?« fragte ich verlegen.

»Es geht so.«

»Bist du immer noch gefesselt?« fragte ich weiter.

»Nein, hier drin braucht man keinem die Hände auf den Rücken zu binden.«

»Haben sie dir etwas zu essen gegeben?«

»Ja, Wasser und Brot. Ich kann mich nicht beklagen.«

»Mata«, sagte ich erregt, so daß sich meine Worte fast überschlugen. »Mata, ich hab dich nicht verraten. Mein Onkel hat dich schlecht gemacht, und ich hab darauf nur gesagt, daß du mich vor den Wildhütern gerettet hast. Er ist von selber auf die Idee gekommen, zu Mr. Ferguson zu gehen und ihm zu erzählen, du seist am Fluß und würdest Lachse fangen. Zu mir hat er nicht gesagt, was er vorhatte. Ich hab nichts verraten, auch nicht von dem Speer oder von sonst was.«

»Calum Og?«

»Ja.«

»Die unterirdische Kammer? Hast du was davon erzählt?«

»Nichts, Mata. Kein Wort. Zu niemandem.«

»Sie dürfen auch nie etwas davon erfahren, verstehst du, nie.«

»Von mir werden sie nie etwas erfahren. Von mir nicht.«

»Ich glaub dir's, Junge.«

Ich überlegte, daß es wohl das beste war, wenn er die ganze Wahrheit erführe. Ich sagte daher: »Mata, deine Leute sind allesamt fort. Ich bin oben am Lager gewesen, aber sie waren alle spurlos verschwunden.«

»Gut«, sagte er.

Seine Antwort machte mich buchstäblich sprachlos. Erst das aufgeregte Gewinsel eines der Hunde und Marsalis gereizter Befehlston, mit dem sie das Tier zum Schweigen brachte, erinnerten mich wieder daran, daß Eile geboten war und ich unbedingt reden mußte, solange Gelegenheit dazu war. »Wie soll ich dich denn ganz alleine da herausholen?« sagte ich etwas erbost.

»Wie könntest du mich hier herausholen, ohne dabei mein ganzes Volk in Ketten zu legen?« erwiderte er. »Ich mach mir keine Sorgen, Junge. Dies ist nicht das erstemal, daß ich ein Gefängnis von innen sehe wegen eines geklauten Lachses. Bisher hab ich noch jeden Winter überstanden, ob im Gefängnis oder draußen. Weiß dein Onkel, daß du hier bist?«

»Keine Angst, der liegt in seinem Bett und schnarcht.«

»Wer ist das Mädchen, das du mitgebracht hast?«

Meine Güte, mußte Mata Ohren haben, wenn er Marsalis Geflüster hören konnte. »Meine Schwester«, sagte ich. »Sie hält die Hunde ruhig. Sie kennen sie. Sie arbeitet in der Lodge.«

»Du gehst jetzt besser«, sagte Mata.

»Ja.«

»Calum Og«, sagte er nach einer langen Pause. Marsali zischte mir bereits ungeduldig zu, ich solle mich beeilen.

»Ja?«

»Du bist noch nicht fort?«

»Nein, noch nicht.«

»Calum Og?«

»Ja?«

»Calum Og, du mußt mir einen Gefallen tun.«

»Ich tu alles für dich, Mata«, sagte ich, »sofern ich das kann.«

»Calum Og, sie haben mir meinen Tabak und meine

Pfeife und die Schachtel mit den Streichhölzern weggenommen. Also der Tabak, der geht mir schon arg ab.«

»Ich besorg dir Tabak«, sagte ich, ohne auch nur eine Sekunde zu überlegen, wie. »Aber mit einer Pfeife und Streichhölzern weiß ich nicht so recht . . .«

»Ich brauch keine Pfeife, Junge«, unterbrach er mich. »Die würden ja den Rauch riechen und wissen, daß jemand bei mir gewesen ist. Nein, nein, Tabak ist alles, was ich brauche. Einen Pfriem zum Kauen, das würd mir schon reichen. Aber sei vorsichtig, Junge. Ich will nicht, daß du auch noch im Gefängnis landest.«

»Na klar. Ich geh jetzt, Mata; morgen abend komm ich wieder mit dem Tabak.«

»Es muß nicht viel sein, denk dran, nur für einmal«, sagte er. »Und paß gut auf, Calum Og. Behüte dich Gott.«

Nach einem letzten Wort der Beschwichtigung brach Marsali auf, ehe ich an ihrer Seite war. Sie führte mich auf einem anderen Weg direkt bis zur Mauer am Ufer des Conon zurück. Der Nebel über dem Wasser war inzwischen eher noch dichter geworden und verschluckte das Rauschen des Bachs, der schäumend dem Meer entgegenstürzte, so vollkommen, als gäbe es ihn gar nicht.

Marsali sagte: »Wovon hast du bisher zu niemandem etwas gesagt?«

Offenbar war Mata nicht der einzige mit Ohren, die das Gras wachsen hörten. »Daß er weißen Whisky gebrannt hat«, log ich, »und zwar in einer Höhle in den Bergen.«

Es war eine gute Lüge, falls es so etwas überhaupt gibt. Jedenfalls schluckte Marsali sie ohne weiteres. »Um den armen *truaghan* wär's tatsächlich geschehen«, sagte sie, »wenn der Faktor erführe, daß er nicht nur im Fluß wildert, sondern obendrein auch noch Whisky brennt.«

»Hast du etwas vom Faktor gehört?«

»Morgen fährt der Kutscher nach Portree, er soll ihn vom Schiff abholen, ihn und die Kusine des Laird.«

»Warum, meinst du, kommt der Laird nie selber hierher?«

»Der Laird hat mehr Besitzungen als du Sommersprossen auf der Nase«, sagte sie. »Er kann sich nicht um alle kümmern wie eine Henne um ihre Küken. Es heißt, der habe ein Anwesen in Afrika, das größer ist als ganz Skye.«

»Das gibt's doch gar nicht!«

»Doch, doch.«

»Schade, daß er den Faktor nicht nach Afrika schickt, dann könnten sich die Wilden an ihm freuen.«

»Der Faktor würde keinen Augenblick zögern, dem Laird zu erklären, daß er sich bereits hier unter Wilden befindet«, sagte sie scharf. »Jeder, der kein Englisch spricht, ist für den Faktor so schlimm wie ein gottloser Schwarzer aus dem Busch.«

Der Gedanke war mir bisher überhaupt noch nie gekommen, so daß mir das Lachen im Hals steckenblieb. Marsali hatte natürlich vollkommen recht, wenn man's genau besah. Was der Faktor von uns hielt, sah man bereits an den kalten, abwesenden Augen, die auf uns herabschauten, als bedeuteten wir ihm weniger als die Schafe und Kühe auf der Weide. Und so war es natürlich auch: Auf Vieh nahm er mehr Rücksicht als auf uns. Schafe oder Kühe durften seiner Kutsche den Weg versperren, wir nicht. Sein Kutscher fuhr keinen Deut langsamer, wenn einer von uns vor ihm auf der Straße ging. Von uns wurde erwartet, daß wir zur Seite spritzten, eilfertig die Mütze vom Kopf rissen und unseren Bückling machten. Der Gedanke, daß Mata der Gnade dieses Mannes ausgeliefert war, flößte mir Entsetzen ein.

»Morgen abend will ich noch mal mit Mata sprechen«, sagte ich.

»Was, obgleich der Faktor wieder hier ist?«

»Der muß ja auch irgendwann einmal schlafen; ich komm dann eben spät in der Nacht.«

»Du magst ihn wohl sehr, diesen alten Kesselflicker?«

»Er hat unserem Vater geholfen.«

»Aber was können wir denn für ihn tun?«

»Also, wenn ich in so einem dunklen Loch eingesperrt wäre«, sagte ich, »dann wäre ich dankbar für einen Freund, der mich ein bißchen trösten würde.«

»Ich würd raus wollen«, sagte sie.

»Könntest du nicht an den Schlüssel zu dem alten Kornspeicher herankommen?«

»Den hat Mr. Ferguson.«

»Und bei dem ist er natürlich bestens aufgehoben. Aber du schaffst es doch morgen abend, Marsali?«

»Ich glaube schon. Du darfst aber nicht über die Mauer klettern, ehe nicht alle Lampen im Haus gelöscht sind. Und das wird mit Sicherheit sehr spät sein, wenn der Faktor wieder hier ist. Am besten gehst du direkt in den Holzschuppen. Ich bringe ein bißchen was zu essen aus der Küche mit.«

»Prima, Marsali.«

»Gib auf dich acht, Calum Og«, sagte sie. »Außer dem Faktor würde dir noch manch anderer ganz schön das Fell gerben, wenn du dich bei dem Kesselflicker erwischen ließest.«

Sie winkte mir kurz mit der Hand zu, wandte sich um und ging dann so leichtfüßig davon, als sei es heller Tag. Wenn sie Angst hatte, allein in dieser Stockfinsternis zur Lodge zurückzugehen, dann ließ sie es sich jedenfalls nicht anmerken. Ich rührte mich nicht vom Fleck, sondern blieb stehen und wartete noch lange, nachdem sie im Nebel verschwunden war. Schließlich kletterte ich über die Mauer und machte mich auf den Heimweg.

Tomas Caogach war noch immer am Schnarchen, als ich vorsichtig die Küchentür aufschob. Die gewaltigen Geräusche, die er in die Nacht hineinstieß, ließen das ganze Haus erbeben, und ich wunderte mich nur, daß die Trennwand, hinter der er schlief, noch nicht eingestürzt war. Ich zog mir die Hosen aus und kroch in mein Kastenbett. Ich war so froh, daß ich ohne Schwierigkeiten wieder ins Haus gekommen war. Mochte er doch schnarchen, soviel er wollte!

Ich war schon fast eingeschlafen, als mir mein Versprechen, das ich Mata gegeben hatte, wieder einfiel. Wen konnte ich um einen Pfriem Tabak bitten? Seumas, der Schuhmacher, hätte sicher nichts dagegen, einem Gefangenen des Faktors ein bißchen Kautabak zu spendieren, selbst wenn es sich um einen Kesselflicker handelte, für den er normalerweise nicht viel übrig hatte. Gut, ihn würde ich also in der Frühe fragen. Oder lieber doch nicht Seumas. Den würde so ein Geschenk ja nicht kratzen. Der Spender sollte, fiel mir ein, jemand sein, der mit seinem Tabak knickerte und dauernd so tat, als würde er in seinem Pfeifenkopf Gold zu Asche verbrennen. Der sollte Mata zu seinem bißchen Vergnügen verhelfen. Ich lächelte in der Dunkelheit vor mich hin. Bei der ersten Gelegenheit würde ich ein Stückchen von der schwarzen Rolle in der Tabakdose meines Onkels abschneiden. Tomas Caogach würde der Wohltäter sein. Das war das allerwenigste, was er tun konnte, wenn ich bedachte, daß er es war, der Mata an den Faktor verraten hatte. Voller Zufriedenheit über diesen Plan schlief ich ein.

Das Gezeter der beiden ging wieder los, bevor ich recht aus dem Bett war: Sie keiften und gifteten sich, während ich mir hastig die Hose anzog. Meine Mutter meckerte herum, weil ich so spät aufstand. Sie fing stets bei Adam und Eva an und wiederholte dann zum hundertstenmal, wie schlecht sie es gehabt habe und was sie alles habe durchmachen müssen, als sie jung war: Morgens die erste bei der Arbeit und abends die letzte im Bett, so sei es bei ihr gewesen. Tomas Caogach hingegen brauchte nie einen speziellen Grund. Ihm war mein Anblick, glaube ich, Grund genug, um über mich herzufallen.

Als der Frühstücksbrei auf den Tisch kam, hörte er jedoch sofort auf. Er hatte es immer sehr eilig, das Tischgebet zu sprechen – und dazu mußte alles still sein –, damit er gleich losschaufeln und mit seinem Hornlöffel in der großen Schüssel herumfuhrwerken konnte, die dampfend vor seiner Nase stand. Meine Mutter war da anders. Sobald das Tischgebet gesprochen war, ging das Gemecker bei ihr weiter. Das Essen war für sie Nebensache, sie schob sich ohnehin nur kleine Bissen in den Mund, ohne daß sie recht merkte, was sie aß.

»Das Schlimme bei dir ist, Junge«, sagte sie, »daß du überhaupt nicht zu schätzen weißt, wie gut es dir geht und was wir alles für dich tun. Manch einer hier im Dorf hat lediglich einen Rupfensack als Bettdecke, und zum Frühstück bekommt er eine Kumme Wasser. Dir geht's zu gut, Junge, das ist das Problem. Eine warme Decke im Bett und Kleider auf dem Leib, die zu meiner Zeit in der Truhe eingeschlossen und nur zum Sonntag herausgeholt worden wären, und all die –« Sie unterbrach sich plötzlich, griff nach meinem linken Handgelenk und hob mir den Arm hoch, um ihn näher zu inspizieren.

»Du liebe Zeit, jetzt ist diese Jacke noch nicht einmal ein Jahr alt, und der Ärmel ist schon fast in Fetzen! Wie machst du das bloß? Geht man denn so mit seinen guten Sachen um? Und dabei ist das Zeug so schwer zu kriegen. Komisch, daß ich dieses Loch bisher noch nie bemerkt habe.«

»Ich auch nicht«, sagte ich.

»Du! Den Tag möcht ich erleben, wo du merkst, daß du dir ein Loch in den Ärmel gerissen hast. Dir könnte die Jacke in Fetzen vom Leib hängen, und du würdest nichts merken. Wie kommt das Loch in deinen Ärmel?«

»Keine Ahnung.«

»Keine Ahnung? Hörst du, was er sagt, Tomas? Er sagt, er hat keine Ahnung. So ein Luftikus! Dein ganzer Kopf würde durch das Loch passen. Wie kannst du da bloß sagen, du hast keine Ahnung? Hm? Ich warte auf eine Erklärung, Junge!«

»Ich hab keine Ahnung«, sagte ich wieder.

Sie tat sprachlos vor Empörung und schüttelte den Kopf, so daß sich schließlich ihr strähniger kleiner Haarknoten löste, was sie um so erboster machte. »Hungern müßte man dich lassen, Junge, hungern«, schrie sie, während sie versuchte, ihre losen Haarsträhnen wieder zu einem Knoten zusammenzudrehen. »Dann würdest du nicht so viel im Essen herumstochern, das garantier ich dir. Eine Zeitlang bei Schmalhans zu Gast, da würden dir deine Flausen vergehen!«

Die gräßliche Litanei nahm überhaupt kein Ende. Ihre Stimme trommelte auf meine Ohren wie ein Dreschflegel; und als Tomas Caogach schließlich seine Kumme ausgekratzt hatte, stimmte er in das widerliche Gekeife ein. Wasser zum Frühstück? Mit Wonne hätte ich eine Kumme Haferbrei gegen ein Glas Wasser eingetauscht, wenn ich das Wasser wenigstens in Frieden hätte trinken können, ohne das Gegeifer dieser beiden anhören zu müssen. Aber ich blieb sitzen, statt mit einer Ausrede in den Hof hinauszugehen, was ich normalerweise nach dem Frühstück tat. Ich wollte warten, bis sich Tomas Caogach seine erste Pfeife stopfte, denn ich wußte, er würde die Tabakdose auf dem Küchentisch liegen lassen, so daß ich mich daraus würde bedienen können, sobald meine Mutter mir den Rücken kehrte.

Tomas Caogach war immer ganz besonders scharf auf seine erste Pfeife nach dem Wochenende, wo er als frommer Mann ja Enthaltsamkeit demonstrieren mußte, und daher schob er die Vorbereitungen des Putzens und Stopfens so lange wie möglich hinaus, um zu beweisen – vor sich selbst ebenso wie vor seiner Schwester und mir –, daß er eigentlich und genaugenommen überhaupt kein Vergnügen am Rauchen fand.

Zunächst holte er die Pfeife hervor und legte sie auf den Tisch. Dann grub er noch einmal in seiner Tasche und brachte die Tabakdose ans Licht, die er mit betonter Bedächtigkeit neben die Pfeife legte. Nach einer Weile schob sich seine Riesenpranke über die Dose; es verging wieder einige Zeit, bis er die Dose aufmachte und an dem schmalen Spalt schnupperte. Beim Anblick der dicken schwarzen Rolle Tabak, die viel zu groß schien für die Dose und sicherlich die größte war, die ich je darin gesehen hatte, konnte ich mir ein Grinsen nicht verkneifen. So sah es also aus, das Geschenk von Mr. Ferguson. Na ja, ich konnte jedenfalls sicher sein, daß er es nicht merken würde, wenn ich ihm von diesem Riesenstück ein kleines Ende abschnitt. Ich sah ihm zu, wie er sein Messer herausholte und sich daranmachte, dünne Scheiben von der Rolle abzuschneiden. Er war so konzentriert bei der Sache, aus Angst, das Messer könnte abrutschen, daß er buchstäblich den Mund nicht mehr zubrachte. Die so sorgfältig abgeschnittenen Ringe waren nicht dicker als Fischschuppen. Der Ceistear war zwar grundsätzlich gegen das Rauchen, aber eines konnte er Tomas Caogach sicher nicht vorwerfen: daß er dem Tabak verfallen sei. Mr. Fergusons Geschenk würde ihm wohl für das ganze Jahr reichen, es sei denn, er würde inzwischen verlernen, mit einem Messer umzugehen.

Er zerdrückte den Tabak in der Hand und begann seine Pfeife zu stopfen. Was danebenfiel, schob er mit peinlicher Sorgfalt auf dem Tisch zusammen, damit ja nichts verlorenging. Als die Pfeife schließlich brannte, ging er zur Tür und schaute hinaus. Das gehörte zum Ritual: Jeden Morgen blieb er zunächst in der Tür stehen, um das Wetter zu begutachten, bevor er ins Freie trat und sich an die Arbeit machte. Aber heute morgen sollte es nicht so sein. Er duckte sich wie stets, wenn er durch die Tür ging und hatte auch schon einen Schritt nach draußen gemacht – und dann änderte er seinen Sinn. Auf halbem Weg nach draußen machte er kehrt, ging zurück zum Tisch, schnappte seine Tabakdose und schob sie sich in die Tasche.

Ich starrte auf die Ecke des Tisches, wo die Dose gelegen hatte, und wollte meinen Augen nicht trauen. Gesetzt den Fall, er steckte die Dose nach seiner zweiten Pfeife, die er gewöhnlich nach dem Mittagessen rauchte, auch wieder ein, dann bliebe mir nur noch eine einzige Gelegenheit. Tomas Caogach genehmigte sich nie mehr als drei Pfeifen am Tag, außer am Sonntag, wo er überhaupt nicht rauchte.

Meine Mutter gab mir einen Stoß in die Rippen. »Sitz hier nicht rum und träum in den Tag hinein. Die Arbeit macht sich nicht von selber!« blaffte sie. »Raus mit dir in den Stall! Bring die Tiere auf die Weide!«

Das nächste Mal sah ich die Tabakdose erst wieder, als wir draußen im Moor bei der Arbeit in unserer Torfgrube eine kleine Pause zum Essen machten. Obgleich die Sonne den

Zenit bereits überschritten hatte, gab es kein richtiges Mittagessen, sondern nur ein paar Girdle Scones und eine Tasse Tee. Die Dose verschwand, sobald er seine Pfeife gestopft hatte, blitzschnell in seiner Tasche, und als er mit dem Rauchen fertig war, ging es wieder an die Arbeit.

Für mich gab es keine langweiligere Arbeit als das Abstechen der Torfsoden. Jetzt lagen sie bereits in ordentlichen Reihen teilweise auf dem Grund der Grube, teils oben am Rand, wo sie meine Mutter und ich hingeworfen hatten, feucht und schwer, wie sie Tomas Caogach mit seinem Spaten abgestochen hatte. Das war bereits vor einigen Wochen während einer trockenen Periode im Mai gewesen. Inzwischen hatten Sonne und Wind die obere Seite der Soden ausgetrocknet, so daß man sie jetzt schichten konnte, ohne daß sie zerbrachen.

Wir stapelten sie in kleinen Häufchen: Eine Sode kam senkrecht in die Mitte der Pyramide, vier weitere wurden schräg dagegengestellt, so daß das Ganze Halt bekam, und die letzte wurde dann waagerecht darübergelegt. Dabei mußten wir immer darauf achten, daß die feuchte Seite nach außen kam. Sobald die Soden nicht mehr flach im Gras oder gar auf dem Grund der Torfgrube, in der meistens das Wasser stand, lagen, begannen sie schnell zu trocknen, vorausgesetzt, das Wetter war nicht allzu mies. Aber wer noch nie Soden getrocknet hat, der kann sich überhaupt nicht vorstellen, wieviel Arbeit in einem Wintervorrat an Torf steckt.

Tomas Caogach, meine Mutter und ich schufteten den ganzen Nachmittag bis in die frühen Abendstunden hinein; und während der ganzen Zeit brannte die Sonne unbarmherzig von einem wolkenlosen blauen Himmel herab. Ich hatte das Gefühl, ich würde meinen Rücken nie mehr wieder geradebiegen können. Das war überhaupt das Schlimmste: die ganze Zeit über im Bücken arbeiten zu müssen und sich nie strecken zu können, weil Tomas Caogach neben einem stand und einen ununterbrochen im Auge hatte. Der nasse Torfgrund schien das grelle Sonnenlicht wie Glas zu reflektieren, so daß die dunkle Oberfläche der Soden glitzerte, als schwitzten sie.

Wir schufteten, bis wir die meisten Soden in Pyramiden aufgestellt hatten. Schließlich war nur noch das unterste Viertel der langen Grube übrig. Aber es würde noch Stunden dauern, bis die Sonne für kurze Zeit hinter den westlichen Inseln untertauchte, und Tomas Caogach gehörte nicht zu den Leuten, die nach Hause gingen, solange noch Arbeit zu tun war und am Himmel ein Funken Licht glühte, der einem dabei half.

Zu meiner Verwunderung hatte ich mich diesmal geirrt.

Er richtete sich auf und zog seine große Uhr aus der Tasche. Er schaute darauf und warf dann einen säuerlichen Blick auf die Soden, die noch auf dem Grund der Grube lagen. »Wir machen wohl besser Schluß, Iseabal«, murmelte er. »Der Ceistear meinte, er würde so gegen acht bei uns vorbeikommen.«

»Ich könnte ja hierbleiben und den Rest rausholen.«

»Nix da«, kläffte meine Mutter.

»Jetzt wirst du rausgeholt, Junge«, sagte Tomas Caogach, »und zwar aus dem Sündenpfuhl, in dem du steckst.«

»Keine Angst«, sagte meine Mutter, »der Ceistear, der holt ihn da schon raus, da freß ich einen Besen.«

Ich hörte das Tapp-Tapp seines Stockes, mit dem er sich an der Mauer entlang zur Tür auf der anderen Seite des Hauses vortastete. Die beiden hüteten sich, hinauszugehen, um ihn bei der Hand zu nehmen, obwohl sie schon beim ersten Schlag seines Stockes gegen die Wand von ihren Stühlen hochgefahren waren. Sie wußten, daß der Ceistear nicht als Krüppel angesehen werden wollte, der sich nicht zurechtfand – was im übrigen auch nicht der Fall war, denn er bewegte sich so geschickt und schnell wie ein Sehender –, und unterließen es daher, ihm ihre Hilfe anzubieten.

Mit seinem Stock den Weg ertastend, kam er in die Küche, stellte fest, wo die Bank aufhörte und blieb, nachdem er seine Orientierung gefunden hatte, mitten im Raum stehen: Ein kleines, mageres Männchen, ganz in Schwarz, bis auf den weißen Kragen, der unter seinem bis oben zugeknöpften Mantel ein bißchen überstand. Er hielt das Gesicht nach oben, als suche er die Sonne, und seine toten Augen schienen angestrengt in weite Fernen zu sehen. Sein kleiner Kopf unter dem riesigen schwarzen Hut bewegte sich unablässig hin und her. Ich habe mich immer gefragt, warum sein Kopf nie stillstand, bis mir eines Tages klarwurde, daß er ja mit den Ohren sah, und daß er daher auf die kleinsten Geräusche achten mußte, um zu wissen, was um ihn herum vor sich ging.

Tomas Caogach ging auf ihn zu und begrüßte ihn mit einem langen Händedruck. Meine Mutter tat es ihm nach. Der Ceistear unterbrach sie schließlich in ihren wortreichen Dankbekundungen und hieß sie still sein. Er tastete sich mit seinem Stock vor bis zur Mitte der Bank und ließ sich darauf nieder. Dann nahm er den großen, schweren Hut ab und legte ihn neben sich. Sein Haupthaar war weiß wie Wolle.

»Der Junge«, sagte er, »wo ist der Junge?«

Meine Mutter schob mich vor ihn hin, und ich ergriff seine kleine, weiche Hand. Er zog mich neben sich auf die Bank herunter, nickte in Tomas Caogachs Richtung und sagte: »Setz dich, Tomas«, und zu meiner Mutter: »Setz dich, Iseabal«, dann räusperte er sich, wie er das sonntags in der Kirche tat, wenn er hoch über uns auf der Kanzel stand, und sagte: »Lasset uns beten.«

Wir knieten alle vier vor der Bank nieder. Die Kniegelenke des Ceistear knackten, als würden sie zerspringen. Ich wußte, daß er schrecklich unter Rheuma litt. Vielleicht war das der Grund, warum er nicht sofort anfing, vielleicht mußte er sich erst von all seinen eigensüchtigen Gedanken an sich selbst reinigen, und sicher quälte ihn die Frage, weshalb er, ausgerechnet er, mit soviel Schmerzen in den Gliedern geschlagen war, wo er doch seine Beine nur dazu gebrauchen wollte, durchs Land zu ziehen und das Wort des Herrn zu verkünden. In der Küche lag ein dumpfes Schweigen, wie ich es noch nie erlebt hatte: unheilvoll und furchterregend wie die atemlose Stille nach einem gewaltigen Donnerschlag, wo jeder weiß, daß es noch schlimmer kommen wird, und wo man nur darauf wartet, bis der nächste Blitz mit einem mächtigen Zischen den Himmel aufreißt.

Er begann zaghaft, nach Worten ringend, die ihm nur stockend kamen. Er sprach zunächst so leise, daß ich kaum verstand, was er sagte, improvisierend und seiner Eingebung folgend, die sich aus der Luft zu speisen schien, denn die Worte kamen ihm immer schneller, und seine Stimme wurde kraftvoller und fester und schwoll schließlich an zu einem mächtigen Orkan, dessen Getöse mir das Trommelfell erschütterte. Als er meinen Namen zum erstenmal nannte, hörte ich meine Mutter seufzen, und dann brach sie auch schon in Tränen aus, obwohl mir nicht ganz klar war, ob aus Kummer oder vor Freude. Unter meinen gefalteten Händen durch riskierte ich einen Blick zum Ceistear hinüber. Sogar im Gebet hielt er seinen Stock fest, und seine kleinen weißen Hände schlossen und öffneten sich nervös über dem Knauf, während seine Stimme hallte wie Trompetenschall.

Ich dachte, wir würden die ganze Nacht hier auf den Knien verbringen. Aber allmählich verebbte sein Wortschwall, seine Stimme wurde wieder leise, so leise, daß ich am Ende kaum sein geflüstertes »Amen« hörte. Wir knieten noch lange, nachdem er geendet hatte, als habe diese Stimme einen Zauberbann über uns geworfen, aus dem nur er uns erlösen konnte. Und das tat er schließlich, indem er sich räusperte und sich dann mit einem tiefen Seufzer erhob. Meine Mutter erhob sich als letzte und setzte sich auch als letzte wieder auf die Bank.

Aber damit war die Sache natürlich noch nicht ausgestanden. Im Gegenteil. Kaum saßen wir alle wieder auf der Bank, ging die Fragerei los. Er schoß Fragen auf mich ab, scharf und so schnell, daß ich sie gar nicht alle behalten konnte, Fragen, die selbst einem Kerl mit der Dickfelligkeit eines Elefanten den Schweiß ins Gesicht getrieben hätten. Und dabei klopfte er die ganze Zeit mit seinem Stock auf den Lehmboden. Mir kam die verrückte Vorstellung, daß ich ihn für alle Zeit zum Schweigen bringen könnte, wenn ich nur den Mut aufbrächte, ihm seinen Stock wegzureißen und zu zerbrechen.

»Wie heißt das fünfte Gebot, Junge?« sagte er, jedes einzelne Wort mit dem Stock skandierend, und packte mich dabei mit seiner freien Hand am Bein, als wolle er fühlen, ob mich die Frage auch richtig getroffen hatte.

»Das fünfte Gebot heißt: *Du sollst deinen Vater und deine Mutter ehren, auf daß du lange lebest in dem Lande, das dir der Herr, dein Gott, gibt.«* Tomas Caogach hatte mir die zehn Gebote von früh auf eingebleut.

»Und wer ist dein Vater, Junge?« fragte er weiter und tappte, ohne auf eine Antwort von mir zu warten, mit seinem Stock gegen Tomas Caogachs Stiefel. »Dieser Mann ist dein Vater, er, der dich bisher jeden Tag deines Lebens beschützt hat, der dir Speise gab und Kleider, dich in die Schule schickte und in der Furcht des Herrn erzogen hat.« Der Stock trommelte seine Botschaft auf die Stiefel Tomas Caogachs. »Dieser Mann ist dein Vater, obgleich du ihn Onkel nennst.«

Wieder suchte die Hand des Ceistear mein Bein. »Und was ist die oberste Pflicht der Christen?«

Die Frage setzte mich in Erstaunen, denn er hatte mich schließlich oft genug durch den Katechismus gejagt und wußte genau, daß ich ihn auswendig konnte: »Die oberste Pflicht des Christen ist der Gehorsam«, sagte ich, »der Gehorsam gegen Gott und Seinen Willen.«

»Ja, der Gehorsam!« Der Ceistear stürzte sich auf das Wort schneller als eine Möwe auf einen Happen zu fressen. »Deine Pflicht ist der Gehorsam gegen den Herrn, und nach dem Willen des Herrn sollst du deinen Vater und deine Mutter ehren. Und du, Junge, was tust du? Wie ich höre, weißt du nicht, was Gehorsam ist. Du bist ungehorsam! Das ist eine Sünde, eine schreckliche Sünde. Und jede Sünde erregt den Zorn Gottes und führt in die Verdammnis, in diesem Leben wie im Jenseits. Hast du denn gar keine Angst, Junge? Gelüstet dich denn so sehr nach der ewigen Verdammnis und den Qualen der Hölle?«

Meine Mutter weinte wieder los, und ich war inzwischen den Tränen auch sehr nahe: seine gewaltige Stimme, die mit solcher Wucht auf mich niederging, und seine toten Augen, die mir unverwandt ins Gesicht starrten, hatten mich ziemlich mürbe gemacht. Ich schaute zu Boden und hielt meinen Blick beharrlich auf seine Stiefel gerichtet. Er hatte die kleinsten Füße, die ich je bei einem Mann gesehen hatte, Füße, die in winzigen Stiefeln steckten, nicht größer als die eines Kindes. Es war mir leichter, diese kleinen Stiefel anzustarren, als in seine toten Augen zu blikken.

»Welches ist die größte Scheune, die du kennst, Junge?« fragte er ganz unerwartet.

Ich war so überrascht, daß mir keine Antwort einfiel.

»Die Scheune des Großpächters vielleicht?« schlug er vor.

»Nein«, sagte ich, als ich die Sprache wiedergefunden hatte, »ich hab eine größere gesehen – die Scheune in Kingsburgh.«

»Also die Scheune in Kingsburgh«, sagte er bedächtig. »Angenommen, diese große Scheune wäre bis oben mit Getreide gefüllt. Wohlgemerkt, bis unters Dach. Und angenommen, ein Vogel, ein einziger, käme einmal, wohlgemerkt nur ein einziges Mal in tausend Jahren und würde ein einziges Korn holen. Wohlgemerkt nur ein einziges Weizenkorn in tausend Jahren. So, und nun, Junge, hör gut zu. Eines Tages, eines fernen, fernen Tages wäre diese große Scheune leer; die Weizenkörner wären zu Ende.« Seine Stimme schwoll plötzlich zu Donnerhall. »Aber die Qualen der Hölle werden nie zu Ende sein. Tausend mal tausend Jahre sind wie ein Augenblick für den, der im Pfuhl der Verdammnis schmachtet. Bist du unbedingt auf so etwas aus, Junge? Hm? Gib Antwort!«

»Nein, nein«, schrie ich entsetzt.

Er ließ zwar immer noch nicht von mir ab, aber das Schlimmste war damit vorbei. Er sprach noch einmal ein Gebet, bevor er Schluß machte, aber für seine Verhältnisse war es ein ganz ruhiges, besinnliches Gebet ohne Donner und Geschrei. Obwohl ihn meine Mutter geradezu bedrängte, etwas zu essen oder wenigstens eine Tasse Tee zu trinken, lehnte er standhaft ab. Ich für mein Teil sah ihn ohne Bedauern gehen.

Tomas Caogach brachte ihn bis zur Straße und kam

gleich wieder zurück. »Ja, ja«, sagte er, sich die Hände reibend und vor Selbstzufriedenheit glänzend, »es gibt sicher keinen, der so beten kann wie der Ceistear. Kein Pfarrer kann's mit ihm aufnehmen.«

»Und nicht einmal eine Tasse Tee, geschweige denn etwas zu essen hat er gewollt«, sagte meine Mutter. »Er ist so hart gegen sich selbst, der arme Mann, ich möcht bloß wissen, wie er das macht, daß er so rüstig ist.«

Sie nahm ihre Eimer und ging hinaus zu den Kühen. Ich sah ihr an, daß sie trotz ihres Geflennes recht zufrieden mit sich war. Tomas Caogach stellte sich an den Tisch und holte Pfeife und Tabak aus der Tasche. Er hatte nach dem Abendessen nicht geraucht, aus Angst, die Küche könnte danach riechen, aber jetzt, wo der Ceistear gegangen war, wollte er auf seine dritte Pfeife am Tage nicht verzichten. Ich machte die Augen zu und ließ sie auch zu, als ich ihn aufstehen und zur Tür gehen hörte. »Du tust gut daran, in dich zu gehen«, sagte er, als er an mir vorbeiging. »Denk an die Worte des Ceistear und befolge sie von nun an gut.«

Ich zählte bis hundert und redete mir gut zu: *Schau nicht hin, dann liegt sie da, schau nicht hin, dann liegt sie da.*

Ich machte die Augen auf – und die Tabakdose lag tatsächlich auf dem Tisch. Im Nu stand ich daneben und hielt auch schon die dicke schwarze Rolle Tabak in der Hand. Ich hatte mich nicht getäuscht: in der Dose war soviel Tabak, daß Tomas Caogach mindestens ein Jahr davon rauchen konnte, wenn nicht sogar länger. Mr. Ferguson mußte sehr viel Wert auf die Ergreifung von Wilderern legen, wenn er solche Geschenke dafür verteilte. Ich schaute mich nach einem Messer um und hörte ein Geräusch hinter mir. Ehe ich mich rühren konnte, schloß sich eine riesige, knochige Hand um meinen Arm.

»Stiehlst du jetzt auch noch?« schrie Tomas Caogach fast außer sich vor Wut. »Kaum daß der Ceistear aus der Tür getreten ist!«

Als er die Hand hob, um mich zu schlagen, entwand ich mich seinem Griff und rettete mich hinter das Feuer. Die Feuerstelle war in der Mitte des Raumes, so daß die brennenden Soden und der große eiserne Kochtopf an seiner rußgeschwärzten Kette eine Barriere zwischen uns bildeten. Geduckt wie ein Ringer schob er sich näher und setzte zu einem Sprung auf mich an. Ich wich langsam zurück, den Blick auf sein Gesicht gerichtet, das im Schein des Torffeuers rötlich glänzte. Außer seinem keuchenden Atem und meinem lauten Herzklopfen war kein Laut zu hören.

Ich flitzte nach links; er drehte sich schwerfällig, um mir den Weg zu versperren. Der Weg zur Tür war frei. Ich wechselte die Richtung – und draußen war ich und rannte, wie ich noch nie in meinem Leben gerannt war. Die Rolle Tabak hielt ich fest in meiner Hand.

Von dem alten Wrack existierte nur noch das Gerippe: der schwere Kiel, der sich seit langem im Sand festgesetzt hatte und aus dem sich der zersplitterte Stumpf des Vorderstevens herauswölbte – und ein paar Spanten, über denen die Planken weggefault waren. Sie waren das einzige, was die frühere Gestalt des Schiffes erahnen ließ. Es lag in einiger Entfernung vom Wasser auf dem Strand direkt unterhalb des Gasthofs, wohin es vor vielen Jahren während eines Sturmes von einer gewaltigen Springflut gespült worden war. Von hier hatte man einen guten Blick auf die Lodge; die Stelle war außerdem weit genug entfernt von Tomas Caogach, am anderen Ende der hufeisenförmigen Bucht, direkt gegenüber von unserem Dorf.

Mit der Rolle Tabak in der Tasche, die mich fortwährend an Tomas Caogachs wahnsinnigen Zorn erinnerte, ließ ich mich im Sand neben dem alten Wrack nieder. Alles an mir war in Aufruhr. Ich mußte an Tomas Caogachs Gesicht denken, das im Schein des Torffeuers wutverzerrt geglänzt hatte, während er sich anschickte, sich auf mich zu stürzen; ich starrte auf die dichte weiße Nebelbank, die sich riesenhaft vom Wasser her über das Land wälzte, und überlegte, wie lange es wohl dauern würde, bis sie die Bucht völlig eingehüllt und den Himmel über der Insel verdunkelt haben würde; ich stellte mir vor, wie schön es an Bord der herrlichen Jacht sein müßte, die auf der Höhe der Lodge draußen in der Bucht vor Anker lag und sich leise im Rhythmus der Wellen wiegte; ich dachte an Marsali: War sie noch immer in der Küche oder wartete sie bereits in ihrem Zimmer, bis die Lampen gelöscht wurden und das Haus sich zur Ruhe begab? Und während ich all diesen Gedanken nachhing, spürte ich, daß etwas um mich herum nicht stimmte.

Es war das Wrack, mit dem etwas nicht stimmte. Am einen Ende des Kiels fehlte ein Stück samt den vernuteten Spanten. Der letzte halbe Meter des muschelverkrusteten, narbigen Kiels war vom Sand freigeschaufelt worden; jenseits der Stelle, wo der Rest gelegen hatte, war ein leerer Graben. Der Kiel endete in einem sauberen, frischen Schnitt, der von einer Säge herrührte. Das abgesägte Ende des geschwärzten Kiels hatte in der Mitte ein hellbraunes Auge, das weder der Schwedenteer noch die Jahre oder gar das Wetter zu erreichen vermocht hatten. Im Sand kniend, befühlte ich die Rillen in diesem alten Eichengebälk, die die Zähne der Säge ins Holz gefressen hatte.

Jemand hatte sich mit dem hinteren Ende des Gerippes davongemacht. Wenn der Faktor davon erfuhr, dann waren außer Mata, dem Kesselflicker, noch einige andere Leute in Schwierigkeiten, und nicht nur deshalb, weil es uns verboten war, Treibholz und ähnliches am Strand zu sammeln. Das alte Wrack war nämlich etwas Besonderes. Einer der vornehmen Besucher der Lodge war ein bekannter Maler, und man erzählte nun, er habe von dem Wrack ein Bild gemalt, das die Königin höchstpersönlich gekauft habe. Daher gingen natürlich alle englischen Besucher als erstes zum Strand, um das geschwärzte Schiffswrack zu bestaunen, als wohne diesem Gerippe ein geheimer Zauber inne.

Die Stimme eines Mädchens hinter mir sagte: »Kann ich dir helfen?«

Eine englische Stimme, die laut und schnell sprach. Ich

erschrak dermaßen, daß ich mich nicht regte, sondern auf Händen und Knien verharrte, wie ich war. Aus den Augenwinkeln sah ich das weiche Leder ihrer Stiefel, deren elegante Spitzen mit einer dünnen Sandschicht überzogen waren. Ich erhob mich und schaute sie an.

Sie mochte ein, zwei Zentimeter größer sein als ich, war jedoch nicht älter, soviel stand fest. Sie trug einen dunklen Rock mit einer weißen Bluse und einem silbern glänzenden Gürtel. Ihr langes blondes Haar war nach hinten gekämmt und wurde von einer schwarzen Schleife zusammengehalten. Sie wiederholte mit demselben schnellen englischen Tonfall: »Kann ich dir helfen?«

»Helfen?« sagte ich und überlegte, was um Himmels willen sie wohl meinte.

»Beim Suchen.«

»Beim Suchen?«

»Verstehst du englisch?« fragte sie schließlich und sprach so langsam und deutlich, als sei ich ein kleines Kind, das die Schule noch nie von innen gesehen haben konnte.

»Ja natürlich«, erwiderte ich und merkte, wie mir das Blut ins Gesicht schoß. »Natürlich verstehe ich englisch.«

Wir standen einander gegenüber und musterten uns, und obgleich mein Gesicht glühte, schien sie ihrerseits auch nicht mehr so selbstsicher. »Hast du denn nichts verloren?« sagte sie.

»Verloren?« sagte ich, bevor mir einfiel, daß ich schon wieder dabei war, ihre Worte zu wiederholen, und zwar in einem Ton, als habe ich nicht die geringste Ahnung, was sie bedeuteten. Sie mußte denken, ich sei ein bißchen zurückgeblieben.

Ich starrte auf meine schmutzigen Füße, die ganz wahnsinnig zwischen den Zehen juckten, wo sich der Sand festgesetzt hatte. Ich kratzte mich, indem ich die Füße gegeneinanderrieb, und plötzlich wurde mir bewußt, was dieses Leder ihrer Stiefel bedeutete: Reichtum, Wohlstand, Geld. Sie war in ihrem ganzen Leben sicher noch nie barfuß gegangen, darauf hätte ich gewettet.

Sie lachte etwas verlegen und nervös. Ich sah sie an und

dachte, ich hätte mich verhört. Aber nein, sie lachte mich tatsächlich nicht aus. »Es tut mir leid«, sagte sie. »Ich hab mich geirrt. Ich dachte, du hättest etwas verloren und suchtest danach.«

»Nein, ich wollte nur etwas sehen«, sagte ich. Die Worte kamen mir mühsam über die Lippen, nicht nur, weil das Englische für mich eine ungewohnte Sprache war. »An dem alten Wrack«, fügte ich lahm hinzu.

»Wohnst du hier?«

Ich nickte.

»Wo denn?«

Ich zeigte mit dem Finger zu unserem Dorf jenseits der Bucht hinüber. Die Nebelbank wälzte sich unaufhaltsam landeinwärts und legte sich bereits über Ru Idrigil, die äußerste Spitze der Bucht. Wenn sie erst einmal diese Stelle umrundet hatte, dann rollte der dicke weiße Koloß schnell weiter und verschluckte die Bucht im Nu; es war immer dasselbe mit diesen Sommernebeln, die vom Meer her kamen.

»Du hast es gut«, sagte sie.

»Gut?«

»Daß du an so einem schönen Ort wohnst.«

»Schön?« Ich konnte es einfach nicht lassen, wie ein Schuljunge zu wiederholen, was sie sagte. Ich ärgerte mich über mich selbst.

»Es sieht hier schön aus«, sagte sie, und ihre blauen Augen funkelten dabei vor Vergnügen. »Die schönen grünen Weiden bis herunter an den Strand, und die heimelige Bucht mit den Bergen dahinter. Und all die winzigen Häuser mit den Strohdächern; sie sehen aus, als seien sie aus dem Boden geschossen wie . . . wie Pilze. Und sieh doch, jedes der kleinen Häuser hat einen Federhut aus Rauch, wie eine blaue Fahne sieht es aus. Es ist . . . es ist einfach schön.«

Was würde man von einem Feuer wohl anderes erwarten als Rauch, und von dem Rauch, als daß er langsam in den ruhigen nächtlichen Sommerhimmel aufsteigt? Ich war drauf und dran, etwas in dieser Richtung zu sagen und unterließ es nur deswegen, weil ich wußte, daß sie hier fremd war und keine Ahnung von unserem Leben hatte, aber ich konnte mir nicht verkneifen zu sagen: »Und doch gibt es eine Menge Leute, die den Tag verfluchen, an dem man sie da drüben hingesetzt hat.« Ich wurde plötzlich wütend über die Dreistigkeit, mit der sie mir – und dann auch noch in dieser vor Selbstbewußtsein nur so strotzender Stimme – erzählte, wie gut ich es hier an der Küste hatte. Dabei hatte sie nicht den leisesten Schimmer, wie die Leute hier lebten. Vermutlich wohnte sie im Gasthof und wurde von hinten und vorne bedient, oder sie gehörte zu der großen weißen Jacht in der Bucht, hatte eine eigene Kabine mit Teppichen auf dem Boden und Wasser aus dem Hahn, und um sich herum einen Haufen Diener, die flitzten, wenn sie mit dem Finger schnalzte. Ich kannte mich mit Jachten aus und wußte, wie luxuriös sie ausgestattet waren. Marsali hatte mir oft genug davon erzählt. »Da drüben hingesetzt?« sagte sie stirnrunzelnd. »Was meinst du damit?«

Ich malte mit den Zehen einen Kreis in den Sand und hatte eigentlich keine Lust, mich mit jemand Fremdem zu streiten. »Man hat ihnen ihre eigenen guten Crofts weggenommen und sie da drüben an der Küste angesiedelt«, sagte ich.

Ich glaube, ich hätte danach den Mund gehalten, wenn sie nicht trompetet hätte: »So ein Quatsch!« Sie zeigte hinüber auf unser Dorf und fügte besserwisserisch hinzu: »Ich bin sicher, das Dorf da drüben ist schon Hunderte von Jahren alt.«

»So kann man sich täuschen«, sagte ich empört. »Schau her«, – ich zeigte mit zitterndem Finger auf den Berg, dessen untere Hänge dicht bewaldet waren, und auf das enge Tal, durch das der Conon seine Spur zog – »über dem Tal, dort drüben, da haben die Leute jahrhundertelang gelebt, da gab es herrliche Weidegründe für ihr Vieh und gutes Ackerland. Wer würde schon in der Nähe des Wassers mit einem erbärmlichen Fetzen Land für Getreide und Kartoffeln und einem Streifen Weideland im Moor leben, wenn er nicht dazu gezwungen wäre?«

»Gezwungen?« sagte sie und runzelte wieder ungläubig die Stirn. »Das kann doch nicht sein.«

»Meinem eigenen Vater haben sie das Stroh vom Dach gerissen«, sagte ich aufgebracht, »ist das nicht etwa gezwungen?«

»Wann ist das geschehen?« fragte sie.

»Vor langer Zeit.«

»Du klingst nicht so, als sei das allzu lange her.«

»Das ist es auch nicht. Jedenfalls nicht so sehr lange.«

»Wie lange?«

»Es war im Jahr, als ich geboren wurde.«

»Also?«

»Vor vierzehn – vor fast fünfzehn Jahren.«

»Und wer hat das getan?«

»Wie meinst du das?«

Sie deutete wieder auf das Dorf jenseits der Bucht. »Du hast doch gesagt, sie seien dahin ›gesetzt‹ worden – mit Gewalt.«

»Ja, genauso war es.«

»Aber wer hat das denn getan? Wer hat sie denn gezwungen?«

Sie war mit ihrer Fragerei fast so schlimm wie der Ceistear, allerdings mit einem Unterschied: Sie sah mir dabei ins Gesicht mit ihren großen blauen Augen, in denen überhaupt keine Tücke lauerte. »Der Sheriff ist mit irgendwelchen Papieren gekommen«, sagte ich. »Es war das Gesetz.«

»Das Gesetz hat bestimmt, daß man deinem Vater das Stroh vom Dach riß?«

Ich zuckte die Achseln. »Wenn der Sheriff mit den richtigen Papieren kommt, dann mußt du verschwinden, da gibt es nichts.«

»Aber wieso denn?« sagte sie. »Das versteh ich nicht.«

»Du meinst, wieso man sie aus dem Tal vertrieben hat?«

»Ja.«

»Um Platz zu machen für einen Mann«, sagte ich. »Für ihn und seine Schafe. Für Hunderte von Schafen, die einem einzigen –«

Eine Stimme rief: »Kui.«

Ich sah sie als erster: eine dickliche Frau ganz in

Schwarz; sie stand am Strand neben dem Pfad, der zur Schmiede und zur Mühle führte. Sie wedelte mit den Armen, als sei sie in Lebensgefahr, und schien, nach ihrer Miene zu urteilen, nicht gerade in bester Laune.

Das Mädchen winkte zurück und rief: »Ich komme.« Sie wandte sich wieder zu mir und sagte: »Ich muß gehen. Ist es nicht auch für dich Zeit, nach Hause zu gehen? Was wird dein Vater sagen?«

»Mein Vater ist tot«, sagte ich.

»Das tut mir leid.« Sie legte mir die Hand auf den Arm und sagte: »Wie heißt du?«

»Calum Og.«

Sie nickte und wandte sich zum Gehen. Ich nahm mir ein Herz und fragte sie ihrerseits: »Und du, wie heißt du?«

Sie blieb stehen und drehte sich noch einmal nach mir um. Dabei sah sie mich an, als habe sie – nicht ich – etwas gefragt. Die dickliche Frau rief wieder. Das Mädchen machte eine Bewegung mit der Hand in ihre Richtung, ohne sich umzudrehen. Ich fragte mich, ob sie mich wohl richtig verstanden hatte; auf ihrem Gesicht erschien ein kurzes Lächeln, als sie sagte: »Elizabeth.« Dann rannte sie hüpfend und wippend davon, hinüber zu der Stelle, wo die dicke Frau in Schwarz auf sie wartete. Ich folgte den beiden mit den Augen, bis sie an der Schmiede vorbei hinter den Bäumen verschwunden waren.

Die Luft wurde kühl, jetzt wo der Nebel sich über die ganze Bucht zu legen begann. Er hatte die Jacht und den größten Teil unseres Dorfes bereits verschluckt. Die Lodge, die genau in der Mitte der hufeisenförmigen Bucht stand, würde erst ganz zuletzt verschwinden. In den Fenstern der vorderen Zimmer sah man Lichter brennen. Ich konnte nur hoffen, daß die Lichter gelöscht sein würden, ehe der Nebel die Lodge erreicht hatte, denn ich war nicht scharf darauf, das Grundstück zu betreten, ohne zu wissen, ob der Faktor schon im Bett und die Luft folglich rein war, oder ob er sich noch im Haus zu schaffen machte. Mit dem Rücken gegen das alte Wrack gelehnt, richtete ich mich daher auf eine längere Wartezeit ein und war in Gedanken ausnahmsweise nicht bei Tomas Caogach oder Marsali, sondern bei dem Mädchen, das Elizabeth hieß und unser Dorf so schön fand.

»Wieso kommst du denn so spät?« fragte Marsali mit scharfer Stimme, die mich an unsere Mutter erinnerte, wenn sie meckerte. Sie zog mich in den Holzschuppen und machte die Tür zu. »Ich dachte schon, du würdest überhaupt nicht mehr kommen.«

»Ich dachte, der Faktor sei noch auf, und wollte nichts riskieren«, sagte ich. »Der Nebel ist so dicht, daß ich nicht sehen konnte, ob hier noch Licht war oder nicht.«

»Wenn wir hier nicht ein bißchen vorsichtiger sind, wird sowieso gleich das ganze Haus wach sein«, sagte sie, aber die Schärfe war aus ihrer Stimme verschwunden, und ihr Zorn begann sich, jetzt, wo ich bei ihr war, zu legen.

Marsali hatte einiges vorbereitet. Sie zündete einen Kerzenstummel an, den sie auf dem großen Hackklotz befestigt hatte, und wickelte etwas aus einem Küchentuch aus. Sie machte mir eine Riesenschnitte zurecht aus richtigem Weißbrot vom Bäcker und einer Scheibe Schinken dazwischen, so dick wie Schuhsohlen, die einen ganzen Winter überstehen würden. Sie selbst nahm sich auch eine Scheibe Brot und schlug ihre Zähne hinein. Sie hatte die kräftigsten und weißesten Zähne, die ich je bei einem Mädchen gesehen habe.

»Heute hab ich einen schlimmen Tag gehabt«, sagte sie, ihr Brot mampfend, »die ganze Zeit hab ich nur geputzt, geschrubbt und gewienert; am Morgen ging's los, das ganze Haus mußte von oben bis unten geputzt werden – und dabei haben wir erst neulich, als der Faktor wegfuhr, alles blitzblank gewischt. Wenn die Königin höchstpersönlich zu Besuch gekommen wäre, hätt es wahrscheinlich keinen größeren Aufstand gegeben. Das ganze Theater für Lady Maxwell-Drummond, und dabei ist sie –«

»Marsali«, unterbrach ich sie, »wenn du wüßtest, wer mich heute bearbeitet hat, dann würdest du –«

»Aber stell dir doch mal all diese Putzerei vor«, sagte sie protestierend und war jetzt, nachdem sie den Mund geleert hatte, nicht mehr bereit, mich zu Wort kommen zu lassen.

»Und dabei verschwindet sie morgen schon wieder in aller Frühe.«

»Wer?«

Marsali lachte ungeduldig auf. »Lady Maxwell-Drummond. Diese große Jacht in der Bucht – sie gehört vornehmen Freunden des Laird aus England. Mit denen fährt sie morgen früh auf eine Kreuzfahrt. Eine Woche lang wird sie fort sein. Und die ganze Putzerei für eine –«

»Jetzt sei doch mal still mit deiner Putzerei«, sagte ich. »Warte, bis du gehört hast, was mir heute widerfahren ist. Wir waren den ganzen Tag im Torf, und du kennst ja Tomas Caogach, aber du machst dir keine Vorstellung, wie besessen der geschuftet hat, als wollte er sich umbringen – und die *cailleach* und mich dazu. Und bloß weil wir nicht alle Soden geschafft haben –«

»Wieso nicht?« sagte Marsali, während sie von ihrem Brot abbiß. »Wenn ihr den ganzen Tag damit zugebracht habt, müßtet ihr doch eigentlich mit Leichtigkeit fertig geworden sein.«

»Wir mußten früher nach Hause. Wir hatten Besuch. Stell dir das mal vor: Er hat den Ceistear extra für mich kommen lassen. Du hast gut lachen, Marsali. Diese Fragerei, so was hast du noch nie erlebt. Das Gebet wollte überhaupt kein Ende nehmen. Meine Knie waren fast durchgebrochen, als er schließlich aufhörte. Und dann die gewaltigen Schreie, die der Mann tut, obgleich er so ein Zwerg ist. Unsere Mutter hat geheult.«

»Sie hat es sicher genossen«, sagte Marsali. »Diese Frau ist doch nur glücklich und zufrieden, wenn sie heult.«

»Der Schinken ist sagenhaft«, sagte ich und stopfte mir den Rest des Stückes in den Mund. »Was meinst du, wie ist unser Vater wohl dazu gekommen, sie zu heiraten?«

»Wer weiß.«

»Also mir ist das rätselhaft.«

»Vielleicht war sie ja ganz anders, als sie jung war.«

»Eher wie du?«

»Nein, nicht wie ich«, sagte Marsali. »Das wirst du nie erleben, daß mich jemand wie Tomas Caogach herumschikkaniert. Eines Tages verschwinde ich von hier und geh meiner eigenen Wege, darauf kannst du Gift nehmen.«

Ich glaubte ihr aufs Wort. Sie mochte in manchem unserer Mutter ähnlich sein, aber sie hatte auch vieles von unserem Vater.

Sie gab mir das größere der beiden Schinkenstücke, die noch im Tuch lagen, und nahm selbst den Rest. »In der Lodge heißt es, sie hätten den Faktor noch nie so wütend gesehen«, sagte sie. »Er hat alle Wildhüter zu sich kommen lassen – auch den Zinseinnehmer. Ich sehe schwarz für deinen Kesselflicker, Calum Og. Lady Elizabeth und ihre Gouvernante wollten einen Spaziergang machen, und kaum waren sie aus dem Haus, da hörte ich auch schon, wie der Faktor die Wildhüter anbrüllte – und das, obwohl ich in der Küche saß und alle Türen zu waren.«

»Was ist eine Gouvernante?«

»Eine Art von Lehrerin. Die vornehmen Leute wollen nicht, daß ihre Kinder zur Schule gehen mit –«

»Das hätte mir sehr behagt. Schade, daß wir keine vornehmen Leute sind, Marsali.«

»Ach, spinn nicht. Du warst mit elf schon aus der Schule. Ich sag dir doch, die vornehmen Leute lassen die Lehrer ins Haus kommen, bloß daß sie sie eben anders nennen. Aber eine Gouvernante ist nichts weiter als eine Lehrerin. Lady Elizabeth ist so alt wie du und hat noch immer –«

»Lady wer?«

»Entweder du mußt dir die Ohren ausputzen lassen, oder du bist schwer von Begriff. Ich hab dir vorhin, bevor du mit deiner Geschichte angefangen hast, erzählt, daß wir heute das ganze Haus auf den Kopf stellen mußten wegen dieser Lady Elizabeth Maxwell-Drummond. Und dabei ist sie noch nicht einmal so alt wie ich. Ich hab gar nicht gewußt, daß ein so junges Ding schon eine Lady sein kann. Das ist es, was ich dir schon die ganze Zeit erzählen will. Aber du hörst ja nicht zu. Das Mädchen hat eine Lehrerin um sich, bloß daß diese Lehrerin eben Gouvernante heißt. Du brauchst also nicht zu glauben, die Kinder der vornehmen Leute hätten's viel besser, weil sie nicht in die Schule müssen.«

»Lady Elizabeth?« wiederholte ich. Das Stück Schinken würgte mich im Hals. Ich legte den Rest wieder in das Tuch, denn inzwischen war mir der Appetit vergangen.

»Ja, die Kusine des Laird. Der ganze Aufstand wegen eines kleinen Mädchens, das knapp so alt ist wie du. Was hast du denn?« fragte sie plötzlich. »Du mußt krank sein, wenn du das Stück nicht schaffst, Calum Og.«

»Ich bin satt«, erwiderte ich. »Es war ganz prima, Marsali.«

»Bei mir würd es mehr brauchen als den Ceistear, um mir den Appetit zu verderben«, sagte sie und nahm den Rest meines Stückes und stopfte ihn sich in den Mund. Dann leckte sie sich die Finger ab. »Na ja, wenn du noch mit deinem Kesselflicker reden willst, sollten wir uns wohl ein bißchen sputen.«

Sie stand auf und drückte die Kerze aus. Das war einfach: man nahm den Docht zwischen Daumen und Zeigefinger – und aus war die Flamme. Wenn es nur ebenso einfach wäre, Worte auszulöschen, dachte ich, als ich hinter ihr in die Nacht hinaustrat.

Er mußte mit gespitzten Ohren, die offenbar die kleinsten Geräusche wahrnahmen, in seinem Käfig auf mich gewartet haben. Er antwortete umgehend, als ich seinen Namen rief. In seiner Stimme klang etwas mit, das früher nicht dagewesen war.

Ich erriet sofort den Grund für seine Niedergeschlagenheit. »Hat dir der Faktor zugesetzt, Mata?« fragte ich und wühlte in meiner Tasche nach der großen Rolle Tabak. Ich dachte mir, vielleicht würde es ihn aufheitern, wenn er wüßte, was ich ihm mitgebracht hatte.

»Nein, nicht der Faktor«, sagte er, »der Lange – der Oberaufseher – und zwei andere. Sie haben mir einen Stock angelegt.«

»Einen was?«

»Einen Zollstock.«

»Du meinst, sie haben dich gemessen?«

»Ja, sie haben alles gemessen. Ich habe Angst, Calum Og.«

»Angst, Mata?«

»Wegen dem Zollstock.«

»Wieso?«

»Ich hab mal gehört, daß einer, den sie hängen, immer vorher ausgemessen wird.«

»Hängen?«

»Ja, sie messen einen, der gehängt wird, immer vorher aus. Es hat mit dem Seil zu tun, und wie lang sie es machen müssen.«

»Ach was.«

»Doch, doch, Calum Og, ich hab's von einem, der's wissen mußte.«

»Das kann ja sein, Mata, aber dich hängen sie doch nicht. Sie können dich doch nicht wegen eines Lachses hängen.«

»Es war nicht bloß einer, Junge; eher fünf und noch ein Haufen mehr. Hunderte waren es. Und die wissen das ganz genau.«

»Und wenn es Tausende wären, Mata, sie können dich dafür nicht einfach hängen. Dazu braucht man ein Gericht und das Gesetz und so.«

»Hier auf Skye? Hier gibt es nur ein Gesetz, und das ist das Gesetz des Faktors.«

»Trotzdem, er kann dich nicht einfach aufhängen lassen, nicht einmal der Faktor kann das. Er müßte erst eine richtige Gerichtsverhandlung machen.« Und da war noch etwas – was war es bloß –, das ich ihm unbedingt sagen mußte, um ihn etwas zu beruhigen. »Und einen Richter müßte er auch kommen lassen«, krächzte ich voller Stolz.

»Pst!« zischte Marsali.

»Ein Richter muß auch dabei sein«, wiederholte ich leise. »Noch nie ist jemand ohne einen Richter aufgehängt worden, und der Faktor müßte bis nach Inverness gehen, um einen Richter zu finden.«

»Glaubst du wirklich?« fragte er.

»Na klar.«

»Bist du ganz sicher, Calum Og?«

»Absolut sicher.«

»Meine Güte, die haben mir einen Schrecken eingejagt«, sagte er erleichtert, »diese Vermesserei von oben bis unten, und der Oberaufseher und seine beiden Burschen haben dabei die ganze Zeit kein Wort gesprochen.«

Marsali zischte mir zu, ich solle Schluß machen. Einer der Hunde ließ ein tiefes Knurren vernehmen und schien drauf und dran, loszubellen.

Ich reckte mich in die Höhe und tastete, auf den Zehenspitzen stehend, nach der schmalen Öffnung in der Wand über der Tür. »Ich hab dir Tabak mitgebracht, Mata«, sagte ich schnell. »Ich werf ihn durch den Schlitz über der Tür, ja?«

»Das ist nett von dir, Junge«, sagte er.

Ich schob die Rolle Tabak durch den Spalt, gab ihr einen Stoß und wartete, während ich Marsali zu verstehen gab, daß ich gleich kommen würde.

»Dhia!« sagte Mata mit Staunen in der Stimme. »Das ist ja ein Riesenbatzen Tabak, Calum Og. Wo hast du den bloß her?«

Marsali packte mich am Arm, ehe ich antworten konnte, und zog mich fort. Sie redete energisch auf die Hunde ein, um sie zur Ruhe zu zwingen. Sie schob mich schnell am Zwinger vorbei und bugsierte mich vorwärts auf dem Weg durch die Büsche.

Wenn ich gewußt hätte, daß dies die letzten Worte waren, die ich je von Mata hören sollte, dann hätte ich Marsalis Hand abgeschüttelt und wäre zu dem alten Kornspeicher zurückgegangen. Aber so ist es ja immer im Leben: Wir nehmen uns nie die Zeit, um all das zu sagen, was wir eigentlich sagen wollen – es gibt stets etwas, das uns am Ärmel zupft und weiterzieht.

Auf dem ganzen Nachhauseweg nagte eine quälende Angst an mir. Sie rührte nicht von dem Gedanken an die bevorstehende Auseinandersetzung mit Tomas Caogach, sondern hatte mit Lady Elizabeth Maxwell-Drummond, der Kusine des Laird, zu tun. Was würde sie jetzt wohl unternehmen? Wenn der Leser glaubt, es sei unbedacht und töricht von mir gewesen, so freimütig mit jemandem zu sprechen, den ich überhaupt nicht kannte, dann kann ich ihm nur antworten, daß es eines gebildeten Mannes bedurft hätte, um zu erkennen, daß dieses spillerige Mädchen eine Lady und obendrein auch noch die Kusine des Laird war. Ich hatte mir den Laird stets als einen Mann in fortgeschrittenem Alter vorgestellt und wäre nie auf den Gedanken gekommen, daß seine Verwandten so jung sein könnten, und es war mir immer noch unbegreiflich, wie ein so junges Ding einen richtigen Adelstitel haben konnte.

Angenommen, sie erzählte dem Faktor, was sich zwischen ihr und mir zugetragen hatte. Dann würde man uns, Tomas Caogach, meine Mutter und mich, noch in derselben Nacht von unserem Croft vertreiben, das war so sicher wie das Amen in der Kirche. Mata hatte natürlich recht, wenn er meinte, das einzige Gesetz, das hier galt, sei das Gesetz des Faktors; und ich hatte die Torheit besessen, diesen Mann zu kritisieren, zu erklären, daß man uns an der Küste Weideland angewiesen hatte, damit sein Bruder ganz Glenuig mit seinen saftigen Weiden für sich und seine Schafe haben konnte. Aber es war noch schlimmer, denn meine Kritik richtete sich ja indirekt gegen den Laird selbst. Schließlich war der Faktor nichts weiter als ein Handlanger des Laird und hatte daher sicher nur die Befehle seines Herrn ausgeführt. Und das Mädchen war nun die Kusine eben dieses Laird! Meine Mutter hatte mir oft genug prophezeit, meine Zunge würde mir noch einmal zum Verhängnis werden.

Aber Marsali hatte gesagt, das Mädchen würde beim Morgengrauen mit der großen Jacht zu einer Kreuzfahrt aufbrechen. Vielleicht hatte ja diese dicke Person in Schwarz, ihre Gouvernante, die mir nach einem rechten Drachen aussah, sie sofort ins Bett gesteckt, so daß sie keine Gelegenheit mehr hatte, mit dem Faktor zu sprechen. Vielleicht war er schon weg, wenn sie aufstand – er hatte die Angewohnheit, in aller Frühe auszureiten –, und sie würde an Bord der Jacht gehen, ohne mit ihm geredet zu haben. Vielleicht würde sich das Wetter verschlechtern – im Juli gab es hier oben häufig heftige Stürme –, dann läge die Jacht für Tage irgendwo fest. Vielleicht würde das Mädchen einen solchen Widerwillen gegen Skye entwikkeln, daß sie ihren Freunden befehlen würde – als Lady hätte sie trotz ihrer knapp vierzehn Jahre sicher das Recht, Befehle zu erteilen – Strome anzusteuern, damit sie mit der neuen Eisenbahn nach Inverness fahren konnte. Und von Inverness aus würde sie nach Hause fahren, wo immer das war, ohne einen weiteren Gedanken an die Lodge zu verschwenden. Was aber, wenn sie direkt zum Laird fuhr und ihm alles erzählte? Vielleicht war der Laird gerade in Afrika, und vielleicht hatte sie, bis er wiederkam, alles vergessen, was ich ihr von den Leuten erzählt hatte, die den Tag verfluchten, an dem sie ihre Crofts verlassen mußten; vielleicht hatte sie gar vergessen, daß sie mit mir am Strand bei dem Gerippe des alten Wracks gestanden hatte, während die Nebelbank langsam vom Meer heraufstieg.

Oder was, wenn sie mich bereits beim Faktor verraten hatte, und dieser jähzornige Mann hatte seine Wut umgehend an Tomas Caogach ausgelassen? Wenn das der Fall war, dann hatte Tomas Caogach allerdings andere Sorgen, als sich über den Verlust seines Tabaks zu ärgern – und ich im übrigen auch.

Die Tür war zu, aber Tomas Caogach saß noch in der Küche und wartete auf mich; ich sah bereits von ferne den schwachen Schimmer der Lampe, der das dunkle Auge des Fensters erleuchtete. Ein Wachtelkönig krächzte irgendwo in der Nähe aus voller Kehle. Ich lauschte seinem Gekrächze eine ganze Zeitlang, als habe der Vogel eine Botschaft, die nur für meine Ohren bestimmt war. Schließlich zwang ich mich, die Hand nach der Türklinke auszustrekken. Ich öffnete die Tür mit einem Ruck und machte sie genauso schnell hinter mir wieder zu, ehe ich mir's anders überlegen konnte. Sie warteten alle beide auf mich; mit der aufgeschlagenen Bibel zwischen sich saßen sie nebeneinander auf der Bank. Meine Mutter weinte; die Tränen strömten ihr übers Gesicht. Im Feuer brannten frisch aufgelegte Torfscheite. Ich trat in die Mitte und blieb mit dem Rücken zum Feuer stehen und wandte mich den beiden zu.

Tomas Caogach sah mich nur an. Er machte keinerlei Anstalten, aufzustehen und mich zu packen, um mich zu verdreschen. Er saß einfach da auf der Bank, sein gesundes linkes Auge auf mein Gesicht geheftet, als könnte er es nicht fassen, daß ich tatsächlich vor ihm stand. Die *cailleach* schluchzte unaufhörlich und hob nicht ein einziges Mal den Kopf. Als ich die beiden so jämmerlich und niedergeschlagen dasitzen sah, war ich überzeugt, daß mich die Kusine des Laird verraten haben mußte und der Faktor bereits seine Strafe verkündet hatte. Ich tat freilich gut daran, nichts zu sagen.

Tomas Caogach streckte die Hand aus. »Den Tabak«, sagte er.

»Er ist weg«, sagte ich mit einer Stimme, die mir merkwürdig laut in den Ohren klang.

»Weg?« Er schien das Wort mit der Zunge zu kosten und verzog dabei den Mund, als habe er Galle geschluckt. »Weg?« wiederholte er. »Was soll das heißen?«

Ich starrte auf meine Füße, ohne etwas zu sagen.

Mit einem schnellen Satz stand er vor mir und packte mich bei den Schultern. Er schüttelte mich durch, bis mir die Zähne klapperten. »Wo ist mein Tabak?« sagte er durch die Zähne. »Wo? Hm? Was hast du mit meinem Tabak gemacht, du elender Dieb?«

Ich blieb stumm.

Meine Mutter schaute mit roten verweinten Augen hoch.

»Oh, wär er doch als kleines, unschuldiges Kind umgekommen wie die vielen anderen«, sagte sie, »dann wär es nie so weit gekommen!«

Tomas Caogachs Griff wurde fester. Ich hatte Angst, er würde mir die Knochen brechen. »Du verstockter Kerl«, schrie er, »du boshafter, verstockter Kerl, schmeißt meinen guten Tabak weg, den ich geschenkt bekommen habe.« Er war den Tränen nahe. Ich hätte nie gedacht, daß ich Tomas Caogach je mit Tränen in den Augen erleben würde.

»Geh ins Bett, Iseabal«, sagte er. »Um den da kümmere ich mich allein.« Und zu mir gewandt sagte er, während sie sich folgsam erhob und zum Gehen anschickte: »Runter mit Pullover und Hemd. Da gibt's nur eins, um die Wahrheit von dir zu erfahren.«

Er ließ meine Schulter fahren und ging hinüber zur Bank. Er klappte die aufgeschlagene Bibel zu und legte sie auf den Tisch. Als ich den Pullover auszog, sah ich, wie er die Haselrute von der Wand nahm. Er bog sie mit seinen riesigen Pranken zu einem Kreis und ließ sie wieder zurückschnellen.

Was hast du mit meinem Tabak gemacht?«

»Was hast du mit meinem Tabak gemacht?«

»Was hast du mit meinem Tabak gemacht?«

Ich hörte die Stimme und fühlte, wie die Rute in meinen Rücken schnitt. Ich war drauf und dran, in einem Meer von Qualen zu ertrinken, und wußte dabei die ganze Zeit, daß er über mir stand, hörte die ganze Zeit seinen keuchenden Atem und diese Stimme, die unablässig immer dieselbe Frage wiederholte – und spürte unaufhörlich die scharfen Zähne der Rute.

Ich weiß nicht, wie lange das ging – es könnten Stunden, Tage oder Wochen gewesen sein; das einzige Zeitmaß, das für mich Bedeutung hatte, war die Zahl der Schläge, und die wußte ich schon längst nicht mehr – mein Bewußtsein war nur noch eine einzige weißglühende Flamme unsäglicher Qual, die sich in mich fraß und mich zu verschlingen drohte, während ich vor der Bank kniete und mich an das Holz klammerte, als sei es ein Teil meines Körpers.

Aber irgendwann war es vorbei, vorbei auch mit der Stimme, die immer nur dasselbe sagte; nur der Schmerz hörte nicht auf, er brannte so tief in mir, daß er bei jedem Atemholen Flammen schlug wie ein schwelendes Feuer unter dem Wind eines Blasebalgs.

Ich stand auf. Ich war wie ein Krüppel, der sein Leben lang gekrümmt und bucklig gewesen war und nun versuchte, seine entstellten Glieder zu recken und sich aufzurichten. Es gelang mir, aufrecht stehenzubleiben, wenngleich ich etwas schwankte. Das Hemd, das ich noch immer zwischen den Zähnen hielt, fiel mir über die Brust. Ich brachte die Kiefer auseinander und ließ das schweißgetränkte Hemd auf den Boden fallen. Ich machte ein paar Schritte weg von der Bank wie einer, der barfuß über einen Weg voller Scherben und grober Steine geht.

Tomas Caogach stand vor mir, die Rute fest mit beiden Händen umklammernd. Er hielt sie gekrümmt vor der Brust und weinte – ja, Tomas Caogach weinte! Als ich ihn ansah, wandte er den Blick ab und warf die Rute ins Feuer. Ich tat einen zaghaften Schritt vorwärts und hatte nur den einen Gedanken: mein Bett zu erreichen. Er wich vor mir zurück, Schritt um Schritt, wie jemand, der Angst hatte, während ich langsam auf mein Bett zuging. Als er gegen das Bett in der Wand stieß, schrie er auf, halb stöhnend, halb jammernd, zog den Kopf ein und rannte aus der Küche, hinüber zu seinem Schlafraum. Ich erreichte das Kastenbett und hielt mich an dem Holzrahmen fest, bis ich wieder genug Kraft hatte, um hineinzusteigen. Ich fiel aufs Gesicht; auf meinem Rücken tobte eine Feuersbrunst.

Ich fühlte Nässe zwischen den Schenkeln. Die Scham darüber linderte meinen Schmerz, so unglaublich das klingen mag. Ich faßte mit der Hand an mein Bein und starrte ungläubig auf den Fleck in meiner Hand. Ich hatte mich nicht naß gemacht: der Fleck war Blut. Die Haut auf meinem Rücken war geplatzt, und das Blut tropfte mir über die Schenkel. Ich lag ganz still und atmete schwer. Das schnarrende Krächzen des Wachtelkönigs unten auf der Wiese drang laut und herb an mein Ohr. Der Vogel war unermüdlich, fast so schlimm wie Tomas Caogach mit seinem Geschnarche – obgleich er im Augenblick keinen Laut von sich gab.

Ich wachte auf, weil meine Mutter mit der Lampe in der Hand an meinem Bett stand und sich über mich beugte. Sie weinte nicht, doch im flackernden Schein des *cruisgean* sah sie aus, als würde sie jeden Augenblick in Tränen ausbrechen. Sie sagte nichts. Schweigend ging sie zum Feuer, blies in die Glut und legte frische Torfscheite auf. Dann machte sie warmes Wasser und tupfte mir mit einem weichen Tuch den Rücken ab. Ihre Hände waren so zart, als wüsche sie einen Säugling, und doch fühlte sich die leiseste Berührung an, als trample mir jemand mit schweren Nagelschuhen auf dem Leib herum.

»Warum mußtest du ihn auch so sehr reizen, Junge?« sagte sie schließlich, als sie damit fertig war. »Warum?«

»Warum mußte er mich so zurichten?«

»Der Tabak –« begann sie.

»Für den Tabak hab ich bezahlt«, sagte ich, »teuer bezahlt.«

»Pst, Junge, das ist erledigt«, sagte sie, »vorbei und erledigt.«

»Er wird mich nie mehr wieder anfassen«, sagte ich und dachte dabei an den Ausdruck in seinem Gesicht, als er vor mir zurückwich und aus dem Zimmer floh. Ich konnte mir nicht erklären, wie es geschehen war, daß Tomas Caogach zusammengebrochen war, ohne daß er auch nur einen Schlag bekommen hätte.

Die *cailleach* antwortete darauf nichts, blieb aber noch eine Weile an meinem Bett stehen; ich sah noch ihr dünnes graues Haar, das ihr lose auf die Schultern fiel, und sank wieder in Schlaf.

Sie weckte mich am nächsten Morgen mit einer Schale Tee. Sie hatte ausnahmsweise nicht an Teeblättern gespart. Der Tee war würzig und stark, wie ich ihn mochte. Dann schlief ich weiter, einen schweren, traumlosen Schlaf. Es war Nachmittag, als ich wieder aufwachte. Die Sonne hatte seit einiger Zeit den Zenit überschritten und schien schräg durch die offene Tür herein. Der breite, helle Lichtstrahl, der schräg über dem Lehmboden der Küche stand, ließ die Flammen des Torffeuers verblassen. Die *cailleach* saß in der Nähe meines Bettes auf dem Birkenhocker.

»Wo ist er?« fragte ich.

»Draußen in der Torfgrube«, sagte sie, als sei es ihr gutes Recht, hier im Haus zu sitzen und sich auszuruhen.

Das Leben hatte sich für mich mit einem Schlag verändert: Tomas Caogach arbeitete den ganzen Tag allein in der Torfgrube, während meine Mutter müßig zu Hause saß und mich, der ich im Bett lag, bediente. Meine Mutter hätte das natürlich nie zugegeben. Sie erhob sich von dem Hocker und machte Haferbrei – für mich, nicht für Tomas Caogach. Sie wollte mich sogar füttern wie ein Kleinkind, aber dagegen protestierte ich. Zugegeben, im Bett zu essen ist umständlich, vor allem, wenn man auf dem Bauch liegt, aber ich stützte mich auf einen Ellbogen und aß mit der anderen Hand.

Ich lag noch immer im Bett und schlief vor mich hin, denn kaum war ich wach, glitt ich auch schon wieder zurück in die Bewußtlosigkeit des Schlafs, als Gilleasbuig, der Zinseinnehmer, bei uns erschien. Sobald ich seine Stimme hörte und begriff, was er zu sagen hatte, war es für mich mit dem Schlafen vorbei. Es war ein herbes, brutales Erwachen, das mir diese schmierige, samtweiche Stimme bereitete.

Angenommen, der liebe Gott hätte dem Faktor alle einzelnen Teile zu einem Zinseinnehmer gegeben, und er hätte ihm obendrein noch gezeigt, wie man diese Teile zusammensetzt, er hätte selbst keine Kreatur fertiggebracht, die für das Amt besser geeignet gewesen wäre als Gilleasbuig. Gilleasbuig war Auge und Ohr des Faktors im Dorf – und er trug die Abzeichen seines Amtes so dreist zur Schau, daß keiner sie übersehen konnte: kleine, flinke Augen, die garantiert ein neues Schuhband im löcherigen Schuh eines Mannes entdeckten, der behauptete, er habe kein Geld, um den Pachtzins zu bezahlen; und große, abstehende Segelohren, die dauernd gespitzt waren in der Hoffnung, etwas aufzuschnappen, was er seinem Herrn zutragen könnte. Er schaffte es, Leuten ihre Geschichten zu entlocken, indem er mit ihnen tuschelte und geheimnisvoll tat; und wenn jemand etwas vorsichtiger war, dann hatte er immer das richtige Wort parat, um ihn zum Reden zu verleiten, indem er etwa sagte: »Das kann doch nicht sein« oder »ich bin sicher, daß du das falsch verstanden hast« oder »das kann ich einfach nicht glauben« – das heißt, er tat ungläubig und provozierte auf diese Weise die

Übervorsichtigen, viel mehr zu erzählen, als sie eigentlich wollten.

Beschwerden mußten an Gilleasbuig gerichtet werden, und er hatte den Auftrag, sie an den Faktor weiterzuleiten. Aber es gab hier natürlich niemanden, der die Kühnheit besessen hätte, sich zu beschweren und zu riskieren, daß er beim Faktor als Unruhestifter galt. Am schlimmsten ist es natürlich, wenn ein Faktor kein Gälisch kann, denn dann müssen die Leute mit der Zunge eines anderen reden – und wie sollen sie dabei wissen, was der dem Faktor über sie erzählt.

Gilleasbuig rief von der Tür her einen Gruß ins Haus, nicht mit seinem üblichen Säuseln, aber immer noch schmierig genug. »Nein, nein, ich hab heut' keine Zeit zum Sitzen«, sagte er – seine Worte kamen langsam und gemessen –, »der Einspänner wartet an der Straße. Ich hab noch eine Menge zu tun, und dabei ist der Nachmittag schon fast vorbei. Wenn der Faktor mir was aufträgt, dann darf ich nicht trödeln, dann weiß ich, was ich zu tun hab, obgleich ich schon seit dem frühen Morgen auf den Beinen bin.« Er machte eine Pause, um Luft zu holen, und wischte sich mit einem weißen Taschentuch, das fast so groß wie ein Tischtuch war, den Schweiß vom Gesicht, während seine blauen Augen blitzschnell registrierten, was sie in der Küche sahen. »Alle Männer sollen heute abend nach Sonnenuntergang zur Schmiede kommen. Wohlgemerkt, alle. Der Faktor hat euch etwas zu sagen.«

»Der Faktor? In der Schmiede?« sagte meine Mutter verwundert, als habe ihr jemand gerade erzählt, man habe den Ceistear betrunken nach Hause tragen müssen, nachdem er im Schankraum des Wirtshauses einen Achter-Reel getanzt hatte.

Gilleasbuig eilte davon, ehe sie geendet hatte, was sonst gar nicht seine Art war. »Ja, in der Schmiede«, rief er über die Schulter zurück. »Sobald es dunkel ist. Der Faktor wird dann allen sagen, was mit dem Kesselflicker passiert, den sie beim Wildern am Fluß erwischt haben.«

Ich war aus dem Bett, bevor die *cailleach* sich umgedreht hatte, und dann entstand ein kleiner Streit, das heißt, es war nicht eigentlich ein Streit, vielmehr flehte mich meine Mutter an, mich wieder hinzulegen. Sie redete eine ganze Zeitlang auf mich ein, aber ich glaube, sie wußte, daß sie mich nicht herumkriegen würde, und gab schließlich nach, als ich sagte, sie könne mir ja den Rücken mit Salbe einreiben.

»Das ist ein fabelhaftes Zeug«, meinte sie. »Ich hab es vom Hausierer, als er das letztemal hier war. Es heißt Bitterer Mondsamen und wird irgendwo in England speziell für die vornehmen Leute gemacht, hat mir der Hausierer versichert. Du wirst sehen, damit bist du gleich wieder gesund.« Sie füllte sich Salbe aus dem Topf in die Hand, und ich beugte mich vornüber, während sie mir die Creme mit den Fingerspitzen auf die Haut strich. Die Salbe war so kalt, daß sie brannte, aber das war gar nichts gegen ihre Fingerkuppen, die wie die Zähne einer Egge über meinen Rücken fuhren.

»So«, sagte sie zufrieden, als sie fertig war, »der Bittere Mondsamen wird dich vollends kurieren, Junge!«

»Prima«, sagte ich, während ich überlegte, wie ich wohl mein Hemd angezogen bekommen würde. Denn das Ganze war ein schwieriges Unternehmen, weil sie jede meiner Bewegungen beobachtete und ich so tun mußte, als tue mir überhaupt nichts weh, während in Wirklichkeit jede noch so kleine Berührung des Hemdes auf der Haut schmerzte, als sei es aus Stacheldraht.

»Du schwitzt ja, Junge«, sagte sie.

Ich ging steif zur Tür, so daß sie mein Gesicht nicht sehen konnte. »Es ist ja auch sehr schwül«, erwiderte ich.

Das stimmte sogar. Die Luft stand still; die Hitze lag so brütend und schwer über dem Dorf, als lasteten die Berge auf ihr, die rings die Bucht umschlossen. Die Sonne verbarg sich hinter einem dichten Dunstschleier und war fast so trübe wie ein wolkenverhangener Mond. Der Himmel verdunkelte sich plötzlich, so daß das Wasser des Lochs ganz schwarz aussah. Es war spiegelglatt, nicht die leiseste Bewegung kräuselte die metallisch glänzende Fläche. Ein Reiher erhob sich vom Ufer am Fuß unseres Crofts und flog mit trägem Flügelschlag davon.

»Es wird ein Gewitter geben«, sagte meine Mutter. »Ich spür's in allen Gliedern. Na ja, dein Onkel müßte eigentlich in der Torfgrube fertig sein, ehe es anfängt zu regnen.«

Es war das erstemal, daß sie ihn überhaupt erwähnte, und ich begriff natürlich sehr wohl, daß sie versuchte, zwischen uns Frieden zu stiften, indem sie so tat, als sei dies ein Tag wie jeder andere, und als seien die Ereignisse vom Vortag vorbei und vergessen. Aber da war ich ganz anderer Meinung.

Ich setzte mich auf die Bank, um auf Tomas Caogach zu warten. Es wäre gar zu einfach, wenn ich mich davonmachte, bevor er nach Hause kam. Nein, ich wollte nicht, daß er je vergaß, daß er vor mir zurückgewichen war und daß die Tage seiner Herrschaft vorbei waren.

Er sah mich nicht an, als er ins Haus trat. Die *cailleach* erzählte ihm, was der Faktor hatte ausrichten lassen, aber er reagierte lediglich mit einem Grunzen. Beim Abendessen war es das gleiche: er sprach außer dem Gebet kein Wort; und kaum hatte er »Amen« gesagt, war er auch schon aufgestanden – um sich seinen guten Sonntagsrock und seinen steifen weißen Kragen anzulegen, denn schließlich ging er ja zu einer Versammlung, bei der der Faktor eine Ansprache hielt. Er kam auf Strümpfen wieder in die Küche zurück und trug seine Sonntagsschuhe in der Hand. Er setzte sich auf den Hocker, um sie anzuziehen, und überließ mir und der *cailleach* wortlos die Bank. Er hatte den gestrigen Abend nicht vergessen, das konnte man sofort sehen, sonst hätte er sich nie zu dem niedrigen Hocker herabgelassen. Ich stand auf und ging zur Tür.

»Wohin willst du, Junge?« sagte er.

»Zur Versammlung«, sagte ich. Ich blieb in der Tür stehen, ohne mich nach ihm umzusehen.

Er antwortete mit einem Knurren. Ich schaute im Hinausgehen über die Schulter zurück. Er saß mit gesenktem Kopf auf dem Hocker und schnürte sich die Stiefel.

»Bleib nicht die halbe Nacht beim Schuhmacher«, rief mir meine Mutter nach.

Das prompte Echo, das in früheren Tagen stets von Tomas Caogach zu kommen pflegte, blieb aus. Tomas Caogach schwieg.

Die wogende Menge teilte sich, um den Faktor und seine Männer durchzulassen. Die Leute traten wie auf Befehl zurück, ohne daß auch nur ein einziges Wort gefallen wäre, und öffneten in ihrer Mitte eine Gasse bis zur Schmiede. Ich schaute von meinem Ausguck im Ast einer alten Eberesche auf sie herunter und mußte an die Geschichte in der Heiligen Schrift denken, wo sich das Rote Meer teilt, um Moses und die Kinder Israels durchziehen zu lassen. Aber was ich sah, war nicht ein Moses, der vom Pharao und seinen Streitwagen verfolgt wurde: es war der Faktor mit seinen Knechten, der seinen Gefangenen zum Richtplatz führte.

Der Gruppe voran ritt der Faktor auf seinem hochtrabenden schwarzen Hengst, dem die langsame Gangart sichtlich mißfiel. Ihm folgten Mr. Ferguson und Gilleasbuig und dahinter Mata, der Kesselflicker, eingerahmt von vier Wildhütern. Die Prozession ging durch die Menge auf das geöffnete Tor der Schmiede zu, während sich die Gasse wieder schloß. Die Jungen des Dorfes standen ganz hinten und reckten die Hälse, um zu sehen, was vor der Schmiede geschah.

Der Faktor drehte sich auf seinem schwarzen Hengst der Menge zu und blieb stehen. Zu seiner Rechten stellte sich Mr. Ferguson auf, zu seiner Linken Gilleasbuig. Mata wurde vor Gilleasbuig geführt; seine vier Bewacher, zwei links, zwei rechts, ließen ihn nicht aus den Augen. Neben den Wildhütern sah er aus wie ein Zwerg: ein kleiner, zerlumpter, barfüßiger Mann, dem das schwarze Haar in die Augen fiel, und der nicht einmal dem kleinsten der vier Aufseher bis an die Schultern reichte. Seine rechte Wange war geschwollen. Es dauerte ein Weilchen, bis mir der Gedanke kam, daß er wahrscheinlich einen Riesenklumpen Tabak im Mund hatte, auf dem er herumkaute, wenn ihn gerade niemand sah. Der Gedanke linderte den Schmerz auf meinem Rücken mehr als der Bittere Mondsamen.

Über der Menge lag ein Schweigen, als hielte jeder der Anwesenden gespannt den Atem an: eine tiefe, angstvolle Stille, die einem das Herz schneller schlagen ließ. Es war eine Angst, die gewiß ebensosehr von der Dunkelheit herrührte wie von der Gegenwart des Faktors und seiner Männer und dem Anblick von Tormod Gobha, dem Schmied, einem gutmütigen Mann mit einem breiten Mondgesicht, das immer strahlte. Tormod Gobha stand da ohne ein Lächeln, die Arme über der Lederschürze verschränkt, reglos und ernst wie ein Henker.

Es war die finsterste Sommernacht, die ich je erlebt hatte, mit einem drohenden schwarzen Himmel, dessen Düsternis nicht aufgehellt wurde durch das Nachglühen der im Westen versinkenden Sonne. Kein Hauch bewegte die Blätter der Espen hinter der Schmiede, die Luft dampfte fast in der schwülen, stehenden Hitze. Das Schnauben des Hengstes und das Rasseln des Halfters, das bei jeder Bewegung des Pferdes schepperte, waren die einzigen Laute, bis der Faktor mit seiner lauten, herrischen englischen Stimme zu reden anhob.

Er zeigte mit seiner behandschuhten Hand auf Mata. »Dieser Kesselflicker ist ein Lachsdieb. Ich bin sicher, daß ihn viele von euch kennen. Wenn ich ihn der Polizei übergäbe, müßte er ins Gefängnis. Im Gefängnis wäre er besser untergebracht, besser gekleidet und besser ernährt als je zuvor in seinem ganzen elenden Leben. Das Gefängnis wäre keine Strafe für ihn, also werde ich mit ihm auf meine Weise verfahren. Er ist schnell und ohne Mühe in mein Land eingedrungen: Ich werde dafür sorgen, daß er es nicht ganz so schnell und mühelos wieder verläßt. Der Rest seiner Sippe ist geflohen. Er wird sie sicher suchen. Das wird eine Reise sein, die er gewiß nicht zweimal machen möchte. Deshalb habe ich euch alle rufen lassen. Wenn ich diesen Mann freilasse, dann unterstehe sich keiner, ihm etwas zu essen oder zu trinken zu geben oder ihm in irgendeiner Weise zu helfen. Es ist euch ausdrücklich verboten, ihn von seiner Last zu befreien. Jeder von euch oder von euren Weibern oder Kindern, der meinem Befehl zuwiderhandelt, verläßt seinen Croft auf der Stelle. Das ist alles.«

Die meisten der Anwesenden verstanden von alledem kein Wort, da sie nur gälisch sprachen. Selbst diejenigen, die sich auf ihre Englischkenntnisse einiges zugute hielten, schnappten nur das eine oder andere Wort auf, denn der Faktor ratterte seine Anweisungen in dem abgehackten, schnarrenden Ton herunter, der für seinesgleichen typisch war.

In solchen Situationen mußte Gilleasbuig einspringen. Es gehörte zu den Aufgaben des Zinseinnehmers, die Anweisungen des Faktors ins Gälische zu übersetzen, so daß keiner von uns sich darauf hinausreden konnte, er habe nicht verstanden, was ihm gesagt worden war.

»Die meisten von euch kennen ja den Kesselflicker hier«, brüllte Gilleasbuig mit einer Stimme, die wie die des Ceistear donnernd auf die schweigende Menge einhämmerte. »Der Faktor will nicht, daß er ins Gefängnis kommt – das wär ja wie Ferien für ihn. Der braucht eine richtige Abreibung, der Strolch, sonst haben die Herrschaften überhaupt nichts mehr von ihrer Fischerei – schließlich zahlen sie auch ein Schweinegeld dafür. Ihr und ich, wir kennen dieses Gesindel. Die wollen nichts begreifen. Bei der allerersten Gelegenheit wär der da wieder am Fluß unten wie nichts. Aber diesmal kommt er nicht so billig davon; wir verpassen ihm einen handfesten Denkzettel. Sein Rücken wird ihn nicht so schnell vergessen. Wer nicht hören will muß fühlen. Denkt mal nach, hat von euch je schon einer einen Kesselflicker mit einem Korb auf dem Buckel gesehen? Hm? Wir, wie oft brechen wir fast zusammen unter den Körben von Seetang und Torf, die wir nach Hause schleppen müssen? Und was tut so ein Kesselflikker? Der geht unbeschwert und leichtfüßig übers Land wie dieser Strolch unten am Fluß. Na ja, der Faktor wird's ihm diesmal nicht so leicht machen, wenn er zu seiner Sippe will, die drüben auf der anderen Seite der Insel lagert. Er wird eine Last auf dem Rücken tragen, und diese Last, die hat auf seinem Rücken zu bleiben. Bevor er die Gutsgrenzen erreicht hat, wird er am Verhungern und Verdursten sein. Und keiner wird ihm was zu essen oder zu trinken geben. Das ist ein ausdrücklicher Befehl des Faktors. Wenn irgendwer von euch dem Kesselflicker hilft, dann ist er dran – dann heißt es fort von hier. So will es der Faktor.«

Gilleasbuig wandte sich an den Faktor und sagte auf englisch: »Ich hab es ihnen erklärt, Sir.«

»Bist du sicher, daß sie meinen Befehl richtig verstanden haben?« fragte der Faktor.

»Jedes einzelne Wort davon, Sir«, antwortete der Zinseinnehmer.

»Schön. Dann soll sich der Schmied an die Arbeit machen.«

Gilleasbuig sagte etwas zu Tormod Gobha, der Fearghus Mor mit einem Nicken verständigte. Ich hörte nicht, was der Zinseinnehmer sagte, sah aber, wie Fearghus Mor Tormod in die Schmiede folgte. Er kam wieder heraus mit einem Holzbalken, den er quer über seine breiten Schultern gelegt hatte. Der Balken hatte an dem einen Ende ein geschwungenes Querstück und war offenbar selbst für jemanden wie Fearghus Mor keine Kleinigkeit, wenn man ihn so schleppend daherkommen sah. Ich wunderte mich, wie ich bloß so schwer von Begriff hatte sein können. Es gab überhaupt keinen Zweifel: dieses geschwärzte, wettergehärtete Stück Holz war der fehlende Teil des Kiels von dem alten Wrack unten am Strand. Was ich für ein Querstück gehalten hatte, waren zwei kurz gesägte Spanten, die sich vom Kiel herauswölbten. Fearghus Mor setzte den Balken auf einem alten Trittstein ab und lehnte ihn aufrecht gegen die Wand der Schmiede. Mr. Ferguson winkte den Aufsehern, die Mata bewachten. Sie schubsten ihn vor bis zu dem Steinblock und stellten ihn so hin, daß er mit dem Rücken direkt an dem Balken stand. Die beiden querlaufenden Rippen waren ganz knapp über seinen Schultern sichtbar wie zwei schwarze Arme, die links und rechts aus seinem Körper wuchsen.

Das Feuer lohte in der Esse und sandte einen prasselnden Funkenregen in die Luft. Tormod Gobha hielt ein Stück Eisen mit der Zange auf den Amboß und klopfte es mit kurzen, schnellen Schlägen an beiden Enden spitz zu. Dann bog er das ganze Stück über dem Horn des Amboß zu einem U. Es zischte, als er die fertige Klammer in einen Eimer Wasser tauchte. Danach ging er wieder zur Esse zurück und begann die gleiche Arbeit von vorn.

Die Menge stand mucksmäuschenstill da; nicht das leiseste Murmeln war zu vernehmen. Der schwarze Hengst warf seinen kleinen Kopf hin und her und schnaubte durch weit aufgerissene Nüstern. Die behandschuhte Hand des Faktors tätschelte ihm den Hals, so sanft und zart, als gälte es, ein unruhiges Kind zu besänftigen. Dann ging plötzlich eine stumme Unruhe durch die Menge, wie das erste Lüftchen nach der völligen Windstille der Dämmerung: Tormod Gobha kam aus seiner Schmiede, mit dem Hammer in der Hand, und ging auf die Gruppe um Mata zu.

Fearghus Mor und ein zweiter Aufseher packten Mata bei den Handgelenken, rissen seine Arme weit auseinander und preßten sie gegen die Wölbung der Spanten. Tormod Gobhas Hand tauchte in die tiefe Tasche seiner Schürze, holte eine der beiden Klammern, die er gemacht hatte, heraus, stülpte sie über Matas linkes Handgelenk und nagelte sie ins Holz. Dann wechselte er auf die andere Seite, wo Fearghus Mor Matas rechten Arm festhielt, und hämmerte die zweite Klammer in den Balken.

Als der Schmied zurücktrat, zerrten die Aufseher Mata vor, so daß der schwere Balken von dem Steinblock rutschte und Mata nun dessen ganzes Gewicht auf dem Rücken trug.

Der Faktor stieg vom Pferd und nahm das Tier beim Zaum. Er befühlte erst die eine, dann die andere Klammer und fuhr den Schmied im Befehlston an. Tormod Gobha mußte noch ein paar Schläge mit dem Hammer tun, ehe der Faktor zufrieden war. Er stieg wieder auf sein Pferd und sagte zu Gilleasbuig: »Sag dem Kesselflicker, daß er gehen kann.«

»Du kannst jetzt gehen, Alter«, sagte Gilleasbuig. »Du

hast einen langen Weg vor dir. Zuletzt hat deine Sippe überm Berg in Raisaburgh gelagert.«

Mata begann sich tief gebückt, die Arme weit über dem gewölbten Rücken ausgebreitet, in Bewegung zu setzen. Der schwere schwarze Kielbalken des alten Wracks lastete auf ihm, als würde er ihn erdrücken. Die Menge wich langsam zurück, um ihm Platz zu machen. Das einzige Geräusch waren die eigenartigen Grunzlaute, die der taubstumme Seoras von sich gab, ohne daß er es freilich merkte, der arme Tropf.

Ich hätte nie gedacht, daß Mata in der Lage sein würde, das Gewicht dieses wassergetränkten Kielbalkens zu tragen, geschweige denn, daß er sich damit würde von der Stelle bewegen können. Aber er passierte ohne weiteres die Menge und ging weiter an der Mühle vorbei, wo der Pfad eine lange Biegung machte und unmittelbar vor der Brücke über den Conon in die von oben herabkommende Landstraße einmündete.

Der Faktor verließ den Platz als erster. Die Menge stob auseinander, um ihn durchzulassen. Er ließ dem Pferd die Zügel schießen; der schwarze Hengst spreizte die Beine, schoß in die Höhe und galoppierte mit solchem Ungestüm davon, daß es ein Wunder war, daß Mata nicht stolperte und zu Boden gerissen wurde, als er an ihm vorbeiraste.

Die Männer machten keine Anstalten, nach Hause zu gehen. Sie standen in kleinen, stets wechselnden Grüppchen herum und redeten jetzt, wo der Faktor nicht mehr da war, lebhaft und wichtigtuerisch durcheinander. Sie erinnerten mich an die Leute auf dem Pferdemarkt, die alle gebannt zusehen, wie einem wilden Fohlen ein Halfter angelegt wird, sich aber sofort abwenden, wenn das Tier gebändigt ist und seinen Strick um den Hals hat. Die meisten von ihnen würden den Tag in der Schenke beenden, wo sie sich noch lange über den großartigen Einfall des Faktors die Hände reiben würden.

Ich sah, wie Tomas Caogach und Fearghus Mor um Mr. Ferguson herumstanden und voller Beflissenheit zuhörten, wie der Oberaufseher seinem Ärger Luft machte. Murchadh der Marag, der fette Sohn des Langen, führte eine

Gruppe von Jungen an, die sich hinter Mata herschlichen; der Marag hampelte und kasperte herum, als sei er nicht ganz recht im Kopf.

Ich kletterte von meinem Hochsitz herunter, wobei ich den Rücken einzog, damit er nicht mit meinem Hemd in Berührung kam, und folgte den anderen Jungen, so schnell ich konnte.

Ich blieb hinter ihnen, aus Angst, Mata könnte sich irgendwie umdrehen und mich sehen. Mata schleppte sich bergauf, die Arme an seine Last gefesselt und gebeugt unter dem schweren Kielbalken: eine kleine schwarze Vogelscheuche, die langsam die endlose Steige hinaufkroch.

Das Unglück begann, als Mata an der Abbiegung zu unserem Dorf angekommen war – vor ihm lag nur noch ein kurzes gerades Stück, ehe die Straße kurvig und gewunden wurde, um sich erst wieder in der Einöde des Hochmoors aus der Enge des Berges zu lösen. Es geschah so rasch, daß ich es nicht beschwören sollte: Und doch, selbst wenn ich auf einem Auge blind wäre, ich würde drei heilige Eide schwören, daß es der Fettwanst war, der den ersten Stein warf. Daraufhin waren sie alle sofort dabei und grapschten am Straßenrand nach Steinen. Und dabei war es plötzlich so finster geworden, daß es nicht einmal sicher war, ob sie nicht bloß einen Schatten auf der Straße steinigten.

»Laßt ihn in Ruhe«, schrie ich aus Leibeskräften, »laßt ihn in Ruhe.« Aber keiner scherte sich darum, sie waren bereits in einem Rausch, der unbedingt nach einem Opfer verlangte.

Der Marag stand an der Böschung oberhalb unseres Dorfes und versuchte einen riesigen Felsbrocken aufzuheben, der sich allerdings nicht bewegen ließ. Tormod Beag und Niall standen neben ihm und gruben Steine aus. Ich stürzte die Böschung hinauf und packte ihn mit einer Hand beim Fußgelenk und gab ihm mit der anderen einen kräftigen Stoß ins Kreuz. Der Marag flog mit einem erstickten Schrei durch die Luft, und wenn er nicht im Misthaufen der alten Mairi Beathag landete, dann lag es nicht an mir. Tormod Beag packte mich bei den Schultern. Der Schmerz durchfuhr mich wie ein glühendes Schwert. Ich drehte mich um und drosch blind auf ihn ein. Meine Faust traf ihn voll auf die Nase. Er ließ meine Schultern los und faßte sich mit beiden Händen ins Gesicht, um das Blut, das ihm aus der Nase schoß, zu stoppen.

Niall schrie: »Calum Og ist ein Kesselflicker! Calum Og ist ein Kesselflicker!« und sofort wiederholte die ganze Bande im Chor: »Calum Og ist ein Kesselflicker!« Sie stürzten sich alle auf mich, im Nu war Mata vergessen. So sehr ich um mich schlug und stieß, es half nichts, sie hatten mich schnell unter sich begraben. Sie packten mich an Armen und Beinen und wollten mich gerade die Böschung hinunterwerfen – dem Fettwanst, der lästerlich unten herumfluchte, hatten sie zugerufen, er solle zur Seite gehen –, als ein Donnerschlag erscholl, als sei das Jüngste Gericht angebrochen.

Der Donner rollte und krachte in den Bergen, und bevor das letzte Echo verklungen war, riß ein riesiger, gezackter Blitz den Himmel auf und machte die Nacht zum Tag. Die Burschen erstarrten. Ich sah ihre Gesichter über mir, bleich im grellen Licht des Blitzes: Mit weit aufgerissenen Augen und Mündern standen sie da, als sei ihnen der Leibhaftige begegnet.

Direkt über uns krachte es wieder. Sie warteten nicht auf den nächsten Blitz. Sie ließen mich fallen, wo sie standen, und rannten davon.

Ich war auf den Knien und versuchte mich unter Qualen zu erheben, als der Blitz aufleuchtete und in einem furchterregenden Zickzack über den Himmel zischte. Ich sank wieder in die Knie und mußte plötzlich an den schwarzen Stein hinter unserer Torfgrube denken, der fast so hoch war wie ich und den ein Blitz glatt in der Mitte gespalten hatte. Das gerade Stück der leeren Straße war hell erleuchtet – heller als am Tage – bis hinauf zu der Felsspitze, wo die Straße scharf nach rechts abbog und sich in steilen Zickzackkurven um die hohen Felsvorsprünge herum zum offenen Moor hinaufschlängelte.

Die leere Straße!

Ich stand auf und rief: »Mata, Mata! Wo bist du, Mata?« Aber die Worte wurden, ehe sie überhaupt Bedeutung gewonnen hatten, von einem krachenden Donnerschlag verschlungen, der durch die Berge rollte und mit einem dumpfen Dröhnen widerhallte, als wollte das Poltern überhaupt kein Ende nehmen. Und ehe der Donner verhallt war, kam der Regen und stürzte in wolkenbruchartigen Güssen herab. Ich rannte mit eingezogenem Kopf über die Straße, sprang mit einem Satz über den Graben und kletterte den steilen Abhang hinauf bis zu dem dunklen Felsvorsprung, hinter dem der Eingang zu Uamh an Oir lag, einer kleinen Höhle, die mir wohlbekannt war.

Wieder erhellte ein Blitz den Berg. Unter dem dunklen, kahlen Felsvorsprung flackerte und leuchtete die niedrige Öffnung der Höhle wie ein goldenes Auge.

Ich blieb stehen, versteinert vom Anblick dieses goldenen Auges, das mir zuzublinzeln schien, obgleich mich der Regen bis auf die Haut durchnäßte. Dann war es wieder dunkel. Ein erneuter Donnerschlag erschütterte die Nacht. Das goldene Auge war verschwunden. Ich stand reglos auf dem ungeschützten Hang im Regen, der unbarmherzig auf mich eintrommelte und mir fast die Besinnung nahm – und plötzlich kam mir des Rätsels Lösung. Sie war so einfach, daß ich laut auflachte. In meiner Angst geriet mir das Lachen zu einem heiseren Krächzen. Natürlich! Uamh an Oir – die Goldene Höhle! Ich hatte mich schon oft gefragt, wie die Höhle wohl zu ihrem Namen gekommen war. Dieses dunkle Loch im Berg: Man konnte sich kaum etwas vorstellen, das weniger nach einer goldenen Höhle aussah. Als ich klein war und mit den anderen Dorfjungen Räuber spielte, pflegte der Felsvorsprung unsere Burg und die Höhle unser Verließ zu sein, in das wir unsere Gefangenen einsperrten. Ich hatte damals keine Angst vor der Höhle, und jetzt, wo ich viel älter war und diese kindlichen Spiele längst hinter mir hatte, war es einfach lächerlich, daß ich mich durch einen Blitz am nächtlichen Himmel so erschrecken ließ. Bei Dunkelheit kam von der Öffnung der Höhle kein goldener Schimmer. Das blinzelnde goldene Auge, das mich so erschreckt hatte, war nichts weiter als ein Spiel des Lichts: die kahle Felswand im Inneren der Höhle glühte im grellen Schein des Blitzes auf und warf das Licht zurück. Jemand, der sich vor langer Zeit einmal vor einem Gewitter in den Schutz der Höhle geflüchtet hatte – selbst die ältesten Leute im Dorf erinnerten sich nicht mehr an die Zeit –, hatte wohl dasselbe merkwürdige Spiel des Lichts beobachtet und der Höhle daraufhin ihren Namen gegeben.

Ich merkte plötzlich, daß ich bis auf die Haut naß war und schlotterte, als hätte ich Fieber. Ich rannte vollends den Berghang hinauf und schlüpfte mit eingezogenem Kopf durch die niedrige Öffnung in die Höhle, um mich vor dem Regen in Sicherheit zu bringen, der vom Himmel stürzte, als solle die Erde in einer zweiten Sintflut ertrinken.

Es war das heftigste Gewitter, das ich je erlebt hatte. Nicht etwa, daß das Krachen des Donners langsam schwächer geworden wäre oder das Blitzen allmählich nachgelassen hätte, während das Unwetter übers Meer abzog. Es zog überhaupt nicht ab. Es blieb stehen, wo es war, direkt über der Bucht, und hörte genauso unvermittelt auf, wie es begonnen hatte. In der plötzlichen Stille hallte die Luft vom Rauschen des Wassers, das in die Tiefe stürzte und die beiden Flüsse füllte, die seit Beginn des schönen Wetters im Mai fast ausgetrocknet waren.

Mein Rücken brannte unter dem klatschnassen Hemd und tat so weh, daß ich nicht aufrecht stehen konnte. Die *cailleach* mit ihrem Bitteren Mondsamen! Was ganz Besonderes für die Reichen! Wahrscheinlich hatte der Hausierer die Salbe selber angerührt mit dem Fett eines Schafes, das am Straßenrand krepiert war. Zuzutrauen war es ihm jedenfalls. Ich streckte den Kopf aus der Höhle und schnupperte. Die Luft war frisch und rein wie am Morgen eines neuen Tages. Die schwüle, drückende Hitze war völlig verflogen. Der Himmel hellte sich schnell auf, und nur im

Westen hingen noch vereinzelte Wolkenfetzen. Ich ging langsam im Zickzack bis zur Straße hinunter und kam mir dabei vor wie ein uralter Mann, der am Krückstock geht. Als ich die Straße erreichte, schob sich ein blasser Halbmond über den Berg herauf. Der Mond schien auf die Bucht, die so friedlich dalag, als habe es nie ein Gewitter gegeben.

Ich trottete auf der Straße weiter. Die Spitze der schwarzen Felswand ragte über mir in den Himmel. An der scharfen Biegung, wo die Straße nach rechts weiterführte, dachte ich, noch eine Kurve, dann hab ich Mata eingeholt. Er war gewiß robust, daran konnte kein Zweifel sein, so wie er mit dem gewaltigen Holzbalken auf dem Rücken losmarschiert war, ohne auch nur einen Augenblick zu schwanken. Er mußte mitten durch das Gewitter gegangen sein, und dazu gehörte einiges, denn bei uns im Dorf gab es keinen einzigen Mann, der den Mut dazu besessen hätte. Man muß sich das einmal vorstellen: der kleine Mata marschierte zwischen den Felsen hindurch davon, während es um ihn herum krachte und blitzte und in Strömen goß, und schleppte dazu noch eine Last auf seinem Rücken, die einen Ochsen in die Knie gezwungen hätte. Tomas Caogach zum Beispiel wäre sofort zusammengebrochen, und nicht nur wegen des Gewichtes auf seinem Rükken – der Mann, der den Mund voller Verachtung verzogen und das Wort *Kesselflicker* ausgespuckt hatte, als würde es ihm die Zunge verbrennen.

Ich ging weiter, in der festen Überzeugung, daß ich Mata hinter der nächsten Biegung sehen würde, mußte dann aber feststellen, daß das nächste Stück Straße vor mir genauso leer war wie das letzte, das ich eben zurückgelegt hatte. Mein Verstand sagte mir, daß nicht einmal Fearghus Mor, der die Kräfte eines Stieres hatte, in dem heftigen Gewitter so weit gekommen wäre. Doch ich weigerte mich, auf meinen Verstand zu hören, und ging weiter, bis ich nicht mehr wußte, wie viele Biegungen und Kurven inzwischen hinter mir lagen. Und auf einmal breitete sich das Hochmoor vor mir aus: ein sternklarer Himmel über mir und das weiße Band der Straße, das sich im Mondlicht irgendwo in der Ferne verlor. Die Straße war leer, soweit das Auge reichte. Mata war verschwunden.

Ich ging also wieder zurück. Bei jeder dunklen Stelle im Schatten des Berges hielt ich an und schaute nach, ob er nicht vielleicht gestolpert und hingefallen und unter dem Gewicht seiner Last nicht mehr hochgekommen war. Die ganze lange Straße, die sich durch das Geröll wand und direkt unter der Felswand scharf nach links abbog, dann das lange gerade Stück, am alten Steinbruch vorbei, vorbei an dem Felsbrocken am Hang, wo ich den Marag das Fliegen gelehrt hatte und wo dann die ganze Bande über mich hergefallen war, bis zu dem Fußweg, der hinunter in unser Dorf führte.

Ich war so erschöpft und niedergeschlagen, daß meine Füße von allein den Weg nach Hause einschlugen. Dann kam mir plötzlich ein Einfall und gab mir wieder Hoffnung. Ich blieb stehen. Sollte ich es vielleicht im Steinbruch versuchen? Mata mußte bereits ganz nahe am Eingang zum Steinbruch gewesen sein, als die Burschen begonnen hatten, ihn mit ihren Steinen zu bewerfen. Angenommen, er hatte dort während des Gewitters Schutz gesucht? Er mochte noch immer da sein, um sich auszuruhen und Kraft zu sammeln für den langen Weg über den Berg bis zu den Zelten seines Volkes. Ich rannte also denselben Weg zurück, die Straße hinauf und stürzte, beflügelt von meinem Einfall, in den Steinbruch. »Mata! Bist du hier, Mata?«

Ich sah zuerst die Sohlen seiner Füße, die nackt wie gehäutete Kaninchen mit den Fersen nach oben aus den zerlumpten Hosenbeinen herausragten. Das Kielholz des alten Wracks hatte wieder Wasser gefunden; es war halb eingetaucht in eine Wasserlache unter der breiten Wand des Steinbruchs. Mata lag unter dem Balken mit dem Kopf im Wasser. Ich sprang in die Pfütze und faßte mit den Händen die beiden gewölbten Holzbalken, an die seine Arme gefesselt waren, zerrte ihn aus dem Wasser und drehte ihn um, so daß Mata auf dem Rücken lag. Ich kniete mich neben ihm nieder und nahm sein Gesicht in die Hände. Es war wie Eis. Ein Tabakkrümel hing in seinem Bart. Ich zupfte ihn mit den Fingern heraus, dabei entglitt er mir und fiel in die Wasserlache. Ich sah eine ganze Weile zu, wie er auf dem Wasser schwamm, bis mir schließlich die Tränen kamen.

Mata war tot. Ich hatte es gewußt, als ich seine nackten Füße sah, aber erst beim Anblick des Tabakkrümels in der Wasserlache kamen mir die Tränen.

Ich weiß nicht, wie lange ich neben ihm kniete und wie ein kleines Mädchen heulte. Auch als ich schließlich aufgehört hatte zu weinen, stand ich nicht gleich auf und ging. Irgendwie kam es mir wie Verrat vor, ihn einfach liegenzulassen, angekettet wie er war, die Arme dem kalten Mond entgegengestreckt. Ich dachte, ich könnte seine Hände aus den Klammern lösen, aber dann sah ich, daß sich seine Gelenke an dem Eisen wundgescheuert hatten und dick angeschwollen waren. Ohne eine Säge für die Eisenbügel würde ich Matas Körper nie von seiner Last befreien können, und die Male, die die Fesseln an seinen Handgelenken hinterlassen hatten, würden noch zu sehen sein, wenn sie ihn begruben.

Ich wartete, bis sich ein Wolkenstreifen vor den Mond geschoben hatte, so daß sein Gesicht im Finstern lag. Dann erhob ich mich und ging.

Das geschäftige Klick, Klick der beinernen Stricknadeln – Nadeln, die auf mich stets wirkten, als strickten sie von allein – hörte auf, sobald ich in die Tür trat. »Wo kommst du denn her, Junge?« rief die *cailleach.* »Du holst dir ja den Tod! Sich draußen in der kalten Nacht herumzutreiben, und obendrein noch naß bis auf die Haut! Hast du überhaupt keinen –?«

Das war meine Mutter, wie sie leibte und lebte: Als erstes sah sie den Zustand meiner Kleider, ehe sie mir ins Gesicht schaute. Als sie mich jedoch richtig ansah, erstarben ihr die Worte auf den Lippen. Sie wandte den Blick hinüber zu Tomas Caogach und Fearghus Mor, die einträchtig nebeneinander auf der Bank saßen – denn meine Augen waren auf die beiden geheftet.

»Ihr habt Mata umgebracht«, sagte ich, »ihr zwei und Mr. Ferguson und der Faktor, ihr habt Mata umgebracht.«

»Der Junge ist nicht recht im Kopf«, brüllte Fearghus Mor. »So wahr ich hier sitze, der Junge ist nicht recht im Kopf.«

»Er ist tot«, sagte ich. »Oben im alten Steinbruch, und ihr zwei habt ihn auf dem Gewissen. Ihr habt ihn verraten.«

»Tot?« sagte Fearghus Mor. »Der Kesselflicker? Er ist doch quicklebendig mit seinem Packen auf dem Rücken davongestapft. Tot?« Er schnaubte verächtlich. »Niemals. Ein Kesselflicker stirbt nicht so leicht, so bedauerlich das ist. Weißt du, wieviel Leben eine Katze hat? Ein Kesselflikker könnt einer Katze neun, wahrscheinlich sogar noch mehr Leben abgeben und würde immer noch herumlaufen, wenn die arme Katze schon steif und kalt alle viere von sich streckt.«

»Es ist aber Mata, der steif und kalt alle viere von sich streckt«, sagte ich, »und ihr habt ihn umgebracht.«

Sie begannen alle gleichzeitig zu reden.

Fearghus Mor schrie: »Du bist ja übergeschnappt, total meschugge bist du.«

Die *cailleach* sagte: »Was soll denn der Unsinn?«

Tomas Caogach, dem die Worte merkwürdig langsam kamen, sagte: »Willst du uns wieder zum Narren halten, Junge?«

Und wieder Fearghus Mor: »Hab ich euch nicht gesagt, der Junge ist nicht recht im Kopf? Im Irrenhaus des Bezirks, da gibt's einen Haufen armer Teufel, die sind nicht halb so meschugge wie der.«

Meine Wut hatte mich tatsächlich fast um den Verstand gebracht. Ich zitterte am ganzen Körper und konnte nichts dagegen machen; die Tränen schossen mir in die Augen, so sehr ich mir auch Mühe gab, sie zu unterdrücken. Wenn ich gekonnt hätte, ich hätte Fearghus Mor mit einem Schlag in sein breites, feistes Gesicht umgehauen. »Nicht recht im Kopf?« schrie ich. »Seit wann muß einer was im Kopf haben, um jemanden aus einer Wasserlache zu ziehen und zu wissen, daß er nicht mehr lebt? Warte nur, bis du die Leiche selber gesehen hast – dann wird dir das Lachen vergehen.«

Ich ging zur Tür, riß sie auf und blieb daneben stehen, bis sie Anstalten machten, mir zu folgen. Sie brauchten einige Zeit, doch dann kamen sie. Tomas Caogach drehte sich an der Tür zu meiner Mutter um, die ihm dicht auf den Fersen war, und sagte: »Bleib im Haus, Frau. Es ist kein Vergnügen, jetzt noch draußen rumzulaufen.«

Sie gehorchte ihm, ging aber nicht ins Haus zurück. Sie blieb vor der Tür stehen und sah uns nach, wie wir, die beiden ein paar Schritte hinter mir, in Richtung Steinbruch davonmarschierten.

Die Wolkenstreifen am Himmel hatten sich zu einem großen Knäuel verdichtet, das sich vor den Mond geschoben hatte. Ich wartete auf die beiden am Eingang zum Steinbruch und zeigte auf den dunklen Schatten neben der Wasserlache am Fuß der senkrechten Steinwand.

»Da drüben ist er«, sagte ich.

Fearghus Mor stürzte mit langen Schritten auf die Stelle zu, als erwarte ihn ein Goldschatz und nicht etwa ein Leichnam. Die beiden knieten neben dem Leichnam nieder. Ich mußte allen Mut zusammennehmen, um ihnen zu folgen. Um ehrlich zu sein, mir stand der Sinn nicht gerade danach, noch einmal in Matas totes Gesicht zu blicken. Als ich mich den beiden von hinten näherte, stand Fearghus Mor auf und versetzte mir unversehens mit dem Handrükken eine so saftige Ohrfeige, daß ich mit einem großen Platsch rückwärts in die Pfütze flog. Ich sah Sterne vor den Augen und war von der Wucht des Schlages so benommen, daß ich mich kaum erheben konnte. Als er sich zu mir herunterbeugte, um mich an den Schultern zu packen, reagierte ich jedoch schnell genug und wich ihm aus. Seine Riesenpranken auf meinem wunden Rücken, das war eine furchtbare Vorstellung.

»Komm her, Junge«, sagte er. »Ich tu dir nichts, Ehrenwort. Komm her und schau.«

Ich kam vorsichtig näher, aber er trat zur Seite, so daß ich ungehindert sehen konnte. In diesem Augenblick kam der Mond hinter den Wolken hervor, so daß der Grund des Steinbruchs plötzlich hell erleuchtet war. Der alte Kielbalken lag genau an der Stelle, wo ich ihn aus dem Wasser gezogen hatte, die beiden schwarzen Arme der gebogenen Spanten weit ausgestreckt wie Matas gespreizte Arme. Aber der Körper, den sie an den Balken geschmiedet hatten, war nicht mehr da. Mata war verschwunden.

Ich war so verdattert, daß ich kein Wort herausbrachte. Ich stand da und glotzte völlig perplex auf den Balken von dem alten Wrack. Der Stumpf, der auf die Wand des Steinbruchs zeigte, ruhte quer auf einem flachen Stein, genau wie er gelegen hatte, als ich Mata zum letztenmal gesehen hatte. Doch Mata war verschwunden.

»Wo ist er denn, dein Kesselflicker, Junge?« krächzte Fearghus Mor, indem er mit dem Schuh gegen den muschelverkrusteten Kielbalken stieß. »Das hier, das ist schon seit Jahren tot – ein Stück von dem alten Wrack, das seit dem großen Sturm unten am Strand liegt. Ich war damals gerade so alt wie du.«

Mir hatte es buchstäblich die Sprache verschlagen; ich stand bloß da und starrte auf das Stück Holz.

»In der Dunkelheit hab ich tatsächlich gedacht, da sei ein Körper an dem Balken«, sagte Tomas Caogach. »Auf den ersten Blick hätt ich geschworen, daß es der Kesselflicker ist.«

»Das war's wahrscheinlich auch, was der Junge gesehen hat«, röhrte Fearghus Mor, wieder gut gelaunt, nachdem sich das Ganze zu seinen Gunsten gelöst hatte. »Er hat lediglich den Balken mit den beiden Stümpfen links und rechts gesehen« – dabei reckte er seinen hünenhaften Torso und breitete die Arme aus – »und dann war er auch schon auf und davon wie der Wind.« Er gab mir einen Stoß in die Rippen und brüllte vor Lachen. »Wenn du dir das nächstemal einfallen läßt, eine Leiche zu sehen«, sagte er wiehernd und prustend vor Heiterkeit, »dann schleich dich wenigstens nahe genug ran, daß du auch wirklich was siehst, sonst läuft noch jeder Besoffene aus der Schenke, der sich nicht mehr auf den Füßen halten kann, Gefahr, daß du ihn für tot erklärst.«

Er schüttelte sich vor Lachen, und selbst Tomas Caogach gestattete sich den Luxus eines kurzen, trockenen Glucksens. Ich stand wie vom Donner gerührt zwischen den beiden und schaute auf den Boden.

Was konnte ich auch sagen?

Daß ich ihn aus der Wasserlache gezogen und auf den Rücken gelegt hatte?

Daß ich sein eiskaltes Gesicht zwischen den Händen gehalten hatte?

Daß ich einen Tabakkrümel aus seinem Bart gezupft hatte?

Daß ich die Male an seinen Handgelenken gesehen hatte, die die Eisenbügel in sein Fleisch geschnitten hatten?

Daß ich neben ihm gekniet und geweint hatte, bis mir die Tränen versiegt waren?

Fearghus Mor würde mit seinem einfältigen Gewieher über mich herfallen oder, schlimmer noch, er würde sagen, daß meinesgleichen in eine vergitterte Zelle im Irrenhaus von Inverness gehörte – und Tomas Caogach würde ihm womöglich noch zustimmen.

Ich kniete nieder und untersuchte die beiden Klammern in den Spanten. Sie waren nicht um einen Millimeter gelockert worden. Sie saßen so tief im Holz, daß ich mich fragte, wie darin überhaupt noch Platz sein konnte für Handgelenke, selbst wenn sie so dünn wie die von Mata waren.

»Wie ist er da bloß rausgekommen?« sagte ich, als ich schließlich die Sprache wiedergefunden hatte. »Die Klammern sitzen so fest im Holz, daß nicht einmal ein Zwerg seine Hände daraus hätte befreien können, geschweige denn ein erwachsener Mann.«

»Hat die Welt schon so einen verbohrten und vernagelten Burschen gesehen?« brüllte Fearghus Mor und wandte sich Zustimmung heischend an Tomas Caogach. »Der Junge haut mich einfach um. Der würd noch schwarz zu weiß erklären, selbst wenn er stockblind wär.« Er wandte sich an mich. »Hör mir zu, Junge, wenn du kannst. Kesselflicker sind nicht wie unsereins, sie sind ein ganz anderer

Schlag: sie sind schlau und durchtrieben, davon machst du dir gar keine Vorstellung. Man sagt immer, Affen seien wie der Teufel mit ihren Tricks. Stimmt nicht. Den Affen gibt's nicht, der auch nur halb so viele Tricks kennt wie ein Kesselflicker. Ich weiß noch, vor Jahren, da war auf dem Pferdemarkt in Portree ein Kesselflicker, der hat sich Ketten anlegen lassen. Für Geld. Es war eine Vorführung, und der Kesselflicker hat dabei einen Haufen Geld verdient. Ich hab ihm selber die Handgelenke gefesselt, und du kannst mir glauben, ich hab ihn so fest eingeschnürt, du hättest deinen Kopf gewettet, daß er sich nie von selber befreien könnte. Davonrennen konnte er auch nicht, denn er hat sich in einen dicken Rupfensack stecken und an einem Balken aufhängen lassen, mit dem Kopf nach unten, versteht sich. Na ja, der Satanskerl war schneller aus dem Sack als ich mir ein Schuhband aus dem Stiefel nesteln könnt! Da war natürlich ein Trick dabei. Die Leute behaupteten, er lasse die Handgelenke anschwellen, bevor er gefesselt wurde, so daß er sich die Ketten abstreifen konnte, sobald er im Sack war. Die sind mit allen Wassern gewaschen, diese Kesselflicker. Da weißt du nie, was als nächstes kommt.«

»Na ja«, meinte Tomas Caogach. »Vielleicht sind ja seine Leute zurückgeschlichen und haben ihm geholfen.«

»Nun, jedenfalls war er nicht tot, als sie ihn fanden, soviel steht fest«, sagte Fearghus Mor und stieß wieder sein brüllendes Gelächter aus. »Wenn sie den Alten tot vorgefunden hätten, dann hätten sie seinen Leichnam zurückgelassen, und nicht dieses prächtige Stück Holz.«

Tomas Caogach fuhr mit dem Stiefel vorsichtig über den Balken.

»Ja, das ist ein seltenes Stück Holz«, gab er zu. »Gute schottische Eiche. Vom allerbesten. Und nicht eine Spur von Fäulnis drin.«

»Du kannst dir nichts Besseres vorstellen«, meinte der andere.

»Jammerschade, es hier liegen zu lassen. Und dann müßt es der Faktor erfahren«, sagte Tomas Caogach.

»Was müßt er erfahren«, fragte Fearghus Mor.

»Daß der Kesselflicker sich so bequem aus dem Staub gemacht hat.«

»Bei Kesselflickern weiß man ja nie, die sind so durchtrieben.«

»Ja, aber der Faktor hat geglaubt, jetzt hätt er ihn. Du weißt doch genau, Fearghus, der Faktor wär nicht sonderlich erbaut, wenn er erführe, daß sich der Kesselflicker von dem Holz befreit hat, bevor er recht an der Lodge vorbei war.«

»Wer ihm das sagen muß, kann einem jetzt schon leid tun. Ich möcht's jedenfalls nicht sein.«

»Der Faktor würd es ja nie erfahren, wenn der Balken hier nicht herumläge. Du könntest ihn mitnehmen, und keiner würde etwas erfahren.«

Sie redeten davon, wie durchtrieben Kesselflicker seien, und dabei gab es keinen, der durchtriebener war als Tomas Caogach. Er hatte Fearghus Mor auf einen Gedanken gebracht, und der Lange war zu blöd, um zu begreifen, daß mein Onkel ihn in der Hand hatte, sobald er sich mit dem Holz, das nach dem Gesetz dem Faktor gehörte, davonmachte. Wahrscheinlich wollte sich Tomas Caogach noch einmal absichern, daß Fearghus Mor auch gewiß nie ein Sterbenswörtchen verlauten ließ über jenen Sonntag, an dem er den Neffen des Kirchenältesten splitternackt am Fluß erwischt hatte.

Aber Fearghus Mor durchschaute das natürlich nicht; seine Gier war stärker als alle Vernunft. »Ich trag es sofort hinunter in meinen Stall«, sagte er, während er den schweren Balken unter Ächzen auf seine breiten Schultern hob. »Aber kein Wort davon zu irgend jemandem, Junge.«

»Keine Angst, der sagt nichts«, antwortete Tomas Caogach für mich. »Der wird sich hüten, von einer Leiche zu erzählen, die es nie gegeben hat.«

Ich mußte nächtelang an Tomas Caogachs Worte denken, wenn ich schweißgebadet und röchelnd aus dem Schlaf hochschreckte. Ich hütete mich, wie er gesagt hatte, ein Sterbenswörtchen verlauten zu lassen. Nicht einmal Marsali erfuhr von mir, was ich in jener Nacht in dem verlassenen Steinbruch gesehen hatte. Ja, sogar vor mir selbst war ich auf der Hut; ich stellte keine Fragen, aus Angst, daß ich die Wahrheit nicht für mich würde behalten können. Aber gegen den Schlaf kam ich nicht an, und auch nicht gegen die Träume, die mich dabei heimsuchten.

Ich hatte jede Nacht den gleichen Traum. Jede Nacht schoß ich danach schweißgebadet in meinem Bett hoch und rang nach Atem. In meinem Traum sah ich zwei ausgestreckte Arme, die an einen teergeschwärzten Balken geschmiedet waren. Es waren immer nur die Arme, die ich sah, nie den Körper oder das Gesicht. Und die Handgelenke wurden stets größer und kamen auf mich zu, so daß ich genau sehen konnte, wie fest sie auf das harte Holz geschlagen waren. Ich sah das wunde, gerötete Fleisch, das unter dem Druck der Eisenklammern geschwollen war, und dieser furchtbare Griff, mit dem die Eisen die zarten braunen Handgelenke würgten, war immer die letzte Vision, ehe ich schweißtriefend erwachte.

Dieser immer wiederkehrende Traum verfolgte mich den ganzen Monat Juli hindurch und bis in den August hinein. Ich fing bereits an zu glauben, daß er mich nie mehr wieder loslassen würde. Der Traum war so hartnäkkig wie das Wetter, von dem die ältesten Männer des Dorfes zugeben mußten, daß sie dergleichen noch nie erlebt hatten. Ich meine nicht die Regentage, die der Gewitternacht folgten. Stürme gab es bei uns eigentlich immer, sommers wie winters, und Regengüsse waren uns hier oben auf der Insel zu keiner Zeit des Jahres fremd. Wir waren mit Wind und Regen zu gut vertraut, als daß sie uns beunruhigt hätten. Was das Wetter in diesem Sommer so merkwürdig machte, war etwas ganz anderes: Es war die Tatsache, daß die Sonne verschwunden war, als wolle sie sich vor uns verstecken. Tag um Tag, Woche um Woche hingen schwere graue Wolken tief über der Bucht.

Am Ende der ersten Woche ohne Sonne verbreitete die alte Mairi Beathag, die wie eine richtige Hexe aussah mit ihrem weißen Zottelhaar, das ihr in ihr runzliges Gesicht hing, und die die Angewohnheit hatte, vor sich hinzubrabbeln, wobei sie an ihrem zahnlosen Gaumen saugte und plötzlich in ein irres Gelächter ausbrach, die alte Mairi Beathag also verbreitete die Geschichte, der Kesselflicker habe das Dorf verflucht, und wir würden die Sonne nie mehr wieder zu Gesicht bekommen.

»Überhaupt nie mehr?« spotteten die Leute.

»Überhaupt nie mehr«, antwortete Mairi Beathag, »wenn ihr euren schlimmen Lebenswandel nicht ändert und der Sonne zeigt, daß sie willkommen ist.« Das war natürlich grotesk, wenn man bedachte, daß ausgerechnet sie die schlimmsten Beschimpfungen hinter dem Ceistear herschrie, wann immer sie ihn sah, und um die Kirche einen Riesenbogen machte.

Seumas, der Schuhmacher, meinte, daß ein einziger Zauberspruch der alten Mairi Beathag den schwachen Bann eines Kesselflickers schneller brechen würde, als er einen Nagel durch eine Ledersohle schlagen konnte; der Ausspruch von Seumas machte die Runde und löste überall große Heiterkeit aus. Aber nachdem zwanzig Tage ohne auch nur einen einzigen Sonnenstrahl verstrichen waren, verging den Leuten allmählich das Lachen; und als der August kam und die grauen Wolken noch immer in den Bergen hingen, ließ sogar der Schuhmacher von seinem Spott über Mairi Beathag ab.

Es war, als sei eine Plage über uns gekommen. Ohne die Sonne stand alles Wachstum still. Die Kühe suchten jeden Winkel des schwarzen Moors nach frischen Trieben und jungem Gras ab. Sie sahen erbärmlich aus. Ich habe noch nie Tiere in so jämmerlicher Verfassung gesehen: Sie waren mager wie am Ende eines langen, strengen Winters, ihr Fell war stumpf und hatte jeden Glanz verloren. Viele Kühe gaben keine Milch mehr, und die Frauen begannen mit Mairi Beathag zu behaupten, der Kesselflicker habe die Kühe verhext. Es gab im ganzen Dorf gewiß kein Haus, in dem Milch auf den Tisch kam. Wir hatten allesamt kaum etwas, um die darbenden Kälber zu füttern.

Mit dem Getreide war es dasselbe. Die alten Männer meinten, es lohne sich nicht einmal, das Korn zu schneiden und in die Scheunen zu bringen, selbst wenn die Sonne noch rechtzeitig wieder zum Vorschein komme, damit es noch reifen konnte, ehe es die ersten heftigen Herbststürme niederwarfen. Es war jämmerlich anzusehen, so kraftlos, mager und klein, daß man kaum von Ähren sprechen konnte. Um die Kartoffeln stand es ähnlich; die Blätter wurden nach und nach schwarz, Reihe um Reihe verwelkte – trübe Vorboten eines Winters ohne etwas zu essen. Alle redeten von der großen Hungersnot in dem Jahr, als die Ernte so schlecht gewesen war, und die Leute waren bereits so verzweifelt, daß sie ihren Milchkühen Blut abzapften, das sie mit dem bißchen Hafermehl, das sie mit Müh und Not auf dem Grund ihrer Mehltruhen zusammenschabten, vermischten, um wenigstens etwas im Bauch zu haben.

Der einzige Lichtblick für mich während dieser trüben Tage war die Tatsache, daß die Kusine des Laird fort war. Marsali meinte, sie sei zu Gast bei den vornehmen Freunden des Laird in Vaternish, Dunvegan und Armadale, wo das herrlichste Wetter herrschte – das jedenfalls behauptete der Hausierer, als er in unser Dorf kam. Ich gönnte ihr die Sonne und war gottfroh, daß sie mich vergessen hatte, mich und meine Reden, die mich hätten teuer zu stehen kommen können.

So also stand es um uns nach jener furchtbaren Gewitternacht: Das Vieh und die Ernte verkümmerten vor unseren Augen, und wir waren machtlos. Die Periode des schlechten Wetters hielt an bis in die dritte Augustwoche. Ich erinnere mich genau an den Augenblick, als wir die Sonne zum erstenmal wiedersahen und ich von meinem Alptraum erlöst wurde.

Es war der Tag, an dem der Fremde kam.

Es war der fünfzigste Tag nach der Sturmnacht – nach sieben langen Wochen, in denen wir unter einer dichten Wolkendecke eingeschlossen gewesen waren – und ich kann kaum sagen, wie erleichtert wir waren, als diese schwere graue Wolkenlast plötzlich verschwunden war.

Tomas Caogach wachte als erster auf und sah die Sonne in ihrer alten Pracht am Himmel strahlen. Ich hörte ihn rufen, aufgeregt und glücklich wie ein Junge, der gerade eine wunderbare Entdeckung gemacht hat: »Iseabal! Calum Og! Wacht auf und schaut. Die Sonne ist wieder da!«

Er kam in die Küche gestürzt. Seine langen Hemdschöße flatterten ihm um die nackten Schenkel, es war ein komischer Anblick. Er hatte bereits die Türklinke in der Hand, als er sich erinnerte, daß er seine Hose zusammengeknüllt unter dem Arm hatte. Er lachte – ja, so wahr ich lebe, Tomas Caogach lachte – und kletterte in seine Hose, wobei er sich in seiner Hast mit den Hosenbeinen verhedderte und beinahe der Länge nach auf dem Boden gelegen hätte. Er riß die Tür auf und stürmte barfuß und ohne seine Mütze über den Croft davon.

Aber nicht nur Tomas Caogach benahm sich merkwürdig. Ich hatte die *cailleach* noch nie in meinem Leben ein Lied summen hören oder sie gar mit offenem Haar erlebt, wenn sie das Feuer entfachte und am Herd hantierte. Normalerweise war sie so eigen, daß sie sich nicht ordentlich angezogen vorkam für die Arbeit im Haus, ehe sie nicht ihr Haar zu einem Knoten gezwirbelt hatte; und im übrigen lag ihr das Meckern sehr viel mehr als das Singen.

Ich blieb vor der Tür stehen, geblendet von dem gleißenden Licht auf dem Loch. Es war gerade Flut. Der weite Halbmond der Bucht schäumte und schillerte blau. Die verwitterten Felswände, die sich zu beiden Seiten der Bucht erhoben, traten in der klaren Luft so scharf hervor, daß ich das Gefühl hatte, ich brauchte nur die Hand auszustrecken, um sie berühren zu können. Vermutlich sah ich die Landschaft mit ganz neuen Augen, wie die Kusine des Laird, die mit staunendem Blick auf die Bucht geschaut und unsere Welt schön gefunden hatte.

Meine Mutter trat von hinten zu mir und legte mir eine Hand auf die Schulter. »Es ist wie früher oben im Tal, wenn morgens im Sommer alles im Licht der Sonne funkelte«, sagte sie. »Oben im Tal gab es früher herrliche Sommer, nicht wie jetzt. Da hast du glatt den schlimmsten Winter vergessen. Man briet fast in der Hitze, und die Bienen trugen so schwer an ihrer Pollenlast, daß sie kaum fliegen konnten.«

Als ich sie, die nie auch nur ein einziges Wort über die alten Zeiten verlauten ließ, so plötzlich vom Tal sprechen hörte, kam mir der Gedanke, es könnte ein Zauber im warmen Licht der Sonne liegen, der stark genug war, um die tiefen Furchen, die der Mißmut in ihr Gesicht gegraben hatte, zu glätten und ihr Jugendfrische zu verleihen, zu der die sanfte, träumerische Stimme hinter mir paßte. Ich zögerte, nachzusehen, doch ich wollte Gewißheit. Ich drehte mich daher kurz nach ihr um. Sie stand da und hielt den Blick auf den grünen Spalt im Berg über den bewaldeten Hängen gerichtet, wo das Tal sich öffnete. Die Griesgrämigkeit war vollkommen aus ihrem Gesicht gewichen, sie strahlte geradezu vor Hingerissenheit und Begeisterung, wie ich sie noch nie gesehen hatte. Es war eine Erfahrung, die für mich so neu war wie der Anblick Tomas Caogachs, der plötzlich ganz unbekümmert mit flatternden Hemdschößen in der Küche herumgehüpft war. Ich schwieg und wartete, denn ich wollte den Bann nicht brechen. Sie ließ ihre Hand auf meiner Schulter liegen.

»Meine Mutter hatte für deinen Vater nicht besonders viel übrig«, sagte sie so leise, als redete sie mit sich selbst. »Die *cailleach«* – es war überraschend für mich, sie von ihrer Mutter als der *cailleach* sprechen zu hören, als sei die Last der Jahre plötzlich von ihr abgefallen und sie wieder jung wie Marsali – »der *cailleach* war es nicht recht, daß ich mit ihm ging. Sie fand, er sei für mich zu wild, und verbot ihm das Haus. Und was die *cailleach* sagte, galt. Für mich. Freilich nicht für Domhnull Ban. Und wenn ich mit ihm zusammen war, dann war ich genauso aufsässig wie er und hörte nicht auf sie. Wir trafen uns immer unter der großen Weide am Fluß hinter Calum Bans Haus – Calum Ban war dein Großvater, der im Jahr vor unserer Vertreibung aus dem Tal starb. Im Sommer war es unter der Weide wie in einer grünen Höhle. Ich erinnere mich an einen winzigen Vogel, der sich regelmäßig auf dem gleichen flachen Stein im Fluß niederließ. Er tauchte den Schnabel ins Wasser und hob dann jedesmal den Kopf zum Himmel, als wollte er Dank sagen, bevor er den Schnabel erneut ins Wasser tauchte, um weiterzutrinken. Domhnull Ban meinte, es sei eine Ringdrossel. Wir saßen immer ganz ruhig unter der Weide und sahen ihr zu, weil sie so schön und zierlich war, wie sie dasaß und trank. Es ist schon seltsam, woran man sich noch nach so vielen Jahren erinnert.«

Ihre Hand lag noch immer auf meiner Schulter und verband uns sozusagen in unserem Schweigen. Nach einer Weile hörte ich mich sagen: »Wärst du denn nach Amerika gegangen, wenn unser Vater uns hätte holen können?«

»Für mich war es schon schlimm genug, das Tal verlassen zu müssen, um hier unten an der Küste wieder neu anzufangen«, sagte sie, »um wieviel schwerer wäre mir dann erst der weite Weg nach Amerika geworden!« Sie fuhr sich mit der Hand, die bisher auf meiner Schulter gelegen hatte, in den Nacken und war wahrscheinlich verwundert, daß da kein Knoten war, an dem sie herumzupfen konnte. »Ich bin immer ängstlich gewesen«, fuhr sie fort und faltete die Hände über ihrer Schürze, »aber Domhnull Ban, der hatte Mut für uns beide, und ich hab mir nie Sorgen gemacht, solange er da war. Ja, ich hätte dich und Marsali genommen und wär mit ihm nach Amerika gegangen.« Sie lachte auf, aber es klang eher wie ein Schluchzen. »Ich wäre schon gegangen, aber ich hätte wohl die ganze Zeit in der Gewißheit gelebt, daß das Schiff dem Untergang entgegenfuhr.«

Sie war als junges Mädchen nicht wie Marsali gewesen, das war mir jetzt klar. Ich wußte nicht, was ich sagen sollte. Die *cailleach* war viel weicher, viel ängstlicher und verzagter gewesen, und das war für mich eine Überraschung, die mir die Sprache verschlug.

Tomas Caogach kam aus dem Stall und starrte hinauf in den strahlend blauen Himmel. Er sah so zufrieden drein, daß ich dachte, er habe nicht gemerkt, daß er in einen Kuhfladen getreten war. Dem war jedoch nicht so. Er hatte den Kuhdreck an seiner Hacke sehr wohl gesehen, schien sich aber nichts daraus zu machen. »So ein wunderschöner Tag«, sagte er, indem er seine nackten Füße sorgfältig im Gras abrieb. »Ist das nicht ein wunderschöner Tag, Calum Og?« Ich murmelte zustimmend; ich war so verblüfft, daß ich einfach keine Worte über die Lippen brachte. Was mochte wohl über ihn gekommen sein, daß er so offen sein Entzücken über das herrliche Wetter zeigte und sogar auf Zustimmung von meiner Seite Wert legte!

»Ich hab die Sonne seit Jahren nicht mehr so hell und strahlend gesehen«, sagte meine Mutter, »nicht mehr seit damals oben im Tal, als wir noch jung waren, Tomas.« Sie drehte sich um und ging vor sich hin summend ins Haus.

Ich folgte den beiden und dachte, es müsse etwas Besonderes auf sich haben mit einer Sonne, die die *cailleach* und Tomas Caogach so froh und zufrieden gemacht hatte; dabei wußte ich natürlich nicht, daß der Fremde nahte, dessen Kommen unser Leben hier so sehr verändern sollte.

Das erste, was ich sah, als ich nach dem Frühstück aus dem Haus trat, war das Kohlenschiff, das langsam um die Landzunge von Ru Idrigil gesegelt kam. An der Küste wehte kein Lüftchen, und als der dreimastige Schoner den Schutz der Bucht vollends erreicht hatte, verlor er das bißchen Fahrt, das er draußen auf offener See gehabt haben mochte. Seine braunen Segel hingen schlaff und leblos in der vollkommenen Windstille. Über das Wasser hörte man eine Stimme, die der Mannschaft Befehle zurief. Das mußte der Skipper des Schoners sein, ein grantiger alter Mann von Mull, der in jungen Jahren auf einem Walfänger gefahren war. Er würde nicht sehr zufrieden sein, wenn sein Schiff nicht unmittelbar nach dem Einsetzen der Ebbe auf den Strand lief, so daß mit dem Entladen begonnen werden konnte und keine Zeit verloren ging. Die Mannschaft beeilte sich, das Beiboot ins Wasser zu lassen. Sie hatten den Schoner alsbald im Schlepptau. Vier Männer saßen an den Rudern und mühten sich, den Strand vor dem Umkippen der Tide zu erreichen.

Ich überlegte, ob vielleicht Aindrea Ruadh einer der vier Männer an den Rudern war. Aindrea war ein Vetter ersten Grades von Tomas Caogach und fuhr mit dem Skipper von Mull seit dem Tag, an dem der alte Mann vom Walfang nach Hause gekommen war und sich mit seinen Ersparnissen den Schoner gekauft hatte. Obwohl der Schoner jeden Sommer Kohlen für den Faktor brachte, ließ sich Aindrea Ruadh nie bei uns blicken. Er kannte meinen Onkel viel zu gut, um ihn zu besuchen. Der Anblick des Kohlenschiffs in der Bucht war für Tomas Caogach stets schon Anlaß genug, über seinen Vetter herzuziehen, und das nur, weil Aindrea gern lachte und Witze erzählte und mit seinen Kameraden einen hob.

Die Leute im Dorf standen vor ihren Türen und schauten zu, wie der Schoner hereingeschleppt wurde. Die nassen Ruder funkelten jedesmal in der Sonne, wenn sich die Männer vornüberbeugten und die Ruderblätter aus dem Wasser hoben. Sogar die alte Mairi Beathag war ausnahmsweise still, während sie vor ihrer Haustür stand und über die Bucht auf das Schiff hinunterschaute, das sich nur langsam bewegte.

Ich sah Raonull, Tormod Beags Vater, über den Graswall, der die Grenze zwischen unseren beiden Crofts bildete, steigen und hatte beim Anblick der hünenhaften Breitschultrigkeit, mit der er auf unser Haus zukam, kein gutes Gefühl. Er war mit Tomas Caogach verfeindet. Im Januar letzten Jahres war eines von Raonulls Jungtieren nachts in unseren Hof eingebrochen und hatte einigen Schaden angerichtet, indem es in seiner Freßgier garbenweise das Korn aus dem Schober gezerrt und auf dem Boden zerstampft hatte. Tomas Caogach hatte das Tier am frühen Morgen entdeckt und mit einem Prügel bearbeitet und dann über den Croft geschasst. Das Jungtier sprang über den Wall und landete in dem dahinterliegenden Wassergraben, wo es steckenblieb und immer tiefer einsackte, bis es nur noch mit dem Kopf aus dem Wasser schaute. Alle Männer des Dorfes mußten zur Hilfe kommen, um das Tier aus dem Graben zu ziehen. Tomas Caogach und Raonull hatten seit jenem Tag kein Wort miteinander gesprochen. Wir erfuhren, daß Raonull überall herumerzählte, Tomas Caogach sei dermaßen neidisch auf seine gesunden Rinder, daß er versucht habe, sein bestes Jungtier zu ersäufen, und ich zweifle keinen Augenblick daran, daß auch Raonull seinerseits zu Ohren gekommen war, was Tomas Caogach über ihn verbreitete, nämlich daß er so wenig Futter habe, daß er sein Vieh heimlich in der Nacht herausließ, weil er wußte, die Tiere würden vor lauter Hunger über die Kornschober der Nachbarn herfallen und sich daran gütlich tun.

Raonull stapfte geradewegs an mir vorbei, als existiere ich überhaupt nicht, und streckte Tomas Caogach, der etwas gebückt neben meiner Mutter in der Tür stand, die Hand entgegen. Die beiden schüttelten sich die Hand wie zwei gute alte Freunde, die sich ein paar Wochen lang nicht gesehen hatten. »Na, Tomas«, sagte Raonull, als sei zwischen ihnen nie ein böses Wort gefallen, »der Faktor hat wahrhaftig einen herrlichen Tag für seine Kohlen erwischt. Ich weiß noch, wie der alte Schoner das allererstemal mit seiner Ladung angelegt hat – es ist ja ein Weilchen her –, und wir beide rannten zusammen aus dem Tal hinunter und schauten beim Entladen zu.«

»Das weiß ich auch noch ganz genau, Raonull«, sagte Tomas Caogach – man hätte nie geahnt, daß sich die beiden das ganze Jahr über mit eisigem Schweigen begegnet waren. »Es war genau so ein Tag wie heute.«

Sie begannen zu schwatzen, während ich dabeistand und beobachtete, wie Tormod Beag, Niall, Ruairidh und Alasdair Ruadh über Fearghus Mors Croft hinabrannten. Murchadh der Marag schnaufte hinter ihnen drein und schrie, sie sollten auf ihn warten. Auch Rob, Aonghas und Lachlann kamen aus verschiedenen Richtungen angelaufen und stoben zum Strand hinab. Der taubstumme Seoras war bereits über die Mauer, die unten am Croft seines Vaters entlanglief, gestiegen und rannte flink wie ein Wild auf der Flucht davon. Seoras wollte als erster am Wasser sein.

»Warum gehst du nicht mit den anderen?« sagte meine Mutter; es war sonst nicht gerade ihre Art, mich zum Herumtollen mit den anderen Jungen aufzufordern und mich wegzuschicken, wenn es Arbeit gab. Das Vieh war noch immer im Stall, und es gehörte zu meinen Pflichten, die Kühe auf die Gemeindewiese am Berg zu führen.

»Ja, fort mit dir. Geh mit den anderen Jungen«, sagte Tomas Caogach. »Ich bring das Vieh auf die Weide. Und wenn Aindrea Ruadh noch auf dem Kohlenschiff arbeitet, bestell ihm von mir, er soll sich mal bei uns sehen lassen, bevor er wieder abfährt; er kann gern mit uns zu Abend essen.«

Ich war auf und davon, ehe sie sich's anders überlegen konnten; ich sprang über Gräben und Wälle, bis ich auf Fearghus Mors Croft angelangt war, wo ich alsbald den Marag einholte. Ich hatte bereits die Hand erhoben, um ihm im Vorbeirennen eins auf seinen wabbeligen Hintern zu hauen, als ich dann aber gleich auf mit ihm war, brachte ich es nicht übers Herz, ihn hinter mir zu lassen. Ich gab ihm daher einen freundschaftlichen Klaps auf den Rücken und fiel in sein Tempo ein, und so trotteten wir beide nebeneinander hinunter zum Strand, wo sich bereits das halbe Dorf eingefunden hatte.

Haltetaue flogen vom Deck des Schoners hinunter zu den Männern im Beiboot, sobald das Schiff aufgelaufen war. Sie ruderten an Land und zogen die Leinen hinter sich her und vertäuten sie an den großen Felsen am Strand. Mit ein paar Ruderschlägen waren sie wieder beim Schiff. Es schien still auf dem Wasser zu liegen, in Wirklichkeit jedoch saß es mit dem Kiel im Sand fest. Wenn das Wasser mit der Ebbe zurückwich, würde sich der ganze Rumpf im Sand festsetzen, und dann würde man mit dem Entladen beginnen. Die bereitstehenden Karren würden zum Schiff hinausfahren, das zurückebbende Wasser würde die Hufe der Pferde umspülen, und der Skipper würde jeden Eimer Kohle mit einem Stück Kreide am Schaft des Waagebalkens vermerken, ehe er in den Karren, der darunter stand, entleert wurde. Ich hatte das alles natürlich früher schon gesehen, aber ich konnte mich am Entladen des Kohlenschiffes nie satt sehen. Jedesmal war der Anblick des alten

Schoners, der hilflos wie ein gestrandeter Wal mit seinen schwarzen, feucht schimmernden Flanken im Sand lag, aufs neue überraschend und faszinierend zugleich.

Und der alte Skipper war jedes Jahr wieder Zielscheibe unseres Spotts und Quelle unseres Gelächters. In seiner Eile, wieder in See zu stechen, hatte er solche Angst, die nächste Flut zu verpassen, daß er ununterbrochen in seinem eigenartigen Inselgälisch auf die Fuhrmänner schimpfte, die seiner Meinung nach viel zu langsam mit ihren Karren waren; es war auch lustig zu sehen, wie sein weißer buschiger Kinnbart immer schwärzer wurde, je länger das Entladen dauerte.

Aber an jenem Tag bekam ich gar nicht mit, wie das Entladen begann. Ich stand mit dem Rücken zu dem Schiff und beobachtete Rob und den Marag, die sich stritten, und alle waren gespannt, wer wohl als erster zuschlagen würde. Und als die beiden schließlich ihren Streit beendet hatten, fiel mein Blick auf etwas, was den alten Skipper und sein Schiff nicht mehr so interessant erscheinen ließ.

Der Streit begann, wie solche Händel eigentlich fast immer anfangen, nämlich um nichts und wieder nichts: Aonghas hatte gefragt, wieso der Faktor sich Kohlen kommen ließ, anstatt wie jedermann auf der Insel Torf zu stechen. Der Marag meinte, demonstrieren zu müssen, daß er besser Bescheid wußte über die Lebensart der vornehmen Leute als alle anderen, und Rob wollte das nicht unwidersprochen hinnehmen.

»Die vornehmen Leute mögen den Torf nicht«, erklärte der Marag. »Mein Vater ist in vielen großen Häusern auf der ganzen Insel gewesen, und er sagt, die Reichen brennen nur Kohle und Holz. Sie haben riesige Feuer in jedem Zimmer – und so ein großes Haus hat unheimlich viele Zimmer. Das Feuer brennt von früh bis spät. Ein Diener ist bloß dazu da, den ganzen Tag die Feuer zu schüren.«

»Bei einem halben Sovereign für die Tonne muß das ja ein Vermögen kosten«, sagte Rob.

»Woher willst du wissen, was die Kohlen kosten?« fragte der Marag.

»Der alte Seumas hat es mir gesagt«, antwortete Rob.

»Der alte Seumas weiß Bescheid über den Kohlenpreis – und vieles andere mehr. Er liest nämlich die Zeitung, jawohl. Er läßt sich den *Highlander* extra mit der Postkutsche bringen.«

Darauf war der Marag still. Im ganzen Ort gab es keinen, der gescheiter war und mehr wußte als der Schuhmacher, und dabei hatte er nie eine Schule besucht.

»Mensch, stellt euch das vor: einen halben Sovereign für eine Tonne Kohlen«, rief Tormod Beag aus.

»Woher hat der Faktor denn soviel Geld?« fragte Aonghas.

»Der Faktor bezahlt doch keinen Pfennig, du Depp«, sagte Niall. »Zahlen tut doch der Laird.«

»Also dann halt der Laird«, sagte Aonghas.

»Der Laird hat Geld wie Heu«, meinte Tormod Beag.

»Kein Wunder«, sagte Rob, »bei dem Pachtzins, den er kassiert.«

»Da bist du auf dem Holzweg«, erklärte der Marag und stieß dabei seine Kinnlade in die Luft wie Fearghus Mor, wenn er wütend war. »Auf den Pachtzins ist er überhaupt nicht angewiesen, wenn du's genau wissen willst.«

»Wieso nicht?« wollte Rob wissen.

»Da sieht man, wie blöd du bist«, sagte der Marag voller Hohn. »Die vornehmen Leute haben ihr eigenes Geld.«

»Klar, von dem dicken Pachtzins, den sie den armen Leuten abzwacken«, sagte Rob.

»Und mit dem Geld können sie tonnenweise Kohle kaufen«, fuhr der Marag unbeirrt fort, »und Diener bezahlen, die den ganzen Tag bloß nach dem Feuer sehen, und Leute beschäftigen, die Straßen bauen und Wassergräben schaufeln und Bäume pflanzen und . . .«

»Und Hundehütten aus behauenem Stein für ihre Köter bauen«, warf Rob ein.

». . . und noch vieles andere tun«, schloß der Marag und sah ihn giftig an. »Das machen sie alles mit ihrem eigenen Geld.«

»Und woher haben sie ihr *eigenes* Geld?« sagte Rob, indem er dem Marag den Finger in die Brust bohrte. »Erklär mir das mal, wenn du kannst.«

Wir hatten inzwischen um die beiden einen Ring gebildet und ihnen genügend Platz gelassen, weil wir natürlich alle hofften, sie würden sich nun gleich prügeln. Robs pieksender Finger sah nach dem Beginn der Keilerei aus, aber der Marag lehnte sich lediglich mit seinem Gewicht dagegen, so daß der andere zurückweichen mußte.

»Das will ich dir sagen, Junge«, schrie der Marag. »Sie haben das Geld geerbt.«

»Und von wem?« fragte Rob.

»Von ihren Vorfahren«, sagte der Marag.

»Und wie sind die zu dem vielen Geld gekommen?« sagte Rob und ging wieder mit ausgestrecktem Zeigefinger auf ihn zu.

Der Marag schob ihn beiseite. »Auf die gleiche Art«, antwortete er. »Die haben ihr Geld von ihren reichen Vorfahren geerbt. So ist es immer gewesen. Es sind immer die vornehmen Leute gewesen, die das Geld hatten. Damit können sie die Leute bezahlen, die für sie arbeiten. Wenn es die Herren nicht gäbe, dann gäb's auch keine Arbeit für die anderen, weil bloß die Herren das Geld besitzen, um dafür zu bezahlen.«

»Und was ist in Amerika?« sagte Rob.

»Wieso, was soll in Amerika sein?«

»In Amerika gibt es Arbeit. Viele von hier sind nach Amerika gegangen und haben dort Arbeit gefunden.«

»Na und?«

»In Amerika gibt's keine Herren – keine Lords und Ladies und so.«

»Amerika ist was ganz anderes. Amerika hat gegen den König Krieg geführt.«

»Jawohl, und das ganze Herrenpack vertrieben. Aber vom Krieg abgesehen. Wie war das denn davor, ganz am Anfang?«

»Da hat's auch Herren gegeben.«

»Nie im Leben. Da gab's bloß Indianer – und ganz gewöhnliche Leute.«

»Es muß auch Herren gegeben haben.«

»Nein.«

»Doch.«

»Nein.«

»Doch.«

Sie fuhren wie zwei Stiere aufeinander los und schoben und stemmten sich gegeneinander, und beide warteten, daß der andere den ersten richtigen Schlag tat. Der taubstumme Seoras hüpfte aufgeregt hin und her und stieß kehlige Geräusche aus. Seoras war älter als die anderen Jungen, aber mit seinem schmalen, spitzen Gesicht, seinem unordentlichen dunklen Haarschopf und den großen braunen Augen, die unablässig von einem Gesicht zum anderen huschten, um mitzubekommen, was vor sich ging, sah er aus wie ein wildes, scheues Wesen aus den Bergen, das stets auf der Hut war, um beim leisesten Geräusch zu fliehen – und dabei war er so taub, daß er nicht einmal die Trompeten des Jüngsten Gerichts gehört hätte.

Seoras stand mir gegenüber auf der anderen Seite des Ringes mit dem Blick auf den Strand und sah ganz offensichtlich nicht den beiden in der Mitte zu, die noch immer vorsichtig umeinander herumschlichen und sich abtasteten. Er starrte über meine Schulter hinweg wie jemand, der etwas sah, was er nicht glauben konnte. Ich bemerkte, wie er Aonghas am Ärmel zupfte. Aonghas sah ihn an und folgte dann seinem stieren Blick. Er brachte den Mund vor Staunen nicht mehr zu. Mit zitterndem Finger zeigte er auf das Schiff und rief: »Um Himmels willen, was ist denn das für ein Tier?«

Ich wußte sofort, was es war, obwohl ich das Tier noch nie in Natur gesehen hatte: es war ein Affe. In einem Buch über Tiere, das Seumas gehörte und das Rob und ich immer anschauen durften, als wir klein waren, befand sich eine Abbildung von genau so einem. Der Affe saß auf der Schulter eines Mannes, der längsseits des Beiboots am Rand des Wassers stand. Der Mann war von mittlerer

Größe und hatte schwarzes buschiges Haar, das unter seiner Seemannsmütze hervorquoll. Sein Gesicht war glatt rasiert, das Braun seiner Haut noch dunkler als das eines Kesselflickers. Seine Augen waren fast schwarz und durchdringend, wie ich sie noch nie bei einem Menschen gesehen hatte. Er trug eine einfache dunkelblaue Tweedjacke; auf der Höhe der Schultern war jedoch ein heller Farbspritzer: ein grellbuntes Tuch aus Kattun, das er sich lose um den Hals gebunden hatte. An einem Lederriemen über die Schulter geworfen, trug er einen Seemannssack und lächelte uns zu, wobei er Zähne entblößte, die in seinem dunklen Gesicht noch weißer glänzten als Marsalis. Das Äffchen, das auf seiner linken Schulter hockte, sah uns mit großen, traurigen Augen an.

Aonghas schluckte verdattert. »Was ist das für ein Tier?« flüsterte er.

»Das ist ein Affe, du Depp«, sagte Rob, der seinen Streit mit dem Marag völlig vergessen zu haben schien.

»Kann er sprechen?« wollte Aonghas wissen.

»Sprechen?« sagte Rob, ohne eine Miene zu verziehen. »Warte nur, bis der Affe loslegt. Dann wirst du was erleben. So ein Biest hat Wörter drauf, richtige Zungenbrecher, die kann nicht einmal der Ceistear. Mag sein, daß der hier kein Gälisch kann, das weiß man ja nie so genau.«

»Das Gälisch von dem Affen ist sicher besser als das vom Skipper da drüben«, sagte Niall ernst. »Es heißt, daß neben den Leuten von Skye die Affen das beste Gälisch sprechen.«

»Das glaub ich nicht!« sagte Aonghas und schaute unsicher in die Runde, um festzustellen, wie wir reagierten, bis Niall schließlich losprustete und damit allgemeines Gelächter auslöste.

Der Fremde zog eine silberne Pfeife aus der Tasche und setzte sie an die Lippen zu einem langen, schrillen Ton. Dann ging er am Strand entlang davon. Dabei spielte er eine seltsame Melodie, die weder Rhythmus noch Schwung hatte; und dennoch lag etwas in dem eigenartigen, schrillen Klang, das einen gefangennahm. Die Burschen gingen einer nach dem anderen hinter ihm drein, ohne das Kohlenschiff auch nur eines Blickes zu würdigen; der taubstumme Seoras setzte sich als erster in Bewegung und eilte allen voran.

Ich blieb allein zurück. Der erste Karren trudelte über den nassen Sand durch Seetang und Wasserlöcher zum Schoner hinaus. Ich sah den roten Schopf von Aindrea Ruadh, der sich über das Beiboot beugte, und rannte an seine Seite. »Hast du den Fremden an Land gerudert?« fragte ich. Er nickte, ohne seine Arbeit zu unterbrechen. Er war dabei, mit einer alten Blechbüchse das Wasser aus dem Boot zu schöpfen.

»Wo kommt er her?«

Aindrea zuckte mit den Achseln. »Wer weiß? Der Skipper hat ihn in Tobermory an Bord genommen, wo wir wegen des Sturmes warten mußten. Er hat uns mit dem Wetter Glück gebracht, das muß man ihm lassen, und den Alten hat er mit seinen Tricks bei Laune gehalten.«

»Was für Tricks?«

»Kartentricks. Der Ägypter ist ein sagenhafter Kartenkünstler. Aber sag ja nichts zu deinem Onkel davon. Tomas ist nicht gerade ein Freund des Kartenspiels.«

»Calum Og, so komm doch«, rief Rob.

»Der Ägypter?« sagte ich, ohne auf Rob zu achten. »Hast du gesagt ›der Ägypter‹?«

»Den Spitznamen hat ihm der Koch gegeben. Schade, daß der Bursche nicht annähernd so gut kocht wie er Spitznamen verteilt. Ich meine, aussehen tut der Kerl ja wie ein Ägypter, der Spitzname paßt auf ihn ganz gut.«

»Du meinst, er kommt richtig aus Ägypten, Aindrea?«

»*Dhia,* nein. So hießen früher die Zigeuner, zur Zeit, als sie aus dem Königreich verbannt waren. Wenn du damals einem Zigeuner begegnet bist, dann konntest du ihn einfach abmurksen« – er hob das Kinn und machte mit dem Zeigefinger die Geste des Halsabschneidens, wobei er die Augen verdrehte, daß nur noch das Weiße zu sehen war – »und kein Mensch scherte sich drum.«

»Calum Og!« brüllte Rob.

»Ja, ja, ich komm ja schon«, brüllte ich zurück. »Warum waren die Zigeuner aus dem Königreich verbannt?«

»Weil sie Vagabunden – elende Bettler – Diebe waren.«

»Ist der Fremde ein Zigeuner?«

»Du kannst einem ein Loch in den Bauch fragen, Calum Og. Geh und frag den Mann doch selber.«

»Was, ich soll ihn direkt fragen, ob er ein Zigeuner ist?« sagte ich. »Das bring ich nicht fertig.«

»Ich auch nicht«, erwiderte Aindrea.

»Ja, aber du mußt doch eine Vermutung haben.«

»Nein, hab ich nicht, Junge.« Er richtete sich auf und starrte auf die Büchse in seiner Hand, als sähe er in dem Wasser, das sie enthielt, das dunkle Gesicht des Fremden. »Zigeuner? Kesselflicker? Wer weiß? Er ist sicher so was wie ein fahrender Gesell, glaub ich, aber so einem wie dem bin ich meiner Lebtag noch nicht begegnet.«

»Bist du immer noch nicht fertig mit dem Boot, Aindrea?« brüllte der Skipper vom Schoner herüber mit einer Stimme, die das Geschepper übertönte, mit dem die Kohlen in die großen, blechernen Eimer geschaufelt wurden.

»Dem Alten fehlt der Fremde mit seinen Kartentricks jetzt schon«, flüsterte Aindrea. Er blinzelte mir zu, ließ aber prompt seine Büchse ins Boot fallen und ging, der Aufforderung des Kapitäns folgend, stracks zum Schiff zurück.

Der Fremde und die Jungen waren hinter einer kleinen Hügelkuppe verschwunden, aber ich hörte noch immer die dünnen Töne seiner silbernen Pfeife. Ich rannte dem Geräusch nach und vergaß darüber vollkommen, Tomas Caogachs Grüße und die Einladung zu bestellen. Ich hatte nur eines im Kopf: die seltsame, durchdringende Musik des Ägypters.

Der Fremde führte den Zug, der länger und länger wurde, weil von überall her Jungen und Mädchen gerannt kamen und sich uns anschlossen, vom Strand weg zu einem grasbewachsenen Hang über der Bucht. Wir setzten uns in einem Kreis um ihn herum ins Gras und sahen ihm zu, wie er seinen Sack auspackte. Er redete dabei die ganze Zeit, fragte diesen und jenen nach seinem Namen, und alle antworteten ihm freimütig und offen, auch die, die sonst schüchtern und verschlossen waren. Sein Gälisch war gut, nicht wie das des alten Skippers von Mull, und wenn man bei einer Stimme von Farbe sprechen kann, dann war die seine von dem gleichen satten Dunkelbraun wie sein Gesicht.

Er zog dem Äffchen eine scharlachrote Hose und eine grüne Jacke an und setzte ihm einen grünen Hut mit einer steifen roten Feder auf. Der Affe nahm den Hut ab und verneigte sich vor jedem einzelnen von uns in der Runde. Dann legte er seinen schönen Federhut neben seinem Herrn ins Gras und begann nach der Musik der silbernen Pfeife zu tanzen. Dabei hüpfte und sprang er in die Höhe, als habe er Sprungfedern in den Fersen. Dann schlug er Purzelbäume und wirbelte radschlagend im Kreis herum; schließlich machte er einen Handstand und ging auf den Händen noch einmal an uns allen vorbei und sprang mit einem letzten Purzelbaum wieder auf die Beine.

Ich dachte, damit sei sein Repertoire erschöpft. Aber es kam noch mehr. Das Äffchen setzte sich den Hut auf und ging aufrecht an den Zuschauern im Kreis vorbei und hielt ihnen die offene Hand hin. Hätte er seine Vorführung vor derselben Menge auf dem Pferdemarkt gegeben, hätte der kleine Wicht sicher eine hübsche Summe bekommen, aber von uns hatte Rob als einziger einen Farthing in der Tasche, den er ihm hinhielt. Der Affe nahm ihm die Münze aus der Hand und lüpfte vor ihm den Hut. Er hielt sich das Geldstück unter die Augen und drehte es mit seinen dünnen, behenden Fingern um, ehe er über den Rasen hüpfte und es seinem Herrn überreichte.

Die Sonne stand inzwischen hoch am Himmel, und die Karren rumpelten geschäftig zwischen dem im Sand liegenden Kohlenschiff und der Lodge hin und her. Aber alle starrten wie gebannt auf den Affen. Ich allein beobachtete den Besitzer des Tieres.

Aindrea Ruadh hatte gesagt, der Fremde sei so etwas wie ein fahrender Gesell, aber ein Kesselflicker war er nicht, soviel war gewiß. Man konnte es daran sehen, wie er lässig im Gras lag und über das Oh und Ah zu den Possen seines Äffchens lächelte, als gehörte ihm die Welt. Für einen Kesselflicker war er viel zu unbefangen. Kesselflicker hatten gelernt, stets auf der Hut zu sein, nicht aufzufallen und überall Gefahr zu wittern, denn sie wußten wohl, wenn irgendeiner anklagend mit dem Finger auf sie zeigte – und mochte der Betreffende selbst der übelste Schuft der Gegend sein –, dann war die ganze Sippe dran. Der lächelnde Fremde hatte gar nichts Verängstigtes oder Unstetes, im Gegenteil, sein Blick war der eines Mannes, der nicht wußte, was Angst war. Ich konnte mir nicht vorstellen, wie er mit seinem bunten Halstuch, das grell wie eine Fahne leuchtete, aufsprang und sich die Mütze vom Kopf riß wie alle anderen, wenn der Faktor vorbeiritt. Wenn ihn der Faktor aber tatsächlich hier im Gras liegen sah und erfuhr, daß er keine Bleibe für die Nacht hatte, dann gab es natürlich auch für ihn einen Haufen Ärger. Ich machte die Augen zu und betete zum Himmel, der Faktor möge die Mauern der Lodge nicht verlassen, bis der Fremde von hier verschwunden war.

Rob knuffte mich. Der Marag hielt dem Äffchen einen kleinen flachen Kieselstein hin und grinste dabei über sein ganzes Pfannkuchengesicht. Das Tier nahm den Kieselstein und lüpfte pflichtschuldigst seinen Federhut, worauf der Dicke in ein blödsinniges, wieherndes Gelächter ausbrach. Aber nachdem der Affe den Stein genau betrachtet und prüfend hin und her gedreht hatte, warf er ihn fort und schnalzte ärgerlich mit den Lippen. Wir alle jubelten und klatschten wie wild, außer dem Marag, der verlegen dahockte und puterrot anlief. Das Äffchen war so entzückt, daß es mitzuklatschen begann.

»Brav gemacht, Runag«, sagte der Fremde; das Äffchen hüpfte zu ihm hin, kuschelte sich in seine Armbeuge und sah voller Erwartung zu ihm hoch. Plötzlich rannte es davon, durch die Mädchen hindurch, die in heller Aufregung wie wild kreischten, und hoppelte die Böschung hinauf bis zur Straße. Einige der Jungen wollten hinterdrein, doch der Fremde befahl ihnen, sitzen zu bleiben. Der Affe erreichte die Straße gerade in dem Augenblick, als Mairi Beathag erschien. Ich hatte erwartet, sie würde loskreischen, als sei ihr der Leibhaftige begegnet, und auf der Stelle umkehren.

Doch der Anblick des Affen in seinen scharlachroten Hosen und dem Federhut schien ihr die normalste Sache der Welt. Runag faßte sie bei der Hand, und so kamen die beiden gemeinsam den Abhang herunter.

Sie waren das merkwürdigste Paar, das man sich denken konnte: ein herausgeputzter kleiner Affe und eine alte Frau, die wie eine Vogelscheuche aussah, mit einer zerschlissenen Männerjacke auf dem Rücken und langen schwarzen Röcken, die ausgefranst und voller Löcher um sie hingen. Durch das Leder ihrer Stiefel bohrten sich die Zehen, und ihr zerzaustes weißes Haar hing ihr wild ins Gesicht. Keiner lachte, nicht einmal der Marag. Ich glaube, der Anblick hatte uns allen die Stimme verschlagen. Natürlich stand auf allen Gesichtern Verwunderung, nur das Gesicht des Fremden zeigte keine Spur von Überraschung. Er stand auf und schulterte seinen Sack, als habe er die ganze Zeit nur auf Mairi Beathag gewartet.

Alasdair Ruadhs Schwester Catriona, die normalerweise so schüchtern war, daß sie vor Fremden keinen Ton herausbrachte und lieber den ganzen Tag im Kuhstall zubrachte, als mit Leuten im Haus sein zu müssen, die sie nicht kannte, Catriona sagte laut und kiebig: »Wir wollen nicht, daß ihr fortgeht, du und Runag.«

»Da sind auch noch andere, die warten, Mädchen«, sagte Mairi Beathag ruhig, was ganz gegen ihre Gewohnheit war, denn sonst schickte sie allem, was sie sagte, ihr irres Gelächter hinterdrein. »Die warten schon seit einer Ewigkeit.«

Aber trotz dieser so ruhig gesprochenen Worte war sie dieselbe alte Mairi Beathag, die Unsinn schwatzte, wie man es von ihr gewohnt war. Die durchdringenden schwarzen Augen des Fremden geboten ihr zu schweigen. »Wir kommen wieder«, sagte er, »ich und Runag.« Er schaute dabei in die Runde und sah uns der Reihe nach in die Augen. »Wenn ihr mich pfeifen hört, werdet ihr dann kommen?«

»Ja,« riefen wir alle im Chor, auch der Marag, der alle anderen überschrie.

Der Fremde setzte sich Runag auf die Schulter und hob die Hand zum Gruß. Wir sahen ihm nach, wie er mit der alten Mairi Beathag, die leichtfüßig wie ein junges Mädchen neben ihm herlief, über den Hang hinauf davonging. Alle standen stumm da, bis sie hinter der Straßenbiegung verschwunden waren.

»Er hätt mir wenigstens meinen Farthing wiedergeben können«, brummte Rob. »Ich hab ihn nur rausgerückt, weil ich sehen wollte, was der Affe damit macht.«

Ich ging am späten Nachmittag noch einmal hinunter zum Strand und sah zu, wie die letzten Kohlen entladen wurden. Ich suchte nach Aindrea Ruadh, dem ich dann die Einladung Tomas Caogachs bestellte. »Was ist denn plötzlich in Tomas gefahren«, sagte er, »daß er mit einem wie mir sogar das Brot brechen möchte?«

»Er ist in einer fabelhaften Laune«, sagte ich. »Heut morgen ist er aus dem Stall gekommen und in einen Kuhfladen getreten, und es hat ihm überhaupt nichts ausgemacht, obwohl er barfuß war.«

»Willst du mich auf den Arm nehmen, Junge?«

»Gott bewahre! Er hat mir extra aufgetragen, dir zu sagen, du sollst zum Essen kommen. Ich hab's heute morgen bloß vergessen, aber das darfst du ihm nicht sagen, Aindrea.«

»So so. Was mag wohl über ihn gekommen sein?«

»Heut ist der erste Tag seit vielen Wochen, daß die Sonne wieder scheint«, sagte ich. »Er brannte so sehr darauf, ins Freie zu kommen, daß er fast vergessen hätte, sich die Hose anzuziehen.«

»Nun versteh ich«, sagte Aindrea. »Tomas hat einen Hitzschlag.« Er schlug sich mit der Hand vor die Stirn, verdrehte die Augen wie ein Irrer, so daß das Weiße der Augäpfel in dem rußschwarzen Gesicht riesig wirkte, und torkelte wie ein Betrunkener hin und her. »Einen Sonnenstich. Tomas Caogach hat einen Sonnenstich, und jetzt hat er einfach den Verstand verloren.«

Aindrea war zwar ein Spaßvogel, aber er sah so feierlich wie der Ceistear aus, als ich ihn in die Küche führte. Sein Gesicht hätte nicht sauberer sein können, wenn ihn eine geduldige Katze abgeleckt hätte. Tomas Caogach drückte ihm die Hand, als wolle er sie überhaupt nicht mehr loslassen, und die *cailleach* überschlug sich geradezu mit ihrer Gastlichkeit. Sie hatte etwas ganz Besonderes für ihn zubereitet, nicht den üblichen Haferbrei, den wir abends immer aßen, sondern Mengen von Algensuppe, die ausgezeichnet schmeckte. Der Tisch war beladen mit Scones und Gerstenkuchen und einer Schale frischer Butter. Ich glaube, ich habe keine Mahlzeit je so genossen. Wir saßen da und aßen und redeten dabei die ganze Zeit; Aindrea erzählte sogar Witze und machte Späße, sobald er bemerkt hatte, daß seine feierliche Förmlichkeit überhaupt nicht nötig war. Die *cailleach* hatte ihr Strickzeug in den Händen, und die beiden Vettern saßen auf der Bank und schwatzten über Gott und die Welt, als ich mich aufmachte, um das Vieh von der Weide zu holen.

Ich war gerade fertig und kam aus dem Stall, als Rob auf mich zugestürzt kam. »Komm schnell«, keuchte er und zog mich am Arm, »der Fremde ist beim alten Seumas.«

»Ich wollte eigentlich noch einmal zum Strand und bei der Abfahrt des Schoners dabeisein.«

»Ach, vergiß doch den Schoner. Du solltest sehen, was dieser Affe alles anstellt. Dem alten Seumas hat er die Pfeife aus der Hand gerissen und ist damit getürmt. Es war zum Totlachen, wie der Affe in den Sparren hockte und wie ein alter Schrumpelgreis paffte. Die Pfeife von Seumas hat es ihm besonders angetan. Der Fremde hatte einige Mühe, ihn zu bewegen, herunterzukommen und sie wieder rauszurücken.«

Während wir den Weg zur Straße hinaufrannten, sagte Rob stolz: »Er hat trockene Heide für die Höhle gesammelt. Ich hab ihm dabei geholfen.«

»Wer?«

»Der Fremde.«

»Welche Höhle?« fragte ich und dachte, er hätte mich ja auch ein bißchen früher holen können, so daß ich dem Fremden auch hätte helfen können.«

»Uamh an Oir«, sagte Rob.

Ich schaute zu dem Berg hinauf. Der Felsvorsprung, hinter dem der Eingang zur Höhle lag, leuchtete hell in der sinkenden Abendsonne. Freilich, wenn die Sonne dann untergegangen war, würde er wieder in Finsternis getaucht sein, schwarz und unheimlich wie in jener Nacht, in der ich in der Höhle Zuflucht gesucht hatte. »Das wär nichts für mich«, sagte ich.

»Für mich auch nicht«, pflichtete Rob mir bei. »Aber er scheint ganz zufrieden damit. Und natürlich, für den Affen ist das genau der richtige Platz. Da kann er wenigstens nichts anstellen.«

»Ich möcht bloß wissen, was Mairi Beathag von dem Fremden gewollt hat.«

»Er hat es mir erzählt«, meinte Rob, vor Stolz fast platzend, weil er als einziger ins Vertrauen gezogen worden war. »Mairi Beathag hat ihn mit nach Hause genommen und ihm was zu essen gekocht.« Er lachte. »Ich glaube, Mairi Beathag hat sich in den Affen verliebt. Er sieht ja auch toll aus in seinen scharlachroten Hosen.«

»Und was macht der Fremde bei dem alten Seumas?«

»Er ist einfach reingegangen, und dann haben die beiden angefangen zu schwatzen. Viel Umstände macht er nicht, der Fremde.« Er verlangsamte sein Tempo, als wir uns der Kate des Schuhmachers näherten. »Wir schlüpfen unauffällig rein und sind ganz ruhig«, sagte er. »Paß auf den alten Seumas auf. Bei jedem Zug an seiner Pfeife schaut er nach oben in die Dachbalken, weil er Angst hat, der Affe könnte sich auf ihn stürzen.«

Rob blieb vor der Haustür stehen. Er tauchte mit einer Hand in seine Hosentasche und streckte mir dann seine geöffnete Hand hin. »Sieh her«, flüsterte er, »der Fremde hat mir meinen Farthing wiedergegeben.«

Keiner von beiden schenkte uns auch nur die geringste Beachtung, als wir hereingeschlichen kamen, so sehr waren sie ins Gespräch vertieft. Der alte Seumas saß vornübergebeugt auf seinem Hocker an seiner Werkbank und redete in einem fort. Sein kahler Schädel glänzte im Schein der Lampe; er war ein kleiner Mann, flink wie ein Vogel in seinen Bewegungen, trotz seiner Jahre, die seinen Körper hatten schrumpfen lassen, so daß seine Kleider viel zu groß für ihn waren und ihm weit und lose um die Glieder hingen. Der Fremde saß, die Ellbogen auf die Werkbank gestützt, auf einem umgekippten Heringsfaß und hörte dem alten Mann zu. Eine Nummer des *Highlander* lag aufgeschlagen zwischen ihnen auf einem Paar nicht ganz fertiger Stiefel, die wie ein kleiner Berg in der Mitte aufragten.

»Was in den alten Tagen anders war?« hörten wir den Schuhmacher sagen. »Buchstäblich alles. Die Leute waren anders. Sie hatten Zeit, sich gegenseitig zu helfen. Heute können sie sich nicht einmal mehr selber helfen, sondern müssen in jämmerlicher Armut leben. In den alten Tagen, als wir noch oben im Tal lebten, da gab es genug Land. Da hatten es die Leute nicht nötig, sich um jeden Bissen miteinander zu streiten. Wenn einer sein Vieh auf dem Markt verkaufte und das Geld für den Zins beiseite tat, dann hatte er den ganzen Rest für sich selbst. Heute aber zahlst du für alles: für das Recht, Torf zu stechen, für das Recht, Treibholz zu sammeln, sogar dein Korn mußt du heute in der Mühle mahlen lassen. Ich erinnere mich noch an die Zeit, als man Torf und Treibholz einfach holen konnte, soviel man brauchte, und fast jedes Haus seine eigene Getreidemühle hatte. Aber der Laird ließ eines Tages eine Mühle bauen und zwang die Leute, für gutes Geld ihr Korn mahlen zu lassen. Und damit auch wirklich jeder sein Korn in seine Mühle brachte, schickte er den Zinseinnehmer von Haus zu Haus, und der mußte alle Handmühlen zerstören.

Und in den alten Tagen hieß eine schlechte Ernte nicht leere Töpfe und leere Bäuche bis zum nächsten Sommer, jedenfalls nicht, wenn der Herbst die Heringschwärme brachte. Im *cairidh* waren Fische in Hülle und Fülle, du brauchtest bloß reinzulangen; und getrocknet und gepökelt brachten sie dich mit Leichtigkeit durch den Winter. Und da wurde auch nichts verschwendet, so daß wir zugleich das Öl für unsere Lampen hatten. Es war ein schlimmer Tag für uns, als der Faktor den *cairidh* hat einreißen lassen.«

Der *cairidh* war das Lieblingsthema des alten Seumas. Ich glaube, es war der tägliche Anblick der alten Fischreuse direkt vor seiner Nase, der ihn so erbitterte und dauernd auf das Thema brachte. Er brauchte nur ein paar Schritte vor seine Kate zu tun und konnte von dort auf das klare Wasser der Bucht und die Überreste des großen, hufeisenförmigen Steinrings – den alten *cairidh* – hinabsehen. Der *cairidh* war wie eine Steinmauer ohne Mörtel errichtet gewesen; er hatte aus flachen, aufeinandergeschichteten Steinen bestanden und hatte so weit ins Meer hinausgereicht, daß er bei Flut unter Wasser lag. Die Fische waren mit der Flut hereingekommen und waren innerhalb der Mauer gefangen gewesen, sobald das Meer wieder zurückgewichen war; die Fischer hatten dann nur noch mit ihren Netzen hinauswaten und ihren Fang einholen brauchen.

Seumas' Pfeife war ausgegangen. Er zündete ein Streichholz an und schielte hinauf ins Gebälk, während er an seiner Pfeife zog. Der Affe hockte auf einem Balken am anderen Ende der Kate, beobachtete jedoch jede seiner Bewegungen. Plötzlich schwang er sich herab und schwebte nur in der Luft, kletterte aber sofort wieder auf seinen Balken, als der Fremde ihm mit seiner silbernen Pfeife drohte.

»Als der *cairidh* noch funktionierte, gab es massenhaft Fische«, fuhr der Schuhmacher mit seinem Lieblingsthema fort. »Ich weiß noch, wie wir einmal – es war im Juli – bei einem Fang hundert Lachse fingen, und das war ein Segen für arme Leute, denn das Pfund Lachs brachte bis zu Sixpence bei den Händlern. Und wenn die Heringschwärme im Oktober aus dem Meer den Loch heraufgezogen kamen, gab es manchen Tag, an dem die Reuse von vorne bis hinten ein einziger Fischknäuel war.«

»Sind die Steine noch da?« fragte der Fremde, der die ganze Zeit über seine silberne Pfeife in den Fingern herumdrehte.

»Ja, aber weit verstreut«, sagte Seumas. »Die meisten liegen inzwischen tief im Sand und sind mit Tang überzogen.«

»Dann könnte man den *cairidh* ja wieder ohne große Mühe errichten.« Er lächelte sein knappes, strahlendes Lächeln. »Ich versteh mich ganz gut darauf. Wie wär's, wenn ich die Sache für euch in die Hand nähme?«

»Du liebe Zeit!« sagte der Schuhmacher spöttisch. »Das würde Monate dauern. Und dann die schwere Arbeit!«

»Wochen vielleicht«, sagte der Fremde leise.

Ich glaube, der alte Seumas hörte es gar nicht, und selbst wenn er es gehört hätte, er hätte sich dadurch nicht von seiner Meinung abbringen lassen. »Und am äußersten Punkt des *cairidh«,* fuhr er fort, »müßtest du bis an die Brust im Wasser stehen, sogar beim niedrigsten Stand der Ebbe – und wenn die Tide umspringt, dann heißt es zurück ans Ufer. Außerdem brauchtest du ein Heer von Männern dafür. Im übrigen gibt es im Loch seit Jahr und Tag keinen einzigen Hering mehr.«

»Die Heringe kommen ja vielleicht wieder«, sagte der Fremde.

»Hier gibt es nicht einen einzigen Menschen, der daran glaubt«, sagte Seumas, »und kein einziger würd auch bloß mit den Zehen ins Wasser gehen, um den alten *cairidh* zu reparieren, das kann ich dir sagen. Woher willst du also die Leute nehmen?«

»Ich werde eine Armee von Jungen zusammentrommeln, wenn ihre Väter nicht imstande sind«, sagte der Fremde. »Zwei von ihnen sind ja hier. Wir wollen mal sehen, was sie dazu meinen.« Seine durchdringenden Augen sahen erst mich und dann Rob an. »Würdet ihr beiden mir helfen?«

»Na klar«, sagten wir wie ein Mann.

»Du vergißt dabei den Faktor«, sagte der Schumacher. »Ein Wort vom Faktor, und du rührst nicht mal einen Stein an.«

Der Fremde sah den Schuhmacher mit einem merkwürdigen Blick an. »Wenn nun aber der Faktor nichts sagt?« Er setzte seine Pfeife an die Lippen; ich sah, wie sich seine Backen blähten, während er blies, vermochte aber nicht den leisesten Ton zu hören. Dafür begann der Affe plötzlich wie wahnsinnig zu kreischen. Er sprang von seinem Balken herunter und landete direkt vor meinen Füßen. Die Haare seines Fells sträubten sich vor Entsetzen. Seumas ließ seine Pfeife fallen, schnappte nach ihr und wäre dabei fast von seinem Hocker gekippt. Aber der Affe hatte es diesmal nicht auf die Pfeife des Schuhmachers abgesehen. Er hüpfte durch den Raum, sprang seinem Herrn in den Schoß und klammerte sich mit seinen langen Armen an ihn. Der Fremde streichelte den Kopf des Äffchens und redete leise und beruhigend auf das Tier ein.

»Was ist denn mit dem Viech los?« sagte Seumas.

»Er hat wohl etwas gehört und sich dabei erschrocken«, sagte der Fremde. »Komm, Runag, es wird Zeit, daß wir beide schlafen gehen.«

Er stand auf und hob die Hand zum Gruß. Das Äffchen hing noch immer fest an seinen Hals geklammert. Als er durch die Tür ging, sahen wir den Schoner mit vom Küstenwind geschwellten Topsegeln aufs offene Meer hinaussegeln.

»Für einen Vagabunden ist der Bursche gar nicht übel«, sagte Seumas, »bloß der Affe, der ist nicht mein Fall. Geh und setz Wasser auf für Tee, Rob. Mit dem glubschenden Viech da oben im Balken hätte ich keinen Schluck runtergebracht, obgleich ich fast am Verdursten bin. Den *cairidh* will er wieder aufbauen! Na ja, den Tag möcht ich erleben, wo es im *cairidh* wieder Fische gibt, und das bei unserem Faktor, der schon vor Wut platzt, wenn einem Lachs eine Schuppe fehlt.«

Der alte Seumas war durch den Besuch des Fremden so recht in Fahrt gekommen, und wir mußten uns alle seine Geschichten anhören von den großen Fischzügen in den alten Tagen, als er selbst so alt war wie wir. Er erzählte, wie die Männer mit ihren Fangnetzen im *cairidh* hinauswateten, kaum daß die Ebbe eingesetzt und Mairi Beathags Vater das Startzeichen gegeben hatte, wie die kleinsten von ihnen manchmal bis zum Hals im Wasser stehen mußten, wie sie die Fische an Land zogen und wie schließlich der Fang unter allen Haushalten des Dorfes aufgeteilt wurde, und zwar je nach der Größe der Familie.

Ich vermute, der alte Seumas hätte die ganze Nacht so weitererzählt, wenn Rob nicht auf seinem Stuhl eingeschlafen wäre. Während ich nach Hause rannte und dabei zu dem Berg hinaufsah, der neben der Straße finster in den nächtlichen Himmel ragte, mußte ich an den Fremden und sein Äffchen Runag denken. Ob sie wohl schon auf ihrem Lager aus Heide in der Höhle schliefen? In Mairi Beathags Haus brannte noch Licht, aber Mairi ließ eigentlich stets eine Lampe brennen. Die Leute sagten, sie gehe überhaupt nie zu Bett, sondern sitze die ganze Nacht auf und warte mit dem Abendessen auf dem Tisch auf ihren Bruder Ruairidh, obgleich jedermann wußte, daß Ruairidh vor gut vierzig Jahren beim Hummerfang ertrunken war. Aber es war Mairi gewesen, die dem Fremden etwas zu essen gegeben hatte, während all jene, die immer bereit waren, sich über sie lustig zu machen, nichts Eiligeres zu tun gehabt hatten, als ihre Tür vor diesem dunkelhäutigen Mann mit seinem Affen zu verriegeln.

Ich hörte Fearghus Mors dröhnende Stimme, noch ehe ich den Fuß über die Schwelle des Hauses gesetzt hatte; der Anblick der vielen Männer in der Küche machte mich sprachlos: der Vater von Alasdair Ruadh, von Niall, Tormod Beag, von Aonghas und Seoras, sie alle standen oder saßen irgendwo herum. »Hast du schon gehört, Calum Og?« sagte die *cailleach* in die Stille hinein, die durch meine Ankunft entstanden war, und fuhr, bevor ich etwas sagen konnte, schnell fort: »Der Faktor ist schwer verletzt, ohne Bewußtsein ist er, der arme Mann. Aber ich hab's immer gewußt, daß er noch einmal zu Schaden kommen würde mit diesem ungebärdigen schwarzen Hengst, mit dem er immer herumgaloppieren muß.«

»Ich war dabei«, erinnerte sie Fearghus Mor. Sein hochrotes Gesicht schien vor lauter Wichtigkeit fast zu bersten, während er sprach. »Ich hab direkt an der Stalltür gestanden, als der Faktor abgeworfen wurde. Ich hab's als einziger gesehen. Und ich kann euch sagen, der Hengst ist zahm wie ein Lamm getrottet. Galoppiert sein soll er! Daß ich nicht lache. Er war ja gerade erst gefüttert und so satt, daß er gar nicht aus dem Stall raus wollte. Das Pferd hatte schon die Nacht in den Knochen, als es dem Faktor einfiel, noch einmal auszureiten. Und der Faktor ist ja zu seinem Pferd alles andere als brutal. Ich sag euch, das Tier ist ganz langsam gegangen. Den Hengst muß irgend etwas gestochen haben, er ist ganz plötzlich in die Höhe geschnellt.«

Jetzt redeten wieder alle wirr durcheinander.

»Man würde ja denken, der Doktor weiß, was ihm fehlt«, meinte Alasdair Ruadhs Vater. »Er soll eine Menge verstehen von gebrochenen Knochen.«

»Der Faktor hat nichts gebrochen«, sagte Fearghus Mor. »Der Mann hat keine Schwellung, keinen blauen Fleck, nichts – aber der Doktor sieht natürlich nicht in ihn hinein. Als ich ihn reglos im Gras liegen sah, hab ich keine Verletzung an ihm gesehen, und außerdem ist er ziemlich weich gefallen. Ich hab auch geholfen, ihn in die Lodge zu tragen, und als wir ihn auf sein Bett legten, atmete er ganz schwach und regelmäßig, wie jemand im allertiefsten Schlaf.«

»Warum hat er überhaupt noch ausreiten wollen?« sagte Tomas Caogach. »Die Lodge steht doch direkt über der Bucht, und er hätte den Schoner beobachten können, ohne auch nur einen einzigen Schritt vor die Tür zu tun.«

»Er muß mit dem Kopf aufgeschlagen sein«, sagte Nialls Vater.

»Als das Pferd sich bäumte, fiel er auf die Schulter«, erklärte Fearghus Mor. »Er ist nicht auf den Kopf gefallen.«

»Aber er ist doch bewußtlos, Fearghus«, warf Tomas Caogach ein.

»Und kann nicht mehr sprechen«, fügte die *cailleach* hinzu.

Das Gewirr ihrer Stimmen dröhnte mir in den Ohren, aber ich hörte nicht mehr, was sie sagten. In meiner Erinnerung vernahm ich die tiefe, ruhige Stimme des Fremden und sah seine dunklen Augen, die auf den Schuhmacher gerichtet waren, als er sagte: »Wenn nun aber der Faktor nichts sagt?« und dann hörte ich wieder den unvermittelt schrillen Angstschrei des Äffchens, als er auf seiner silbernen Pfeife blies, ohne daß ein Laut zu hören war.

Jeden Morgen rollte der Einspänner des Doktors über die Landstraße und bog in die Auffahrt zur Lodge ein, und ehe die Sonne im Mittag stand, war die Nachricht, daß sich am Zustand des Faktors nichts geändert hatte, bis in den letzten Winkel des Dorfes gedrungen. Am Ende der ersten Woche brachte der Doktor einen Arzt aus Edinburgh mit, eine Koryphäe, wie es hieß, der schon die Königin behandelt hatte, und als er wieder gegangen war, sah man den Einspänner des Doktors nur noch alle zwei Tage über die Landstraße kommen. Man erzählte, der große Mann aus der Stadt habe entschieden, der Fall sei unheilbar; das einzige, was er mit Sicherheit sagen konnte, war, daß der Faktor zu schwach sei für einen Transport, daß jedoch im Haus dauernd jemand bei ihm sein müsse, falls sich sein Zustand änderte. Zwei Krankenschwestern bezogen in der Lodge Quartier und wachten Tag und Nacht am Bett des Faktors. Doch der Faktor regte sich nicht und gab keinen Laut von sich, sondern lag nur da und atmete schwach und tief wie jemand in Trance.

Der Arzt kam und ging wieder, und seine Besuche wurden zu einem so regelmäßigen Ereignis, daß das Erscheinen des Einspänners sehr schnell uninteressant wurde und kaum noch Beachtung fand. Es war inzwischen Mitte September geworden, und die Sonne strahlte noch immer an einem klaren blauen Himmel, als könne der Sommer nie enden, so daß die Leute nur an ihre am Ende doch noch gerettete Ernte dachten und wenig Neigung verspürten, sich um das Wohlergehen der Leute in der Lodge zu kümmern.

Die Sonne schien Tag für Tag, Woche für Woche. Noch nie hatte es bei uns eine solche Farbenpracht gegeben; das tiefe Blau des Lochs wetteiferte mit dem des Himmels; die Berge schimmerten im Purpur der Heide, und überall flammte der Adlerfarn kräftig und hell. Auf den schmalen Streifen von Ackerland, die zwischen den Graswällen bis zur Küste hinunterliefen, wuchs das Getreide wie nie zuvor. Die mageren Kartoffelstauden schossen üppig und grün ins Kraut, und die zarten Ährenrispen wurden plötzlich dick und schwer und wuchsen unter der warmen Sonne in die Höhe. Die Männer nahmen ihre Sensen von den Balken und bereiteten sich auf die Ernte vor.

Wir Jungen aber trafen uns jeden Tag je nach dem Stand der Gezeiten unten am Strand, sobald uns der Fremde mit seiner schrillen Pfeife rief. Zunächst hieß er uns den Strand hinter der Bucht nach Treibholz absuchen; von dem Holz, das wir zurückbrachten, machte er Handkarren, die so vorzüglich waren, daß Uilleam Dubh, der etwas von dem Handwerk verstand, steif und fest behauptete, er müsse als Zimmermann gearbeitet haben. Bei Ebbe wateten wir hinter ihm drein ins Wasser, und er belud unsere Handkarren mit den Steinen des alten *cairidh.* Mit den Schäften der Karren auf den Schultern, schleppten wir die Steine ans Ufer, warfen sie alle auf einen Haufen und säuberten sie von dem Tang, der an ihnen klebte.

Als wir alle Steine gesammelt und nach ihrer Größe geordnet hatten – was Fearghus Mor zu der dämlichen Frage veranlaßte, ob der Ägypter vorhabe, eine Pyramide zu errichten –, begann der Bau des *cairidh.* Der Fremde schichtete die Steine, die wir ihm in unseren Karren anfuhren, aufeinander, und zwar fing er auf der Höhe der Lodge an und folgte dann langsam derselben geschwungenen, hufeisenförmigen Linie, auf der die alte Mauer gestanden hatte. Er war ein guter Handwerker, fix bei der Arbeit, ohne dabei je hektisch zu wirken, und hatte einen ausgezeichneten Blick für die Größe der Steine, die er gerade brauchte. Ich würde sogar sagen, er arbeitete unter Wasser besser als mancher, dem ich im Trockenen beim Mauerbau zugesehen habe. Als ich ihn fragte, wo er diese Geschicklichkeit gelernt habe, antwortete er nur, daß es darauf ankäme, die Steine immer in der passenden Form an der passenden Stelle einzufügen und nicht den ersten besten Stein zu nehmen und so lange zu probieren und zu schieben, bis er passe – auf diese Weise geriete die Mauer schief und würde nicht lange halten. Der taubstumme Seoras, der nur noch Augen für den Fremden hatte und ihm eifrig alles nachmachte, hatte den Dreh recht schnell heraus, so daß er, kaum daß eine Woche vergangen war, neben dem Fremden im Wasser stand und ihm beim Mauern half, während wir anderen ihnen die Steine brachten.

Nicht ein einziger verlor das Interesse am Bau des *cairidh,* alle drängten sich, dabei zu sein. Sogar Eachann Crubach schleppte sich jeden Tag auf seinen Krücken zum Strand hinunter, nur um mit uns zu sein. Eachann Crubach konnte praktisch nichts tun, denn er hatte von Geburt an verkrüppelte, dünne Spindelbeinchen, auf denen nicht einmal ein Kleinkind hätte stehen können – und er war jetzt immerhin sechzehn Jahre alt und hatte breite Schultern und den massiven Oberkörper eines Erwachsenen. Er setzte sich jedoch auf den flachen Felsen, den sich Runag als Thron erkoren hatte, und leistete dem Affen Gesellschaft, während er uns zugleich mit seinem Geschnatter unterhielt. Eachanns Zunge stand keinen Augenblick still; schließlich sorgte der Fremde dafür, daß auch seine Hände nicht untätig blieben.

Als wir eines Morgens an den Strand kamen, hockte Runag nicht auf seinem Stein, sondern turnte auf einem Bündel von langen Eschenschößlingen herum, die schräg gegen den großen, flachen Fels gelehnt waren. Seoras wuchs sichtlich um mehrere Zentimeter, als ihm der Fremde zu verstehen gab, er solle alleine mit dem Bau der Mauer weitermachen. Er selbst blieb bei Eachann und zeigte ihm, wie man aus einem Eschenschößling einen Rahmen für einen Käscher machte. Das war im Prinzip ganz einfach: man bog das Holz zu einem langen U, schloß das U auf etwa zwei Dritteln seiner Länge durch ein Querholz und band dann die beiden freien Enden zu einer abgerundeten Spitze zusammen.

Nachdem die beiden einen Stapel von Rahmen gemacht hatten, stand der Fremde auf und ließ Eachann Crubach allein weitermachen. Er gab ihm Garn und eine Nadel aus Fischbein, mit denen er nun Fangnetze für die Rahmen machen sollte – auch das eine Beschäftigung, die sein Geschnatter nicht einen Augenblick beeinträchtigte.

Eachann sah als erster die Kutsche des Faktors vor der Lodge vorfahren. »Wenn das die Königin ist, die den *cairidh* einweihen möchte«, rief er mir zu, während eine dickliche Gestalt in Schwarz langsam aus dem Wagen stieg, »dann sollten wir ihr vielleicht sagen, daß wir noch nicht fertig sind.«

Die stämmige Frau blieb stehen und wartete am Trittbrett; ich sah zu, wie das Mädchen ausstieg. Die beiden gingen zusammen ins Haus, die Gouvernante voran und hinter ihr Lady Elizabeth.

Marsali kam bei Einbruch der Nacht zu uns herauf; sie war natürlich gewitzt genug, mit dem, was sie mir ausrichten sollte, zu warten, bis wir allein waren. Ich begleitete sie zur Lodge zurück. Sie rückte auch dann nicht gleich damit heraus; sie war viel zu wütend auf mich, obwohl sie, wenn man sie ansah, völlig ruhig wirkte.

Sie wartete, bis wir bei der Pforte in der dem Meer zugewandten Mauer angelangt waren – die Dienerschaft durfte die breite Auffahrt zum Haus nicht benutzen. Sie blieb mit dem Rücken gegen die Pforte gelehnt stehen und sah auf den Loch hinaus. »Was für ein herrlicher Abend«, sagte sie, die Augen auf den satten Herbstmond und die funkelnden Sterne gerichtet. Und dann, ganz unvermittelt und ohne Luft zu holen – sie wußte natürlich, daß ich völlig ahnungslos war – »Lady Elizabeth möchte mit dir sprechen.«

»Mit mir?« sagte ich, innerlich bebend, während ich den Namen verdaute. »Wieso sollte die Kusine des Laird mit mir sprechen wollen?«

»Das weißt du sicher besser als ich«, sagte Marsali.

»Ich?«

»Ja, du«, sagte sie scharf.

»Was hat sie gesagt?«

»Sie hat gesagt, sie wolle einem Jungen namens Calum Soundso, der von dem alten Schiffswrack aus auf der anderen Seite der Bucht wohnt, etwas ausrichten lassen, und ich . . .«

»Woher weißt du, daß sie mich gemeint hat? Hier gibt es einen Haufen Calums.«

»Aber nicht mit einem Haarschopf wie ausgebleichtes Stroh.«

»Das hat sie nie gesagt!«
»Doch.«
»Nie und nimmer.«
»Doch. Sie hat es sogar aufgeschrieben.«
»Was faselst du denn da?«
»Lady Elizabeth führt ein Tagebuch.«
»Was ist ein Tagebuch?« fragte ich, inzwischen so auf die Folter gespannt, daß ich sogar bereit war, meine Unwissenheit einzugestehen.
»Ein Buch mit den Ereignissen des Tages. Sie schreibt jeden Tag auf, wo sie gewesen ist, wen sie getroffen hat und so.«
»Woher weißt du das?«
»Sie hat's mir gesagt.«
»Wann?«
»Das geht dich nichts an.«
»Als sie auf den Knien lag und mit dir zusammen den Küchenboden geschrubbt hat«, sagte ich giftig, »sicher hat sie's dir dabei erzählt.«
»Sie erzählt mir manches«, sagte Marsali kühl und hochmütig; ich wußte, ich hatte sie getroffen.
»Natürlich, wo ihr beiden so dicke Freundinnen seid«, spottete ich weiter, »Lady Elizabeth, die Kusine des Laird, und Lady Marsali, Küchenmagd und Königin der schmutzigen Töpfe.«
Sie traf mich mit der flachen Hand so klatschend ins Gesicht, daß mir die Tränen kamen. Ich packte ihr Handgelenk, und wir standen einander gegenüber und sahen uns wütend an. Auch in ihren Augen standen die Tränen.
»Laß mich los«, zischte sie voller Zorn.
Ich ließ ihr Handgelenk los, aber keiner von uns machte eine Bewegung. Der Vollmond hing tief am Himmel. Ich hörte das rauhe Gekrächze eines Wachtelkönigs, das vom Acker des Großpächters herüberdrang. Der Vogel schrie aus Leibeskräften, als ginge es um sein Leben. Die Flut brandete gegen das Ufer, dumpf und beharrlich wie seit Urzeiten. Noch nie hatten wir uns in so hartnäckigem Schweigen gegenübergestanden. Ich schluckte. »Hast du ihr erzählt, daß ich dein Bruder bin?«

Sie nickte.
»Du könntest damit in Schwierigkeiten kommen.«
»Weshalb?«
»Wegen der Sachen, die ich zu ihr gesagt hab.«
»Du hast mir ja nie erzählt, daß du mit ihr gesprochen hast.«
»Es war an dem Abend, an dem Mata eingesperrt wurde, als das Mädchen hier ankam. Woher sollte ich wissen, wer sie ist?«
»Du hättest es mir sagen können, als du es wußtest. Ich hab dir immer alles erzählt.«
»Da war es schon zu spät. Außerdem hab ich mich geniert.«
»Was hast du ihr denn erzählt?«
»Wie sie uns aus dem Tal vertrieben haben, weil sie die Wiesen für den Bruder des Faktors und dessen Schafe haben wollten.«
»Davon hat sie kein Wort erwähnt.«
»Vielleicht hebt sie's für den Faktor auf.«
»Der ist doch bewußtlos, der arme Mann.«
»Und wenn er wieder zu sich kommt?«
»Sie fährt übermorgen wieder nach England zurück.«
»Dann eben für den Laird.«
»Sie sagt, der Laird ist in Indien.«
»War das dein Ernst mit dem Tagebuch, das sie führt, Marsali?«
»Na klar.«
»Und ich steh da drin?«
»Sicher.« Sie spannte die Oberlippe und sagte, den Mund kaum bewegend, mit einer gezierten englischen Stimme: »Habe merkwürdigen Jungen bei dem schönen alten Wrack getroffen. Seine Füße hatten dringend eine Wäsche nötig.« Sie brach ab und kicherte. Ich selbst mußte auch lachen. »Pscht«, zischte sie. »Wenn uns die Wirtschafterin hört, gibt es Krach. Natürlich stehst du in ihrem Buch, aber sie sagt, es ist geheim. Sie hat ja niemanden zum Reden; im Haus ihres Vaters ist sie umgeben von alten Leuten, und sonst hängt diese Gouvernante an ihr wie eine Klette.«

»Hat sie denn keine Geschwister?«

»Nein, sie ist ein Einzelkind.«

»Sie muß dir doch gesagt haben, wieso sie mich treffen will.«

»Nein. Hör zu, Calum Og, ich muß jetzt rein.« Sie öffnete die Pforte und schlüpfte hinein.

»Marsali«, zischte ich, als sie sich zum Gehen gewandt hatte, »wo soll ich das Mädchen treffen?«

»Am Fluß beim Fischwehr«, sagte sie. »Morgen um die Mittagszeit.«

»Und die Alte ist auch bei ihr?«

»Wer?«

»Diese Gouvernante.«

»Wenn die dabei ist, herzliches Beileid«, kicherte Marsali.

Ich hörte, wie sie immer noch vor sich hin kicherte, während sie auf dem Weg zum Hintereingang davonrannte.

Ich sah sie durch ein Filigran von Ästen. Die Sonne glänzte auf den silbernen Birkenzweigen, deren dichtes Blattwerk sich inzwischen herbstlich golden verfärbt hatte. Sie saß mit dem Rücken zu mir auf dem Wehr und schaute hinauf ins Tal. Ihr Haar war blonder, als ich es in Erinnerung hatte, fast so goldgelb wie die Birkenblätter. Von der dikken Frau in Schwarz war nichts zu sehen, aber ich schaute mich trotzdem genau um, während ich durch die Bäume am Fluß entlang auf sie zuging.

»Ihr wolltet mit mir sprechen«, sagte ich zu dem mir zugewandten Rücken.

Sie stieß einen kleinen Schrei aus, stand auf und drehte sich um; ihr volles Haar fiel ihr wie Goldfäden um die Schultern. »Ich hab dich nicht gehört«, sagte sie und senkte den Blick, der, wie ich wußte, auf meinen nackten Füßen landen würde. Leute, die nie ohne Schuhe gehen, meinen, jedermann müsse mindestens mit dem Geklapper eines beschlagenen Pferdes daherkommen.

»Erinnerst du dich noch an unser Gespräch unten am Strand?« sagte sie.

Ich nickte.

»Du wußtest nicht, wer ich bin, oder?«

Ich schüttelte den Kopf.

Sie lachte nervös. »Das war von mir nicht in Ordnung. Ich hätte dir sagen müssen, wer ich bin.«

Sie sah aus wie das Mädchen, das an jenem Abend im Juli plötzlich vor mir im Sand neben dem alten Wrack gestanden hatte; sie hatte dasselbe offene, freundliche Gesicht, dieselbe Arglosigkeit in ihren großen Augen, die meinen Blick suchten. Sie hatte sich nicht verändert. Und trotzdem war es nicht mehr wie damals, jetzt, wo ich ihren Namen und den Titel, der dazugehörte, kannte und wußte, daß sie die Kusine des Laird war. Sie gehörte in ihre Welt, und ich in die meinige – und da, wo ich war, hielt man den Mund, wenn man klug war.

»Na ja, ich hab eine Menge nachgedacht über das, was du mir von deinem Vater erzählt hast«, fuhr sie fort. »Wie sie ihm das Dach vom Haus gerissen und ihn gezwungen haben, seinen Croft zu verlassen. Ich hab auch versucht, ein bißchen mehr darüber zu erfahren.« Offensichtlich spiegelte sich meine Bestürzung in meinem Gesicht, denn sie sagte schnell: »Keine Angst, ich hab Captain Elliot nichts davon erzählt.«

Es war merkwürdig, vom Faktor als Captain Elliot sprechen zu hören; für uns war und blieb er »der Faktor«, wie sein Vorgänger oder wie es sein Nachfolger auch sein würde.

»Ich bin nicht so unvernünftig; der Captain hätte unter Umständen kein Verständnis gehabt, obgleich es eigentlich ungerecht ist, das zu behaupten, wo es im Augenblick so schlimm um ihn steht. Aber ich hab versucht, von anderen Leuten, bei denen ich zu Besuch war, zu erfahren, was wirklich geschehen ist.« Sie lächelte wieder etwas unsicher. »Weil du ja noch gar nicht geboren warst, als das alles passierte. Ich meine, du weißt doch auch nur, was andere dir erzählt haben – Crofter, die davon betroffen waren.«

Ich nickte.

»Die Umsiedlung ist in Wirklichkeit zum Wohl der Leute erfolgt«, sagte sie. »Auf dem kleinen Stück Land lebten viel zu viele Menschen, und wenn sich Land rentieren soll, dann brauchst du einen Haufen Schafe und nicht einen Haufen kleiner Crofts mit ein paar Kühen und drei Schafen. Wenn man die Leute da oben gelassen hätte, wären sie immer ärmer geworden, weil sie ja immer mehr wurden. Daher mußten die Grundbesitzer für sie bessere Lebensbedingungen schaffen. Manche Grundbesitzer haben es sich sogar sehr viel kosten lassen, indem sie für ihre Pächter Schiffspassagen in die Kolonien bezahlten.«

Zum Beispiel für die Leute von Lorgill, dachte ich; Lorgill, das Tal des Rotwilds. Der Sheriff war eines Sommernachmittags mit vier Polizisten in Lorgill erschienen und hatte den Leuten gesagt, in Loch Snizort erwarte sie ein Schiff nach Nova Scotia; man hatte sie allesamt unter Androhung von Gefängnishaft gezwungen, den langen Weg durchs Moor bis ans Meer zu Fuß zu gehen, alle bis auf die Alten und Kranken, und die hat man ins Armenhaus des Bezirks gesteckt. Die alten Leute sprachen noch immer darüber, obgleich die Geschichte von Lorgill nun fast fünfzig Jahre zurücklag.

Der Laird hatte es sich, was uns betraf, nicht so viel kosten lassen.

»Uns hat man ans Wasser umgesiedelt«, sagte ich.

»Das geschah, um euch durch den Fischfang ein besseres Auskommen zu sichern«, sagte sie, »so daß ihr nicht mehr bloß vom Ertrag des Bodens abhängig sein würdet. Jemand, der etwas davon versteht, hat mir erklärt, daß ihr, wenn ihr erst mal Boote und Netze gebaut habt, ein ganz einträgliches Leben führen werdet.«

Es juckte mich, ihr zu sagen, daß wir kein Volk von Fischern waren, daß wir nichts von Schiffahrt verstanden, und daß sich nur die Abenteuerer und die Verzweifelten unter uns aufs Meer hinaus wagten und im Fischfang versuchten, daß wir Landratten waren und uns am besten auf Viehzucht und Ackerbau verstanden – aber ich hielt den Mund.

»Das siehst du doch ein, nicht?« sagte sie stirnrunzelnd. Ihr lag sehr viel daran, mich zu überzeugen. »Ich wollte nicht abreisen, ohne vorher mit dir zu reden, und ich wollte dich auch nicht mit dem Gefühl zurücklassen, daß mich deine Äußerungen nicht im geringsten interessierten. Aber Papa sagt, daß jedes Ding seine zwei Seiten hat, und ich wollte auch, daß du erfährst, was wirklich geschehen ist. Das siehst du doch ein?«

Ich nickte zwar, doch der Drang, ihr zu widersprechen, wurde so stark, daß ich nicht mehr an mich halten konnte. »Aber meinem Vater wurde das Dach überm Kopf abgerissen«, sagte ich, »das weiß ich genau. Das hab ich nicht erfunden, das ist keine Lüge. Meine Mutter war dabei, als es geschah. Man hat sie an die Luft gesetzt, obgleich es eiskalt und der Fluß zugefroren war.«

»Das hab ich nicht vergessen«, sagte sie. Sie überschlug sich beinah in ihrem Eifer, mir die Sache zu erklären. »In Dunvegan hab ich Mr. Forsyth, den Rechtsanwalt, gebeten, mir genau zu erklären, was passierte, wenn einem Pächter ein Ausweisungsbefehl zugestellt wurde. Mr. Forsyth hat mir das so erklärt: Wenn an dem Ausweisungsbefehl etwas nicht stimmt oder der Pächter eine berechtigte Beschwerde dagegen vorbringen kann, dann kann er einen Anwalt einschalten oder sich direkt ans Gericht wenden, wo er seinen Fall in Gegenwart des Sheriffs darlegen kann. Man nennt das ›Berufung einlegen‹. Aber wenn natürlich keine Berufung eingelegt wird, dann tritt der Ausweisungsbefehl nach dem Gesetz in Kraft. Vielleicht hat dein Vater nicht gewußt, daß er Berufung einlegen konnte.«

Ich nickte wieder und überlegte, wie es wohl war, wenn man eine Gouvernante hatte, die einem auf Schritt und Tritt folgte und alles Mögliche beibrachte, ohne daß man sich um Schule irgendwelche Gedanken zu machen brauchte. Gewiß lernte man ziemlich schnell, wie man Wörter richtig aussprach und was sie bedeuteten und manches andere obendrein, aber zum Lernen gehörte mehr als das. Wie zum Beispiel sollte ein armer Mann einen Rechtsanwalt dazu bewegen, sich für ihn einzusetzen – vorausgesetzt, der Anwalt war überhaupt dazu bereit –, wenn er nicht einmal das Geld hatte, um die hohen Anwaltsgebühren zu bezahlen? Und wer anders als ein Narr würde sich vor Gericht wagen und dem Faktor am Zeug flicken, wo jedermann wußte, daß der Faktor und der Sheriff dicke

Freunde waren, die seit Jahr und Tag miteinander verkehrten, und daß nach einer durchzechten Nacht beim Faktor vier Männer nötig waren, um den Sheriff zu seiner Kutsche zu schaffen. Ich konnte es der Kusine des Laird nicht übelnehmen, daß sie diese Dinge nicht wußte. Wie sollte sie auch? Sie ging in eine völlig andere Schule als ich.

»Du wirst Marsali vermissen«, sagte sie plötzlich.

»Vermissen?« stotterte ich.

»Wenn sie hier weggeht und bei uns in Dienst tritt.«

Ich schluckte. »Wann geht sie von hier weg?«

»Nun ja, wenn ich zu Hause bin, muß ich erst mit Papa über Marsali sprechen, aber ich bin sicher, daß er einverstanden sein wird. Deine Schwester ist ein sehr intelligentes Mädchen und arbeitet tadellos. Es würde mich nicht überraschen, wenn sie in ein paar Jahren Kammerzofe wäre.«

»Ist das viel?«

»Für Marsali schon.«

Sie setzte sich wieder auf das Wehr und malte mit ihrer Stiefelspitze Muster auf dem Boden. Mir schien, daß sie das Gespräch beenden wollte, aber nicht recht wußte, wie. Offenbar hieß ihr Sitzen, daß sie mich los sein wollte.

»Nun, ich muß jetzt gehen«, sagte ich. Ich hatte es eilig, fortzukommen, denn ich befürchtete, die dicke Frau in Schwarz könnte jeden Augenblick den Hang herabkommen, wußte aber nicht, wie ich mich verabschieden sollte. Da kamen mir unerwartet Matas Abschiedsworte in den Sinn, und ich sagte: »Behüt Euch Gott.«

»Danke«, erwiderte sie und nickte knapp mit dem Kopf.

Sie war Lady Elizabeth und ich war Marsalis Bruder, und soweit ich sehen konnte, nützte es uns beiden herzlich wenig, daß wir inzwischen ein bißchen mehr über einander erfahren hatten.

Mich wurmte der Gedanke, daß Marsali kein Sterbenswörtchen hatte verlauten lassen über ihre Pläne, Skye zu verlassen. Ich hatte die ganze Zeit gewußt, daß sie eines Tages weggehen würde, aber ich war auch überzeugt, daß ich der erste sein würde, der es erführe, und daß wir uns gemeinsam überlegen würden, wie sie ihre Absicht der *cailleach* und Tomas Caogach beibringen würde. Allein schon der Gedanke, eine Stellung bei der Kusine des Laird anzunehmen, ohne mich zu fragen, war schockierend. Was würde sie wohl sagen, wenn ich vor unserer Mutter mit der Neuigkeit herausplatzte. Verdient hätte sie es! Die *cailleach* würde einen Schlaganfall bekommen.

Ich hörte den dünnen, schrillen Ton der silbernen Pfeife, der uns bedeutete, daß Ebbe war. Und mit dem ersten Ton war die Kränkung vergessen, mein Zorn verraucht und meine Rachsucht weggeblasen. Es war, als hätte die Kusine des Laird Marsalis Namen nie erwähnt. Ich rannte hinunter zum Strand, getrieben von dem einen Gedanken: daß ich so schnell wie möglich bei den anderen sein mußte, um meinen Teil beim Bau des *cairidh* zu tun.

Die Arbeit am *cairidh* machte großen Spaß. Alle waren vergnügt und führten muntere Reden und machten Witze, die für Heiterkeit und fröhliches Gelächter sorgten. Es war einfach ein herrliches Gefühl, etwas gemeinsam zu tun, und das ohne Streit und Prügeleien, die einem stets die Freude verdarben. Aber es kam noch etwas anderes hinzu. Zunächst dachte ich, die schrille Musik des Fremden und die merkwürdige Melodie, die er auf seiner silbernen Pfeife spielte, wenn er uns zum Strand rief, hätten uns irgendwie verhext, so daß wir alles Gezänk vergaßen. Natürlich war es seltsam, daß der erste schrille Ton bereits genügte, um unsere Füße in Bewegung zu setzen, und seltsam war auch, daß die Erwachsenen den Ruf des Fremden nicht zu hören schienen und sich jedesmal über unsere plötzliche Hast wunderten. Aber was besagte das schon? Ich wußte wohl, daß eine Melodie, selbst auf einer silbernen Pfeife geblasen, nicht erklärte, weshalb jemand wie der

Marag plötzlich achtgab, wo er einen schweren Stein fallen ließ, damit er ja keinen Krebs zerquetschte, der ihm zufällig in die Quere kam. Und erst allmählich wurde mir klar, daß die Welt, in der wir all die Jahre blind und stumpf gelebt hatten, sich uns mit einemmal als ganz neu und fremd und voller Wunder offenbarte, und daß es diese Offenbarung war, die den Marag bewog, das Leben eines Krebses zu achten.

Es war ein Donnerstagmorgen, dem Kalender nach der zehnte Tag im Oktober, an dem der Schlußstein in die Mauer gefügt wurde. Nach meiner Rechnung war es der fünfzigste Tag nach der Ankunft des Fremden; die Luft war warm wie an jenem Morgen im August, als er vom Kohlenschiff an Land ging, der Himmel und der Loch waren hellblau wie damals, und doch hatte sich die Landschaft vollkommen verändert, nachdem das Korn geschnitten war und überall die Hocken standen, die im Licht der Sonne wie Gold glänzten.

Der Fremde überreichte Seoras den Stein; das Gesicht des Taubstummen war ein bemerkenswerter Anblick, als er allmählich begriff, daß ihm die Aufgabe zufallen sollte, den Schlußstein zu setzen. Es handelte sich um einen großen, viereckigen Stein mit geraden Seiten, unten flach und eben, nach oben etwas gewölbt und rund; er sah aus wie hundert andere, die den oberen Abschluß der Mauer bildeten. Aber so wie er ihn betrachtete, würde ihn Seoras gewiß unter all den anderen Steinen wiedererkennen; er stand da und preßte ihn an die Brust, als habe er eine Kostbarkeit von unschätzbarem Wert erhalten. Das Branden der herannahenden Flut und der Schrei einer einsamen Möwe, die über uns kreiste, waren die einzigen Laute. Niemand sprach, während er den Stein langsam in die Lücke schob. Er paßte so genau, daß man hätte denken können, er sei extra für diesen Spalt zurechtgehauen worden.

Großer Jubel brach aus, als sich die letzte Fuge schloß; selbst Eachann Crubach klatschte und johlte von seinem Platz auf Runags Felsblock aus. Der Affe hüpfte wie wild neben ihm auf und ab. Seoras war der einzige, der nicht hörte, was um ihn herum vor sich ging; er starrte wie gebannt auf den Stein, den er eben in die Mauer gesetzt hatte, als könne er nicht glauben, was er sah.

»Das wär's, Jungs«, sagte der Fremde und zeigte dabei mit umfassender Gebärde auf die riesige, hufeisenförmige Mauer des *cairidh.* »Und nun: Petri Heil!«

Plötzlich brachen alle zugleich in erregtes Geschnatter aus. Wir wateten ans Ufer und bespritzten einander mit Wasser und lachten und lärmten so übermütig, daß man uns meilenweit hören konnte.

Eachann Crubach stemmte sich auf seine Krücken und kam uns, von der allgemeinen Erregung ergriffen, über den Strand entgegengehoppelt. »Wann wollen wir anfangen?« schrie er.

»Wir probieren's nach der zweiten Flut«, sagte der Fremde, »morgen mittag, wenn Ebbe ist.« Alle scharten sich um ihn und wollten wissen, ob er einen guten Fang erwarte. Ich war der einzige, der derweil auf Runag achtete. Das Äffchen stand aufrecht auf dem flachen Felsblock, den es sich als Thron erkoren hatte, und streckte die Arme hoch der Sonne entgegen. Runag hatte es mit der Sonne. Ich fühlte den Blick des Fremden auf mir ruhen. Er ließ einen scharfen Pfiff los, worauf der Affe von seinem Hochsitz sprang und seinem Herrn entgegenhüpfte.

»Runag bringt uns Glück«, sagte Eachann Crubach. »Wir werden einen tollen Fang machen, das weiß ich.«

Die grasbedeckte Mauer am Fuße des Crofts trennte die Gläubigen von den Ungläubigen, und ich muß, wenn ich ehrlich sein soll, gestehen, daß mein Glaube ebenfalls ziemlich schnell dahinschwand, zumal der Fremde keinerlei Anstalten machte, den *cairidh* zu erproben. Er saß auf dem großen flachen Felsblock, eingerahmt von seinem Affen Runag auf der einen und Eachann Crubach auf der anderen Seite, während wir anderen um die Gruppe herumstanden. Hinter uns hatten sich alle Männer des Dorfes am Fuß von Fearghus Mors Croft versammelt. Sie lehnten über den Wall wie Zuschauer auf dem Pferdemarkt, die auf den Beginn einer Vorführung warteten. Sie waren alle gekommen, um einen ordentlichen Spaß zu erleben, und

Fearghus Mor war nicht der Mann, der sie enttäuschen wollte.

»Worauf wartet ihr?« brüllte er. »Habt ihr einen solchen Fang gemacht, daß ihr nicht alleine damit fertig werdet? Sollen wir kommen und euch helfen?«

Das fanden sie so witzig, daß sie sich vor Lachen bogen. Der alte Seumas brachte sie schließlich mit seiner Pfeife zur Ruhe und sagte: »Vielleicht stehst du ja nachher ganz dumm da, Fearghus; es könnt ja sein, daß die Fische tatsächlich wieder den Loch heraufkommen wie in den alten Tagen.«

»Die Heringe kommen seit Jahren nicht mehr«, dröhnte Fearghus Mor. »Wozu soll ein *cairidh* gut sein, wenn die Schwärme am Loch vorbeiziehen? Das ist genauso, wie wenn einer einen Pferdestall baut, obwohl er gar keine Pferde hat.«

Ich konnte nicht verstehen, warum der Fremde sich nicht rührte, obgleich der Strand vor uns immer breiter wurde und die obersten Steine an den Enden des *cairidh* bereits aus dem Wasser aufzutauchen begannen. Er saß völlig unbekümmert da, als könne ihm das Gelächter und Gespött nicht gelten, und spielte mit einem bunt glänzenden Kieselstein. Er warf ihn von der einen Hand in die andere und foppte Runag, der die ganze Zeit versuchte, den Stein zu schnappen. Als habe er meine Gedanken erraten, warf er dem Äffchen den Kiesel zu und stand auf. Er streckte sich träge und sagte: »Na, Eachann, vielleicht sollten wir doch einmal einen deiner Käscher ausprobieren.« Er hob eines der Netze auf und marschierte über den Strand zum Wasser. Wir folgten ihm auf den Fersen. Eachanns Krücken sanken schmatzend in den feuchten Sand, während er sich abmühte, mit uns Schritt zu halten. Ich ging noch einmal zu dem Felsen zurück, nahm einen Käscher von dem Stapel und rannte den anderen nach.

»Warte, Calum Og«, sagte der Fremde, als er mich mit dem großen Fangnetz sah, »das Wasser ist noch zu tief für dich, Junge.« Über sein Gesicht huschte ein knappes Lächeln. »Im übrigen ist es besser, sie lachen mich aus, sollte der *cairidh* tatsächlich leer sein.«

Wir blieben am Rand stehen und sahen zu, wie er hinauswatete. Er blieb erst stehen, als ihm das Wasser bis an die Brust ging. Mit der linken Hand über dem stumpfen Ende des Rahmens und der rechten auf dem Querholz, warf er das Netz tief ins Wasser.

Gelächter erscholl von den Männern am Wall – ein tobendes Gebrüll, in das sich Spott und Schadenfreude mischten –, als er das Netz aus dem Wasser zog, und nichts weiter zu sehen war als ein schlaffer, leerer Beutel, von dem das Wasser tropfte, und ein paar Fäden Seetang, die sich um den Eschenrahmen geschlungen hatten.

»Es ist noch zu früh«, meinte Eachann Crubach über seine Krücken gebeugt. »Wer würd denn gleich beim ersten Versuch im *cairidh* einen Riesenfang erwarten?«

Eachann schon, dachte ich. Aber keiner von uns hatte Lust, ihn an seine großen Sprüche zu erinnern. Wir waren alle viel zu deprimiert, um auch nur ein Wort herauszubringen.

Der Fremde veränderte seine Stellung und tauchte das Netz aufs neue ins Wasser. Ich starrte auf die Köpfe und Schultern der Männer, die sich über die Mauer lehnten, und wünschte, sie würde einstürzen und alle in den Graben purzeln lassen, der darunter entlangführte. Nicht, daß ihnen viel passiert wäre, da der Graben nach der langen Schönwetterperiode völlig ausgetrocknet war.

Runag hatte sich auf die Hinterbeine gestellt und streckte die Arme der Sonne entgegen. »Warum läßt du's nicht den Affen mal probieren?« schrie eine Stimme, und alle wieherten wieder vor Vergnügen.

»Seht doch«, schrie Rob. Er sprang in die Luft und fuchtelte vor Erregung mit den Armen.

Der Fremde hob das Netz ganz langsam in die Höhe, und als er es aus dem Wasser zog, war auch klar, weshalb: Es war prall gefüllt mit Fischen, die silbrig in der Sonne glänzten. Er wuchtete sich den Rahmen über die Schulter und begann zum Strand zurückzuwaten.

Der Himmel war plötzlich voller kreischender Möwen, die tief über dem *cairidh* kreisten und die Luft mit ihrem heiseren Geschrei erfüllten. Und nicht nur die Möwen waren plötzlich da. Wortlos waren die Männer auf den Wall geklettert und über den Graben gesprungen. Sie rannten auf den großen flachen Felsblock zu und stürzten sich auf die Fangnetze, die daneben lagen. Die ersten, die sich Netze ergattert hatten, schwangen sie hoch in die Luft und jubelten Beifall – aufrichtig und ohne Spott, das muß ich ihnen lassen –, als der Fremde aus dem Wasser den Strand heraufkam und seinen Fang ausleerte. Ich habe nie etwas gesehen, was dem Anblick dieser silbrigen Heringe gleichkam, wie sie aus seinem Netz glitten. Der taubstumme Seoras riß mir mein Netz aus der Hand und stapfte ins Wasser. In seiner Eile wäre er beinahe der Länge nach hingeschlagen.

»Gut gemacht«, schrie Fearghus Mor. Sein rotes Mondgesicht strahlte vor Leutseligkeit. Er klopfte dem Fremden mit einer Vertraulichkeit auf die Schultern, daß man hätte glauben können, er sei schon immer auf unserer Seite gewesen und nicht etwa der Anführer der Meute, die sich die ganze Zeit über uns lustig gemacht hatte. »Ich geb zu«, fuhr er fort, »ich hab zwar nicht so recht daran geglaubt, daß die Heringschwärme wiederkommen würden, aber ich nehm's nicht krumm, wenn ich mal unrecht hab. Ich bin nicht so, und die anderen auch nicht. Du brauchst dir keine Sorgen zu machen, wir helfen dir alle beim Fischen, das garantier ich.« Er wandte sich mit einem auffordernden Blick an uns, als hätten wir uns bisher gesträubt, mitzumachen. »Ihr Jungs, ihr rennt jetzt nach Hause und holt Eimer, und zwar dalli; sagt den Frauen, sie sollen die Messer wetzen, es gibt noch eine Menge Arbeit, eh der Tag zu Ende ist.«

Fearghus Mors Unverfrorenheit war erstaunlich: kommandierte uns herum, als hätten wir bisher herumgestanden und dumme Sprüche geklopft. Dabei waren wir es gewesen, die mit dem Fremden zusammen den *cairidh* gebaut und den Fischfang überhaupt erst möglich gemacht hatten. Aber er war in seinem Element, wenn er Leute herumkommandieren konnte, und er war noch immer dabei, als wir mit den Eimern zurückkamen. Er bestimmte, wo die Männer ihre vollen Netze auszuschütten hatten, und befahl uns, Markiersteine in einer Reihe nebeneinander auszulegen, und zwar einen für jeden Haushalt im Dorf, was die Verteilung des Fangs am Ende erleichtern sollte. Am Strand herrschte inzwischen ein reges Hin und Her. Männer mit schweren Netzen kamen aus dem *cairidh* über den Strand herauf, andere wateten wieder ins Wasser, um es aufs neue zu versuchen. Als das letzte Netz geleert war, hatte der alte Seumas tatsächlich die Stirn zu sagen, daß der Fang nicht gerade umwerfend sei und natürlich nicht im entferntesten an das herankomme, was man in den alten Tagen an Land gezogen habe, obgleich er immerhin die Möglichkeit einräumte, daß wir am nächsten Tag ja vielleicht mehr Erfolg haben könnten. Es ist schon phantastisch, mit welcher Sturheit so ein alter Mann recht behalten muß: da gibt es einfach gar nichts, was auch nur irgendwie einem Vergleich mit den großen Tagen seiner eigenen Jugend standhält.

Ich jedenfalls hatte noch nie so viele Fische auf einem Haufen gesehen. Fearghus Mor und Tomas Caogach brauchten schließlich auch eine ganze Weile, um den Fang zwischen den Markiersteinen zu verteilen, egal, was der Schuhmacher sagte.

Fearghus Mor richtete sich nach beendeter Arbeit auf und schaute sich um. »Wo ist er?« sagte er, während er sich die Hände an der Hose abwischte.

Erst jetzt fiel uns auf, daß der Fremde verschwunden war. Über all der Erregung und Geschäftigkeit des Fischens hatte niemand bemerkt, wie er sich davongemacht hatte.

»Na ja, ein komischer Kauz, dieser Ägypter«, sagte Fearghus Mor. »Was ist denn in ihn gefahren, einfach so zu verduften, ohne auf seinen Anteil zu warten? Murchadh«, sagte er zum Marag, »geh zu Mairi Beathag und bring ihr ihren Fisch; sag ihr, der Anteil des Fremden sei in dem ihrigen mit drin.«

»Du hast den Affen vergessen, Fearghus«, sagte Seumas ernst. »Wo bleibt sein Anteil?«

»Das wär ja noch schöner«, brüllte Fearghus Mor, der zu blöd war, um zu merken, daß ihn Seumas auf den Arm nahm. »Eher würde ich unseren Fisch an dieses Kesselflikkergesindel verschenken, als mit ansehen zu müssen, wie gute Nahrung an so ein bescheuertes Affenviech vergeudet wird.«

Niall sah sie als erster, obgleich er eigentlich nach dem Vieh suchen sollte. Wir drei, Niall, Tormod Beag und ich, waren losgegangen, um die Rinder des Dorfes zusammenzutreiben und von der Gemeindewiese nach Hause zu holen, aber wir hatten unterwegs getrödelt und auf einem flachen Stück Gras um die Wette Steine gestoßen; darüber war die Sonne untergegangen, und nun sollten sich natürlich die Tiere möglichst von selber einfinden.

Nicht, daß es schon ganz dunkel gewesen wäre. Die Dämmerung begann gerade. Die Farben des Moors schienen jetzt, wo die Sonne weg war, erst richtig zu leuchten; das Grün des Mooses mischte sich mit dem Braun des Torfs und dem Purpur der Heide und dem Goldbraun der Adlerfarne. Selbst die nackten Felsbrocken hatten in den Wochen der sengenden Hitze eine warme Tönung bekommen, so daß sie gar nicht mehr wie Steine aussahen, sondern wie leuchtende Inseln in einer bunt schillernden See.

Niall war vorausgerannt und auf eine grüne Anhöhe gestiegen, von wo er einen besseren Ausblick ins Moor hatte. Die Weiden waren zwar zur Zeit so saftig, daß die Kühe es nie eilig hatten, nach Hause zu kommen, wie sonst, wenn der Nebel schwer auf dem Berg lag. Dann warteten sie bereits am Wall, um in den Stall geführt zu werden.

Tormod Beag sagte: »Hast du schon von dem Fisch gegessen?«

»Ja, eine Riesenportion«, antwortete ich. Das entsprach durchaus der Wahrheit, denn ich hatte zwei ganze Heringe verschlungen, die so herrlich schmeckten, daß ich mir hinterher noch lange die Finger ableckte.

»Kommt schnell!« rief Niall in diesem Augenblick und winkte uns zu sich herauf.

Wir kannten ihn zu gut, um darauf hereinzufallen. Niall war ein großer Spaßvogel, aber wenn er glaubte, wir würden auf sein Gehampel hereinfallen, dann war er auf dem Holzweg. Das Moor war so trocken, daß man gehen konnte, wo man wollte, ohne sich auch nur die Fußsohlen naß zu machen. Daß eine Kuh in ein Sumpfloch gefallen sein könnte, wie wir hätten denken sollen, war daher völlig unmöglich.

»Wo sind sie?« rief Tormod Beag.

»Die Rinder? Drüben am Bach.« Er winkte noch immer aufgeregt. »Ich mein nicht die Kühe, ihr Blödiane. Kommt schnell.«

Das machte uns nun doch neugierig. Wir rannten los und hasteten die Anhöhe hinauf. Er zeigte mit dem Arm nach Osten, wo sich die Straße durchs Moor wand und im Paß mündete.

»Seht ihr da drüben?«

»Was?« fragte ich.

»Wo denn?« wollte Tormod Beag wissen.

»Habt ihr denn keine Augen im Kopf?« schrie Niall. »Da drüben, wo die Straße hinterm Berg hervorkommt. Ihr braucht bloß auf die Staubwolke zu achten.«

Sie waren leicht zu erkennen, sobald man in die richtige Richtung schaute: ein langer, fast endloser Zug von Wagen, die in unregelmäßigen Abständen hintereinander fuhren und bis oben hin mit Hausrat beladen waren. Hinter einigen Wagen trabten Ponies drein, die mit einem Strick daran festgebunden waren; Männer, Frauen und Kinder gingen müde und schwer neben den Wagen her. Der seltsame Prozessionszug kam langsam auf uns zu.

»Kesselflicker!« stieß Tormod Beag hervor.

»Die haben Nerven«, sagte Niall. »Ich hätte nie geglaubt, daß sich die noch mal hier sehen lassen würden.«

»Vielleicht ziehen sie ja weiter«, sagte ich.

»So spät am Abend?« sagte Niall. »Die wollen zu ihrem alten Lagerplatz, das ist doch klar.« Er zeigte hinüber zum Bach. »Da drüben sind die Rinder. Am besten, wir gehen rüber und treiben sie zusammen.«

Wir hatten die Straße bereits hinter uns und waren in den Weg zum Dorf hinunter eingebogen, als ein ungebärdiger junger Bulle, der Tormod Beags Vater gehörte, kehrtmachte und die Straße hinauf davonstob. Tormod Beag kletterte den Hang hinauf, um ihm den Weg abzuschneiden, aber das Tier war schneller als er. Er mußte ein gutes Stück hinter ihm herjagen, ehe es ihm gelang, den Bullen zu überholen und zur Umkehr zu bewegen. Anstatt mit dem Tier auf der Straße bis an die Abzweigung zurückzugehen, trieb er es an der steilsten Stelle den Hang hinab. Die Böschung war schon mancher Ziege zum Verhängnis geworden, dieses wilde Jungtier aber rutschte, ohne sich zu verletzen, den Hang hinab und trottete dann der Herde nach. Wir dachten schon, Tormod Beag hätte sich verletzt, als wir ihn oben an der Böschung zusammengekrümmt stehen sahen.

»Das Tier muß ihm eins versetzt haben«, sagte Niall, und dann kletterten wir den Hang hinauf, um nach ihm zu sehen.

Als wir uns näherten, legte Tormod Beag den Finger auf die Lippen. »Der Fremde«, sagte er leise, »ich glaube, er haut ab.«

Er schlich sich geduckt wieder bis zum Straßenrand hoch und zeigte auf den Schafpfad, der auf der anderen Seite im Zickzack den Berg hinauf ins Moor führte. Der Fremde stieg, dem Pfad folgend, mit schwerem Schritt bergan, ein schwarzer Schatten auf dem Berg; Runag hockte auf seiner Schulter, sein Seesack hing ihm quer über den Rücken. Wir folgten ihm mit den Augen, bis er verschwunden war. Er hatte sich nicht ein einziges Mal umgedreht. »Jetzt ist er fort«, sagte Tormod Beag. »Ich hab mich die ganze Zeit gewundert, warum er sich beim Fischen ohne ein Wort verdrückt hat.«

»Es ist aber schon merkwürdig, daß er sich einfach so davonmacht«, sagte ich. »Wenn man bedenkt, wie lange er mit uns am *cairidh* geschuftet hat und auch noch recht behalten hat mit den Heringschwärmen . . .«

»Ja, aber es war doch sonnenklar, daß es ihm nicht gepaßt hat, wie Fearghus Mor dann alles in die Hand genommen und angefangen hat, jeden herumzukommandieren, als sei er der große Boß«, meinte Tormod Beag.

»Trotzdem ist es eine recht ungewöhnliche Zeit, um durchs Moor zu gehen, so kurz vor Einbruch der Nacht.«

»Es wird stockfinster sein, bevor er auch nur annähernd

den Paß erreicht hat«, sagte Tormod Beag zustimmend. »Mich würden keine zehn Pferde dazu bringen, auch wenn ich statt des kleinen Affen einen Löwen zum Schutz hätte. Wo mag er bloß hinwollen?«

»Ich weiß, wo er hinwill«, erklärte Niall.

Wir sahen ihn an, aber er schwieg beharrlich, bis wir beide gezwungen waren zu fragen. »Wohin?«

»Zu seinen Freunden, den Kesselflickern.«

»Woher willst du wissen, daß sie seine Freunde sind?« fragte ich.

»Na ja, er ist doch auch einer.«

»Nie und nimmer.«

»Vielleicht ist er kein richtiger Kesselflicker«, räumte Niall ein, »aber er zieht doch auch von einem Ort zum anderen, genau wie die Kesselflicker.«

»Niall hat recht«, meinte Tormod Beag. »Der Fremde würde doch in der Dunkelheit nie durchs Moor gehen, der will sicher bloß zu den Kesselflickern.«

Darauf fand ich keine Antwort. Ich lag schon in meinem Bett und war fast eingeschlafen, als mir der Gedanke kam, daß es nur zwei Möglichkeiten gab: Entweder hatten die beiden unrecht, oder der Fremde war nicht wie andere Menschen. Ich hätte eigentlich sofort darauf kommen müssen. Wie konnte ich nur so schwer von Begriff sein!

Vor meinem inneren Auge sah ich diesen langsamen Treck von Wagen über das menschenleere Moor ziehen, und dann tauchte die dunkle Gestalt des Fremden mit dem Äffchen auf der Schulter vor mir auf, langsam dem Zickzackpfad folgend. Wenn er schließlich ihr Lager am Bach unterhalb von Reieval erreichte, würden sie bereits ihre Zelte aufschlagen und Feuer machen, die Frauen würden die Kochtöpfe aus den Wagen holen, um das Essen zu bereiten. Er hätte es nicht besser einrichten können, wenn er gewußt hätte, was die Kesselflicker vorhatten.

Wie aber hätte er das wissen sollen, wo Niall, Tormod Beag und ich die einzigen im ganzen Dorf waren, die den Zug der Kesselflicker gesehen hatten?

Die Flut war gerade umgesprungen – ein schmaler, halbmondförmiger Streifen nasser Felsen vor der Küste war das einzige Anzeichen dafür, daß das Wasser sich ins Meer zurückzog; aber am Strand drängten sich die Leute, die auf den zweiten Beutezug im *cairidh* warteten.

Diesmal sah man keine grinsenden Gesichter hinter der Mauer unterhalb der Crofts; die Männer saßen auf den Felsen direkt hinter uns und konnten kaum erwarten, bis es losging. Jeder, der gehen konnte, hatte sich am Strand eingefunden, nur Mr. Ferguson und der Ceistear fehlten. Der Ceistear war auf Raasay zur Beerdigung seiner Schwester, und der Oberaufseher war nach Glenelg gefahren, um sich, wie Fearghus Mor meinte, nach einer neuen Arbeit bei einem großen Grundbesitzer auf dem Festland umzusehen.

Aber Gilleasbuig, der Zinseinnehmer, war immerhin anwesend. Er schob sich wichtigtuerisch durch die Menge, lächelte und nickte und flüsterte nach allen Seiten und hatte seine großen Ohren gespitzt. Seine blaßblauen Augen huschten von einem Gesicht zum anderen, und ich sah, wie sein Blick auf das schmale weiße Gesicht Coinneach Beags fiel und dann flink das zerfurchte, wettergegerbte Gesicht seines Vaters Dughall musterte. Der Zinseinnehmer überlegte wahrscheinlich, ob Dughall den Pachtzins, der in einem Monat fällig war, für die ärztliche Betreuung seines verkrüppelten Sohnes ausgegeben hatte.

Der arme Coinneach war zerbrechlich wie ein dürres Blatt; der leiseste Hauch, so schien es, würde ihn bereits umblasen. Coinneach Beag war in dem Jahr der großen Dürre vom Fieber befallen worden. Seit der Zeit hatte er das Bett nie mehr verlassen, und inzwischen waren drei Jahre ins Land gegangen. Sein Vater hatte ihn in eine Decke gewickelt zum Strand heruntergetragen, und nun saß er reglos da mit seinen steifen Beinen, die wie Stöcke unter der Decke hervorragten. Coinneach war so alt wie Marsali, aber er sah in der riesigen Decke so klein aus, als sei er seit seiner Kindheit nicht mehr gewachsen. Die *caille-*

achs machten ein großes Gewese um ihn, aber sie würden als erste über Dughall herfallen, wenn sich herausstellte, daß dem Jungen der Ausflug an den Strand nicht bekommen war.

Die alten Frauen waren allesamt an den Strand gekommen, um dabeizusein, und alle waren so überzeugt, daß es eine Menge mit nach Hause zu tragen geben würde, daß keine ohne einen Eimer oder einen leeren Mehlsack gekommen war. Sie saßen in kleinen Grüppchen auf den Grashügeln über den Felsen und schnatterten; die Mädchen schwirrten in kichernden Schwärmen zwischen den Frauen und uns Jungen hin und her.

Wir waren als erste zum Strand gegangen und hatten uns um den großen flachen Felsblock geschart, den Runag zu seinem Hochsitz gemacht hatte. Aber Runag war nicht da, und auch der Fremde fehlte. Eachann Crubach und der taubstumme Seoras saßen nebeneinander auf dem Felsblock, um den herum die wildesten Diskussionen über den Fremden im Gange waren. Jeder hatte natürlich seine eigene Erklärung für sein plötzliches Verschwinden und hielt damit auch nicht hinterm Berg. Nur Eachann blieb stumm und schien nichts zu hören; mit finsterem Blick starrte er auf das zurückweichende Wasser und war so niedergeschlagen, daß sein sonst so lebhaftes Mundwerk ausnahmsweise einmal still stand.

Über dem lärmenden Geschnatter, bei dem alle Augen wie gebannt auf den Loch starrten und das Sinken des Wassers beobachteten, bemerkte keiner von uns sein Kommen, bis wir seine gedehnte, tiefe Stimme hinter uns sagen hörten: »Nun, Jungs, meint ihr, es wird ein guter Fang werden?«

Er stand hinter dem großen flachen Felsen, das Äffchen auf der linken Schulter, und lächelte uns zu wie an jenem Tag im August, als wir ihm zum erstenmal begegnet waren. Er legte Eachann und Seoras beide Hände auf die Schultern, kräftige, breite, große Hände mit einigen Narben, die von Verletzungen herrührten und sich weiß auf der braunen Haut abhoben, die Hände eines Arbeiters. Runag sprang auf den Felsblock und sah mit seinem spitzen, kleinen Gesicht von Eachann zu Seoras, als könne er nicht verstehen, warum sie ihn nicht mit Hallo begrüßten. Aber die beiden hatten nur Augen für den Fremden.

Eachann Crubach fand als erster die Sprache wieder, obgleich er von uns allen am meisten bedrückt und niedergeschlagen gewesen war. »Wir dachten schon, du hättest uns verlassen«, sagte er.

»Ohne ein Wort?« sagte der Fremde lächelnd. »Ich mach mich doch nicht davon ohne ein Wort des Abschieds für meine Freunde.«

»Gestern bist du ohne ein Wort verschwunden«, murmelte Eachann. »Ich bin nach Einbruch der Dunkelheit zur Höhle hinaufgegangen, aber du warst nicht da. Ich dachte schon, du seist für immer verschwunden.«

Eachann hatte kein Sterbenswörtchen darüber verlauten lassen, daß er sich mit seinen Krücken bis zur Höhle geschleppt hatte. Es war mir unbegreiflich, wie er den steilen Berghang hinaufgekommen war.

»Ihr habt mich gestern nicht gebraucht«, sagte der Fremde. »Ihr hattet ja die Netze voller Fische.« Er hob die Hand und schlug Eachann kräftig auf die Schulter. »Aber heut bin ich bei euch auf ein letztes Wort, bevor ich weiterziehe.«

»Warum mußt du denn überhaupt gehen?« sagte Eachann Crubach und schaute dabei finster auf seine Krükken.

Der Fremde lächelte sein kurzes Lächeln. »Ich muß auf meiner Straße weiterziehen«, sagte er, »und du –«

Weiter kam er nicht. Denn in dem Augenblick schlug ihm Fearghus Mor mit seiner Riesenpranke auf den Rükken, daß ihm der Atem stockte. »Nun, mein Freund«, sagte er dröhnend, »es freut mich sehr, dich zu sehen. Hast du deinen Anteil von dem Fang bekommen? Ich hab ihn raufbringen lassen zu Mairi Beathag.«

»Mairi war sehr zufrieden«, sagte der Fremde.

»Und heute gibt's noch mehr für dich«, fuhr Fearghus Mor fort und zeigte dabei auf die Möwen, die mit heiserem Geschrei über dem *cairidh* kreisten, »sonst würden die Vögel keinen solchen Lärm machen.« Er warf einen kurzen

Blick über die Schulter hinter sich. Ich hätte gewettet, daß er Gilleasbuig galt. Der Zinseinnehmer stand mit dem Rükken zu uns und hörte Tomas Caogach zu, der lebhaft auf ihn einredete. »Wie ist es, willst du nicht den Anfang für uns alle machen?«

»Ihr braucht meine Hilfe nicht mehr«, sagte der Fremde.

Fearghus Mor schaute wieder kurz über die Schultern. »Ja schon, aber du hast uns Glück gebracht«, sagte er und drückte dem Fremden einen Käscher in die Hand. »Das ist beim Fischen so Brauch: der mit dem Glück fängt an.«

Das stimmte natürlich. Ich hatte den alten Seumas oft genug erzählen hören, daß früher stets der Mann, der für seine glückliche Hand beim Fischen bekannt war, allen voran in den *cairidh* hinauswatete. Aber bei Fearghus Mor kam noch etwas anderes hinzu. Er war schlau genug, sich zu überlegen, daß sich der Faktor ja eines Tages wieder erholen oder ein anderer an seine Stelle treten könnte, und sollte dann tatsächlich der Tag der Abrechnung kommen und der Zinseinnehmer und er selbst zum Faktor gerufen werden, um Rede und Antwort zu stehen, dann würden sie getrost behaupten können, der Fremde sei es gewesen, der sie zum Fischfang im *cairidh* verführt habe.

Die Menge drängte sich hinter uns, sogar die Frauen waren dabei, als der Fremde mit dem Fangnetz über der Schulter den Strand hinunter auf das Wasser zuschritt. Fearghus Mor folgte ihm dicht auf den Fersen. Die beiden wateten in den *cairidh* hinaus, wobei Fearghus Mor sorgfältig darauf bedacht war, einen deutlichen Abstand zwischen sich und dem Fremden zu wahren.

Das Wasser stand höher als Tags zuvor beim ersten Versuch. Der Fremde blieb erst stehen, als ihm das Wasser bis an die Achseln reichte. Alle Augen waren auf ihn gerichtet, als er die Hand hob, um sich gegen die blendende Sonne zu schützen, und dann ins Wasser blickte. Er winkte Fearghus Mor zu sich heran, der beflissen an seine Seite watete. Die beiden steckten die Köpfe zusammen, und dann setzte sich Fearghus Mor wieder in Bewegung. Er machte kehrt und schob sich mit erhobenen Armen fast rennend durchs Wasser zum Strand zurück. Er kam prustend und vor Nässe triefend über den Strand herauf, während der Fremde sich breitbeinig hinstellte und sein Fangnetz mit aller Kraft ins Wasser hinunterstieß.

»Der *cairidh* –« schrie Fearghus Mor. Seine Stimme überschlug sich vor lauter Aufregung. Er räusperte sich, spuckte aus und wischte sich mit seinem klatschnassen Ärmel den Schweiß aus seinem roten Gesicht. »Der *cairidh* ist ein einziger Klumpen Fisch«, schrie er. »Heringe in Hülle und Fülle. So was habt ihr noch nie gesehen. Genug für den ganzen Winter und mehr.« Er unterbrach sich, um Atem zu holen. »Was für ein Fang!« Seine Augen fielen ihm vor Gier beinahe aus dem Kopf. »Mehr als genug für jedes Haus im Dorf, und dann noch ein Haufen zum Verkaufen. Ich sag euch, der Faktor wird in diesem Jahr keine Schwierigkeiten mit dem Pachtzins haben. Keiner von euch braucht ihm auch nur einen Penny schuldig zu bleiben. Ihr könnt euch alle nach Herzenslust bedienen, dann habt ihr den ganzen Winter über einen vollen Bauch und braucht nichts zu befürchten.«

Gekrümmt unter der Last der Fische, die fast aus seinem Fangnetz herausquollen, kam der Fremde hinter Fearghus Mor über den Strand herauf. Er warf den Rahmen mit einem Schwung auf den Boden. Die Fische schossen wie ein silbern funkelnder Strahl heraus. »Ihr werdet vom Fischfang genug haben«, sagte er mit seinem kurzen Lächeln, »noch ehe der Tag zu Ende ist.«

Fearghus Mor hörte nicht auf diese rätselhaften Worte. Er trat vor und packte Tormod Gobha beim Arm, zog Uilleam Dubh an der Jacke, als der Zimmermann sich nach einem Fangnetz bückte, bohrte Tomas Caogach seinen breiten Finger in die Rippen und bellte dabei unentwegt Befehle in sämtliche Richtungen.

Die Männer bewegten sich seit Stunden langsam, mit festem, sicherem Schritt, vom *cairidh* zum Strand, beladen mit prallen Netzen, die sie auf den immer größer werdenden Haufen von Fischen im Sand entleerten, und schritten dann in entgegengesetzter Richtung wieder in den *cairidh* hinaus. Die Jungen und Mädchen schaufelten die Heringe in große Körbe und schleppten sie, sobald sie voll waren, hinauf zu Tischen, an denen die Frauen mit bis zu den Ellbogen entblößten Armen mit ihren Messern hantierten und dabei unentwegt ihr Mundwerk laufen ließen. Sie waren über und über mit Schuppen bedeckt, und ihre Arme glitzerten wie die silbrigen Leiber der Fische. Die Alten legten die ausgenommenen Fische in Fässer und waren so flink und genau in ihren Bewegungen, daß es eine Freude war, ihnen dabei zuzusehen. Die Fische wurden ihrer ganzen Länge nach dicht an dicht zwischen Lagen von Salz gepackt.

Plötzlich brannte irgendwo ein Feuer, die Frauen machten Tee, aber keiner unterbrach die Arbeit, um etwas zu essen. Jeder von uns war darauf bedacht, die Fische aus dem *cairidh* zu holen, ehe die Flut einsetzte und die Reuse wieder überschwemmte – und dabei hatten wir bereits so viele Heringe gefangen, daß wir bis in die tiefe Nacht alle Hände voll zu tun haben würden.

Wenn sich der Faktor plötzlich von seinem Bett erhoben hätte und auf seinem stolzen schwarzen Hengst zu uns herabgeritten gekommen wäre, es hätte wohl nicht einmal der Kleinmütigste unter uns von ihm Notiz genommen. Es herrschte eine solche Betriebsamkeit und eine Atmosphäre von so brodelnder Erregung, gesteigert noch vom ohrenbetäubenden Gekreisch der Möwen in der Luft – denn alle wußten, jetzt hatten sie es in der Hand, der Not auch des allerschlimmsten Winters zu entrinnen –, daß ihre Angst vor dem Faktor völlig verflogen war. Keiner hob auch nur den Kopf, um nach der Lodge hinüberzuschauen, nicht einmal Gilleasbuig, der Zinseinnehmer, dem man nicht gerade nachsagen konnte, daß er besonders mutig war und es mit den Schwachen hielt.

Erst als ich die Arbeit unterbrach, um einen Schluck Tee zu trinken – es gibt nichts Köstlicheres als heißen Tee, wenn man von der Sonne ausgedörrt ist und einem das Salz der Gischt auf den Lippen brennt –, erst da bemerkte ich, daß der Fremde verschwunden war. Weit und breit war keine Spur von ihm zu sehen. Die Crofts waren menschenleer. Die Kornhocken schimmerten wie Gold im gleißenden Licht der Sonne. Die einzige menschliche Gestalt, die sich in der still daliegenden Landschaft bewegte, war Dughall, der mit Coinneach Beag in den Armen langsam den Hang hinauf auf seinen Croft zuging.

Fearghus Mor kam zum Strand heraufgestapft und leerte sein Netz. »Der Fremde ist fort«, sagte ich.

Er grunzte nur. »Der kommt schon wieder«, sagte er, die Worte über die Schulter spuckend, während er bereits wieder zum *cairidh* hinaushastete, »keine Angst. Die Sorte kenn ich; wenn's ans Abstauben geht, sind sie alle da.«

Die Sonne stand wie ein glühender Ball am Abendhimmel, als er zurückkam. Der *cairidh* war inzwischen leer. Zwei große Berge von Fischen lagen hoch aufgetürmt am Strand, die zurückkehrende Flut trieb uns an, während wir die Heringe auf Tomas Caogachs Karren schaufelten. Morgen war Sonntag, aber die Fische würden sich bis Montag gut halten, wenn wir es schafften, sie alle auszunehmen und zu pökeln. Weiter oben am Strand wurden inzwischen die vollen Fässer auf Tormod Gobhas Karren geladen, zusammen mit den Tischen, Fangnetzen und dem übrigen Gerät. Die Frauen und Mädchen waren bereits nach Hause gegangen. Nur die Männer und wir Jungen waren zurückgeblieben.

Der Marag, der auf seine Schaufel gestützt dastand und so tat, als habe er in der Ferne etwas ganz Interessantes entdeckt, war diesmal der erste, der sie sah. Er stieß einen lauten Schrei aus, der uns alle hochschauen ließ und unseren Blick in die Richtung seines ausgestreckten Zeigefingers lenkte.

Zu dritt oder zu viert in einer Reihe kamen sie in einem langen, ungeordneten Zug über Mairi Beathags Croft zur Küste herab, ein zerlumpter Haufen von Männern und Frauen, wenigstens achtzig an der Zahl, und fast jeder von ihnen trug einen alten eisernen Kochtopf oder einen Blecheimer, manche hatten sich sogar Körbe auf den Rücken gebunden. An ihrer Spitze, gut zehn Meter vor ihnen, schritt der Fremde mit seinem Äffchen Runag auf der Schulter.

Er sprang auf die Mauer am Fuß von Mairi Beathags Croft und blieb, den Blick aufs Meer gerichtet, oben stehen. Die Strahlen der untergehenden Sonne umgaben sein dunkles Gesicht mit einem hellen Kranz von Licht. Wie er so dastand auf der Mauer, erschien er mir groß wie ein Riese, der von seiner Höhe auf uns herabschaute. Aber das war natürlich nur eine Täuschung, die von dem Licht herrührte. Als er mit dem Äffchen am Hals über den Graben sprang, schrumpfte er wieder auf seine wahre Größe.

Erst beim Anblick der zerlumpten Gestalten, die haufenweise über die Mauer geschwärmt kamen, fand Fearghus Mor die Sprache wieder. »Kesselflicker!« knurrte er voller Abscheu. »Der Ägypter ist mit einer Bande hungriger Kesselflicker zurückgekommen; wenn die über unseren Fisch herfallen, ist der Strand schneller kahl als ein Kornfeld unter einem Heuschreckenschwarm«. Er machte Anstalten, ihnen entgegenzugehen, und die Männer drängten sich dicht hinter ihm zusammen.

Die Kesselflicker waren auf der anderen Seite des großen flachen Felsens stehengeblieben. Der Fremde redete leise auf sie ein, nach seinen weit ausgebreiteten Armen zu urteilen wohl, um sie zurückzuhalten. Runag sprang von seiner Schulter und hüpfte über den Sand zu dem Felsblock, auf dem er sich im Schneidersitz niederließ und um sich blickte wie ein buckliges altes Männlein, das etwas zu vermissen scheint.

Fearghus Mor blieb seinerseits vor dem Felsblock stehen; die Männer standen dicht hinter ihm, Schulter an Schulter, und versperrten den Weg zu Tomas Caogachs Karren und den Fischen, die daneben lagen. Ich fühlte mich an die Spiele erinnert, die wir hier in unseren Kindertagen gespielt hatten. Der Fels war immer unsere Festung, heiß umkämpft von zwei feindlichen Armeen, die sich in ähnlicher Weise gegenübergestanden hatten. Aber wir waren stets fair gewesen und hatten darauf geachtet, daß beide Seiten gleich stark waren, während die Kesselflicker weit in der Überzahl waren. Ich hatte noch nie so viele von ihnen auf einem Haufen gesehen. Wenn sie bei uns im Dorf erschienen, dann immer nur zu zweit, allenfalls zu dritt oder zu viert. Der Anblick all dieser hageren, dunklen Gesichter, die sich vor uns versammelt hatten, erweckte den Eindruck, als stünden wir einer feindlichen Armee aus einem fernen, fremden Land gegenüber.

»Was will denn diese Bagage?« schrie Fearghus Mor, als sich der Fremde umdrehte und auf uns zukam.

Die beiden Enden seines knallbunten Tuches, das er um den Hals gebunden hatte, flatterten in der Brise wie eine Fahne. Er zeigte seine weißen Zähne in einem freundlichen Lächeln und sagte seelenruhig: »Sie sollen auch etwas von dem Fisch haben.«

Fearghus Mor lachte. »Das wär ja noch schöner, wenn wir unseren Fisch an dieses diebische Kesselflickerpack verschenkten.«

»Sie sind arm und hungrig.«

»Dann sollen sie eben aufhören zu stehlen und ehrliche Arbeit tun wie andere Leute auch.«

»Sie brauchen auch etwas zu essen.« Er zeigte auf die Haufen von Heringen. »Ihr habt eine Menge Fische, mehr als genug für euch alle.«

»Du bekommst deinen Anteil, sobald wir den Fang verteilt haben, aber dieses Gesindel bekommt nichts. Wenn die erst über den Fisch hergefallen sind, bleibt nicht einmal mehr was für die Katzen übrig.«

»Sie sollen also hungrig bleiben?«

»Sie kriegen nichts von unserem Fisch«, sagte Fearghus Mor, »darauf geb ich dir mein Wort, Fremder.«

»Von eurem Fisch?«

»Ja, unserem Fisch. Fisch, den wir im Schweiße unseres Angesichts gefangen haben, während dieses faule Pack in seinen Zelten lag und es sich wohl sein ließ.«

Der Fremde machte auf dem Absatz kehrt und ging zu den Kesselflickern zurück. Ich konnte nicht hören, was er sagte, aber ich sah, wie die Frauen und die alten Männer sich zurückzogen, während die jüngeren nach vorne aufrückten und eine geschlossene Front bildeten.

»Die wollen auf uns losgehen«, murmelte Fearghus Mor. »Sammelt Steine dahinten und macht euch zum Werfen bereit.«

Hinter der Deckung der vorderen Reihe bückten sich die Männer nach Steinen, die am Strand lagen. Wenn der Marag tatsächlich versuchen sollte, den riesigen Stein, den er sich ausgesucht hatte, zu werfen, dann war zu bezweifeln, ob er ihn über den Kopf seines Vaters brachte. Wenn er Fearghus Mor erschlüge, würden sie auf diese Weise beide zugleich büßen.

Der Fremde kam wieder auf uns zu, und diesmal folgten ihm alle, bis auf die Frauen und die alten Männer. »Wenn ihr nicht bereit seid zu geben«, sagte er so laut, daß es alle hören konnten, »dann will ich –«

»Steinigt sie!« brüllte Fearghus Mor, indem er sich flink duckte und selbst einen Stein aufhob.

»Wartet!« rief ich. Doch keiner hörte mich, und selbst wenn sie mich gehört hätten, es hätte kein bißchen geändert. Sie hätten ihren Fisch selbst gegen Rotröcke mit Musketen verteidigt. Was bedeutete da schon ein Haufen zerlumpter Kesselflicker, die hinter dem Fremden her langsam auf sie zukamen.

Ein Hagel von Steinen flog über den Kopf des Fremden hinweg und prasselte nieder auf die Männer, die hinter ihm standen und sich ihre Töpfe und Eimer wie Schilde vors Gesicht hielten. Ein schmaler, dunkelhäutiger Junge, der kaum älter war als ich, brach zusammen. Er wurde von zweien seiner Gefährten weggeschleppt. Ich sah, wie er wieder auf die Beine kam, den Kopf in die Hände nahm und hinter den fliehenden Frauen dreintaumelte.

Noch ehe der erste Steinhagel vorbei war, folgte ein zweiter und ein dritter; die Männer lachten höhnisch, während sie wie wild nach Steinen grapschten.

Die Kesselflicker ließen von ihrem Vorhaben ab und flohen, so daß uns nur noch der Fremde am Strand gegenüberstand. Blut quoll ihm aus einer Wunde im Gesicht, wo ihm ein Stein die Wange aufgerissen hatte. Auch Runag war noch da; aber er sah uns nicht an. Der Affe lag, wo er gefallen war, ausgestreckt auf dem hinteren Teil des großen flachen Felsblocks. Seine langen Arme hingen links und rechts herab, die eine magere Hand schwamm schlaff in einem kleinen Felstümpel.

Alle schwiegen. Das Branden der Flut dröhnte mir plötzlich laut in den Ohren. Der Fremde ging langsam und steif hinüber zu dem Felsblock. Er hob den Kopf des Äffchens und ließ ihn wieder fallen. An seinen Händen war Blut, Blut, das nicht von seiner Schnittwunde im Gesicht herrührte. Er schaute auf seine Hände und musterte dann mit kaltem, finsterem Blick die Runde der schweigenden Gesichter vor ihm. Er hob den Körper des Affen auf und nahm ihn fest in die Arme. Dann wandte er sich um und ging mit schnellem Schritt hinter den fliehenden Kesselflickern her davon. Keiner von uns regte sich, bis sie alle auf der anderen Seite der Mauer waren; die Schar hatte sich in kleine Gruppen aufgelöst, die langsam über Mairi Beathags Croft davontrieben wie Strandgut, das bei Ebbe von einer Welle erfaßt wird.

»Na also, die wären wir los. Gott sei Dank. Das elende Geschmeiß«, sagte Fearghus Mor. Er langte nach seiner Schaufel. »Und jetzt ran an die Arbeit, bevor die Flut da ist.«

Ich ging auf dem kürzesten Weg vom Strand nach Hause. Ich wollte gerade über die Mauer am Fuß unseres Crofts klettern, als Marsali meinen Namen rief. Sie erhob sich aus dem Schatten einer Kornhocke. Ich ging zu ihr hinüber, und wir setzten uns mit dem Rücken gegen die Hocke in die Stoppeln. Der Vollmond schien silbern auf den Loch herab. Die Giebel der Lodge ragten scharf und klar in die Nacht. Die Vorderseite des Hauses war dunkel, drinnen brannte kein einziges Licht.

»Ich bin zu Hause gewesen«, begann sie. »Tomas Caogach hat mir gesagt, du seist allein am Strand spazierengegangen. Die *cailleach* macht sich schon Sorgen.«

»Ich bin zur Spitze rausgegangen«, sagte ich. »Ich wollte ein bißchen allein sein nach all der Arbeit und dem ganzen Trubel.«

»Bist du denn nicht todmüde?«

Ich war so erschöpft, daß ich jetzt, wo ich saß, nicht wußte, wie ich wieder auf die Beine kommen würde. »Nein«, erwiderte ich.

»Ich hab gehört, ihr habt einen sagenhaften Fang gemacht.«

»Ja, sagenhaft.«

Der Fremde hatte gesagt: *Wenn ihr nicht bereit seid zu geben, dann will ich* – Was wollte er? Mit Gewalt nehmen, was sie nicht geben wollten? Aber hinter ihm stand keine kampfbereite Armee. Der erste Steinhagel hatte sie bereits zum Stehen gebracht; beim zweiten hatten sie sich aufgelöst und zur Flucht gewandt, noch ehe der dritte Wurf kam. Vielleicht hatte er tatsächlich nur sagen wollen, daß er seinen eigenen Anteil des Fanges nehmen wollte? Darauf hatte er schließlich ein Anrecht. Er war es, der den *cairidh* entworfen und gebaut hatte. Nicht einmal Fearghus Mor hätte ihm seinen Anteil vorenthalten. Aber Fearghus Mor und die anderen hatten ihn nicht ausreden lassen. Der Anblick der hageren, dunkelhäutigen, schweigenden Gesichter, die sich hinter dem Fremden zusammendrängten, hatte ihnen genügt, um auf sie loszugehen. Zugegeben, die Kesselflicker sahen furchterregend aus. Aber auch Mata hatte furchterregend ausgesehen, als ich ihm zum erstenmal begegnete, Mata, der ein stiller, schweigsamer Mann gewesen war, zufrieden, wenn er eine Prise Tabak für seine Pfeife hatte und frei mit seinem Volk durchs Land ziehen konnte.

Marsali sagte: »Du schläfst ja fast.«

»Ach was«, protestierte ich. »Du hast gerade gesagt, wir hätten einen sagenhaften Fang gemacht. Das stimmt. Wenn wir alle Fische essen, die wir gepökelt haben, dann wachsen uns Schuppen, bevor der Winter vorbei ist.«

Marsali lachte nicht. Sie antwortete auch nicht.

»Wieso bist du heute abend nach Hause gegangen?« fragte ich schließlich.

»Ich mußte der Frau des Großpächters etwas ausrichten«, sagte sie, »und da hat mir die Haushälterin erlaubt, für eine Weile nach Hause zu gehen.« Sie legte ihre Hand auf die meine. Ihre Hand war kalt. »Ich hatte solche Angst.«

»Angst? Wieso?«

»Es ist irgend etwas mit dem Faktor. Die Sonne war

kaum gesunken, und die Krankenschwester, die bei ihm saß, hatte die Lampen in seinem Zimmer noch nicht angezündet. Meiner Meinung nach hat die Krankenschwester auf ihrem Stuhl geschlafen. Nicht, daß ich ihr einen Vorwurf mache. Wie soll einer auch wach bleiben, wenn er den ganzen Tag nichts weiter zu tun hat, als ruhig auf einem Stuhl zu sitzen und sich nicht zu rühren, vor allem, wenn es im Zimmer fast dunkel ist, weil die Vorhänge wegen der Sonne zugezogen sind.«

»Der Faktor, Marsali«, erinnerte ich sie. »Was ist mit ihm?«

»Er hat sich in seinem Bett hochgesetzt und nach seinem Pferd gerufen. Die Krankenschwester ist vor Schreck fast vom Stuhl gefallen. Sie hat losgeschrien, daß man's sicher bis auf die andere Seite der Bucht gehört hat. Alle im Haus haben es jedenfalls gehört, das kannst du mir glauben. Die Haushälterin war im Keller und hat eine Flasche Bordeaux fallen lassen. Und die Krankenschwester hat geschrien und geschrien; der Faktor hat sie schließlich angebrüllt, sie soll aufhören.«

»Du lieber Himmel, kein Wunder, daß du Angst hattest.«

»Zu dritt haben ihn die Frauen im Bett festgehalten.« Sie umklammerte meine Hand. »Er hat nicht glauben wollen, daß wir Oktober haben. Er hat bloß immer wieder gesagt, er müsse zum Strand und dabeisein, wenn das Kohlenschiff abfährt.«

»Er wird nichts von allem wissen, was seit dem Abend, an dem er den Schlag auf den Kopf bekam, passiert ist«, sagte ich.

»Die Haushälterin hat den Kutscher losgeschickt, um den Bruder des Faktors in Glenuig zu holen«, plapperte Marsali weiter. »Und der hat gemeint, er müsse in ein richtiges Krankenhaus auf dem Festland. Der Faktor hat nicht gewollt, aber sein Bruder hat ihn schon dazu gekriegt. So ein Gehetze hast du noch nie erlebt. Ein Freund des Großpächters hat eine Jacht im Hafen von Portree; sie sind alle mit der Kutsche weggefahren, der Großpächter, die Krankenschwestern und der Faktor. Übers Wochenende sind nur noch die Haushälterin und ich im Haus. Das ist auch der Grund, weshalb ich mit dir reden wollte.«

»Worum geht's denn?«

»Die Haushälterin hat sonntags immer frei. Sie geht dann in aller Frühe nach Cuil hinüber zu ihrer Schwester und kommt nie vor Einbruch der Nacht zurück. Ich hab keine Lust, den ganzen Tag allein in dem Haus zu bleiben, und dann ist morgen auch noch der dreizehnte.«

Marsali war wahnsinnig abergläubisch; wieso, wußte ich auch nicht. Es war ihr noch nie etwas an einem dreizehnten zugestoßen. »Du könntest dich doch morgen abend mit einer Ausrede aus dem Haus schleichen«, bettelte sie, »und zur Lodge herunterkommen. Tust du das für mich, Calum Og?«

»Wenn du mir was Gutes zum Essen aufhebst.«

»Du bekommst mehr als das.«

»Was denn?«

»Eine Neuigkeit.«

»Was für eine Neuigkeit?«

»Eine Überraschung.«

»Die kenn ich schon.«

»Das kann nicht sein.«

»Ist aber so.«

»Dann sag mal.«

»Du willst mit der Kusine des Laird nach England. Und wenn sie dich nicht dabei erwischen, wie du das halbe Essen an die Stalljungen verteilst, wirst du vielleicht sogar noch Kammerzofe.«

Halb lachend, halb weinend sagte sie: »Woher weißt du das?«

»Sie hat es mir selber erzählt.«

»Und du hast mir kein Wort davon gesagt.«

»Ich dachte eigentlich, du würdest es mir mal erzählen.«

»Heute ist ein Brief gekommen. Direkt an mich adressiert, in der Lodge. Mit den Papieren, die ich von Strome nach London brauche. Ich fahre mit der Eisenbahn.«

»Hast du denn keine Angst? Züge fahren wahnsinnig schnell, schneller als die schnellste Kutsche. Und in der

Lokomotive brennt ein gewaltiges Feuer, da stieben die Funken in der ganzen Gegend herum. Und einen Rauch macht sie, daß du den Zug meilenweit sehen kannst. Der alte Seumas hat es mir erzählt, der kennt sich damit aus.«

»Lady Elizabeth ist ebenfalls mit der Eisenbahn gefahren«, sagte Marsali etwas hochnäsig, »und sie ist jünger als ich. Weshalb sollte ich also Angst haben?«

»Mann, du hast Mumm. Hast du's der *cailleach* schon gesagt?«

»Noch nicht.«

»Wann fährst du?«

»Am 28. Das ist ein Montag. Ich soll mit dem Dampfschiff *Ferret* nach Strome fahren.«

»Das ist nicht mehr lange hin.«

»Noch gut vierzehn Tage.« Sie nahm meine Hand. »Vielleicht finde ich auch Arbeit für dich, Calum Og, wenn ich erst mal da bin.«

»Für mich?« sagte ich mit einem künstlichen Lachen. »Ich hab hier soviel zu tun, da brauch ich nicht erst nach England zu gehen.«

Ich hatte gerade eine Riesenportion Fisch verschlungen, als Niall und Tormed kamen. »Es ist gleich Sonntag«, rief mir die *cailleach* mahnend nach, »bleib also nicht so lange weg.«

Wir gingen hinüber zum Kuhstall und ließen die Tür offen stehen, während wir nach den Kühen sahen. Das langsame, schwere Atmen der Tiere war so ruhig und regelmäßig, daß ich auf der Stelle eingeschlafen wäre, wenn ich allein gewesen wäre.

»Fearghus Mor hat recht gehabt«, sagte Niall. »Die Kesselflicker sind fort. Sie beluden ihre Karren, als Tormod und ich die Rinder holten.«

»War der Fremde bei ihnen?« fragte ich.

»Ja«, sagte Tormod Beag. »Der ist ja nicht zu verwechseln mit seinem bunten Tuch um den Hals. Ich hab ihn sogar in eines der Zelte gehen sehen, das einzige, das noch stand. Die anderen waren schon abgebaut und fertig zur Abfahrt.«

»Das war ja ein starkes Stück«, meinte Niall, »die ganze Bande mitzubringen und von unserem Fisch zu wollen. Das war ja fast ein ganzes Heer.«

»Vielleicht hat er nur seinen Anteil holen wollen«, sagte ich.

»Glaubst du?« sagte Tormod Beag voller Hohn. »Dieses Gesindel wär mit dem Karren von deinem Onkel abgehauen, wenn es die Gelegenheit dazu gehabt hätte.«

»Der bis oben voll war«, warf Niall ein. »Es war natürlich hart, daß der Affe dabei draufgegangen ist. Eachann Crubach hat geheult, habt ihr das gewußt?«

»Er hat den Affen richtig gemocht«, sagte ich.

»Stell dir vor, der plärrt wegen so einem Viech«, sagte Tormod Beag. »Mir hat der Fremde leid getan.«

Ich hatte keine Lust, über das Äffchen Runag oder den weinenden Eachann Crubach oder den Fremden zu reden, und war froh, als Tormod Beags Mutter rief. »Ich geh wohl besser nach Hause«, sagte er, nachdem genug Zeit verstrichen war, um zu beweisen, daß er keine Angst vor der *cailleach* hatte.

Ich machte auch keine Anstalten, Niall zurückzuhalten, als er mit ihm davonging. Ich blieb noch eine Weile an der Stalltür stehen und sah ihnen nach, wie sie zwischen den Kornhocken davonrannten. Der Mond hatte einen dunklen Ring. Als ich die Tür zum Kuhstall zumachte, begann es zu regnen.

Am nächsten Morgen regnete es noch immer. Es goß in solchen Strömen, daß es aussah, als stieße die Luft in einem gewaltigen Katarakt auf die Erde herab. Auf den Wiesen und Feldern stand das Wasser, und dazwischen ragten die Kornhocken, völlig durchweicht, wie einsame Inseln in der Brandung des Meeres. Der Regen drang sogar ins Innere des Hauses, er schoß unter der Tür herein und breitete sich in schwarzen Pfützen auf dem Lehmboden aus; er sikkerte durch das tief in der Mauer sitzende Fenster und rann an der Wand herab, drang schließlich sogar durch das dicke Strohdach und tropfte mit scharfem Zischen ins Feuer. Draußen herrschte eine ägyptische Finsternis; das Feuer brannte um Mittag so hell, als sei bereits die Dämmerung hereingebrochen. Wir mußten vor dem Abendessen die Lampe anzünden, damit Tomas Caogach aus der Heiligen Schrift vorlesen konnte.

Meine Chance kam nach dem Abendessen, als Tomas Caogach ins Bett ging, weil ihm, wie er sagte, der Rücken weh tat, was nicht verwunderlich war nach der Plackerei tags zuvor am Strand. Die *cailleach* saß in sich zusammengesunken auf ihrem Hocker und starrte in das Feuer. Sie hatte sich angewöhnt, sonntagabends in Gedanken verloren am Feuer zu sitzen, ohne sich zu rühren – sie, deren Hände früher nicht einen Augenblick lang untätig sein konnten, sie träumte jetzt versonnen vor sich hin und schlief darüber immer wieder ein.

Das Vieh war unruhig; ich hörte die Kühe im Stall muhen. »Ich glaube, ich muß den Kühen trockenes Stroh geben«, sagte ich. »Ich schau dann auch gleich nach den Hokken.«

Sie hob nicht einmal den Blick von den Flammen. Ich überlegte, was sie wohl darin sehen mochte. »Hör, wie es plattert«, sagte sie mit einem unterdrückten Gähnen. »Du wirst klatschnaß werden, Junge.«

Ich wartete, bis ihr Kopf vornüberfiel. Bald würde sie eingeschlafen sein, obgleich mir unbegreiflich war, wie sie in dieser Stellung schlafen konnte, ohne von ihrem Hocker zu fallen. Sie murmelte etwas vor sich hin und lächelte. Auf der anderen Seite der Trennwand ließ Tomas Caogach einen Schnarcher los, mit dem man Tote wieder zum Leben hätte erwecken können. Die *cailleach* rührte sich nicht mehr. Ich stand auf und ging zur Tür und schob den Riegel leise hoch.

Mir kamen alsbald Zweifel, ob es klug gewesen war, den Schutz des Hauses zu verlassen. Es war schlimmer, als ich vermutet hatte. Der Regen drosch nieder, die Nacht bebte vom Rauschen des Wassers, das über das Dach herab durch die Regenrinne schoß und sich schwappend und gurgelnd einen Weg suchte. Das stetige ferne Tosen des Rha, der reißend in die Tiefe stürzte, übertönte alle anderen Geräusche. Ich zog den Kopf ein und rannte hinüber zum Stall.

Er war keine zwanzig Schritte vom Haus entfernt. Als ich ihn erreichte, war keine trockene Faser mehr an mir. Ich wollte schon umkehren, aber ich hatte Marsali versprochen, ihr Gesellschaft zu leisten, und sicher hatte sie mir etwas Feines zu essen gemacht – schließlich war sie allein in der Lodge und konnte tun, was ihr gefiel. Während ich in der Stalltür stand und überlegte, überfiel mich ein kalter Schauer. Ein schneidender Wind, der mit der Flut vom Meer gekommen war, trieb mir den Regen ins Gesicht. Es war ein kalter, scharfer Regen. Ich würde vor Nässe triefen, ehe ich die Lodge erreicht hatte. Nun ja, ich war ohnehin schon naß, und zu Hause wartete lediglich das Bett auf mich. Dann müßte ich mir Tomas Caogachs Geschnarche anhören und das Tröpfeln des Wassers vom Dach.

Den Ausschlag gab schließlich die Überlegung, daß ich endlich einmal die Lodge von innen zu sehen bekommen würde. Vielleicht konnte ich Marsali dazu bewegen, die Lampen in dem großen Vorderzimmer anzuzünden, wo der Faktor seine vornehmen Gäste unterhielt. Sie hatte behauptet, das Zimmer sei heller als der Tag, wenn alle Lampen brannten, so hell, daß es einen blendete. Dies und die Vorstellung, einmal durch das große eiserne Tor einzutreten und die ganze Auffahrt entlangzugehen, bewog mich, mich dem Regen auszusetzen. Ich hatte mir schon immer gewünscht, einmal durch dieses schmiedeeiserne Tor zu gehen und den ganzen von Bäumen gesäumten Weg bis zum Haus abzuschreiten, und eine Gelegenheit wie diese würde sich nie wieder ergeben.

Ich rannte hinauf bis zur Straße, durch Wasser, das mir bis an die Knöchel reichte. An der Einmündung blieb ich stehen. Die Gräben zu beiden Seiten der Straße waren zu reißenden Bächen geworden, die Straße selbst war überschwemmt. Ich blinzelte mir den Regen aus den Augen und schaute durch die Finsternis hinauf zu der dunklen Bergwand. Irgend etwas stimmte hier nicht. Es sah aus, als habe sich der Berg bis an den Rand der Straße vorgeschoben, wo eigentlich die Öffnung zu dem alten Steinbruch hätte sein sollen. Vielleicht täuschten mich meine Augen. Jedenfalls mußte ich mir Gewißheit verschaffen. Ich kehrte daher der Lodge den Rücken und ging die Straße weiter hinauf. Ich rutschte immer wieder im Schlamm aus und stolperte über Geröll, je höher ich kam.

Schließlich blockierte eine fast mannshohe Wand aus Steinen und Erde die gesamte Breite der Straße. Ich sprang über den überfluteten Wassergraben an der Seite und kletterte den schlüpfrigen Berghang hinauf, um festzustellen, wo der Erdrutsch anfing.

Die Erde schien plötzlich zu beben unter meinen Füßen. Ich hörte zuerst das Dröhnen, dann merkte ich, wie die Erde erzitterte, als koche unter mir eine schäumende See; der Versuch, mich in Sicherheit zu bringen, wäre jedoch sinnlos gewesen. Der Berg tat sich vor mir auf, eine gewaltige Wassersäule schoß in die Höhe und schleuderte Massen von Geröll und Sand in die Luft. Ein Hagel von Steinen prasselte auf mich nieder und schlug mir ins Gesicht, und dann streifte etwas mit Wucht meine Stirn. Ein Wasserschwall brachte mich zu Fall und riß mich mit sich in die Tiefe. Ich wurde über die Straße geschleudert und flog die Böschung auf der anderen Seite hinab. Im Fallen mußte ich daran denken, wie ich den Marag an genau derselben Stelle nach unten befördert hatte, und ich überlegte, während ich vergeblich meinen Fall zu bremsen und mich in dem glitschigen Boden festzukrallen versuchte, ob ich wohl ebenfalls in Mairi Beathags Misthaufen landen würde.

Ich spürte etwas Hartes im Rücken. Einen Augenblick lang war ich in Panik, weil meine Füße höher ragten als mein Kopf. Vor meinen Augen baumelten nasse schwarze Arme, von denen das Wasser auf mein Gesicht heruntertroff. Allmählich begriff ich, daß ich zwischen den Eschen eingeklemmt war, die am Fuß der steilen Böschung standen. Es war der zersplitterte Stumpf eines abgebrochenen Astes, der sich mir in den Rücken gebohrt hatte. Ich strampelte und zappelte, bis ich auf den Knien landete. Und in dem Augenblick, als ich den Kopf hob und die Böschung hinaufschaute, hörte ich die Musik.

Die seltsame, schrille, unmelodiöse Musik war unverwechselbar: die spitzen, dünnen Töne drangen deutlich und klar durch das Prasseln des Regens und das Rauschen von Wasserbächen an mein Ohr.

Der Fremde war zurückgekommen und rief uns mit seiner silbernen Pfeife.

Ich kletterte auf allen vieren die Böschung hinauf, angezogen vom Klang der leisen Melodie. Ihr schriller Ruf wurde stärker, drängender, obgleich das Tosen des reißenden Flusses die ganze Nacht erfüllte. Aber die Melodie zog mich weiter, über die Straße, hinauf zu dem dunklen Felsvorsprung, der den Eingang zu Uamh an Oir – ein blinzelndes goldenes Auge in der nächtlichen Finsternis – verbarg.

Die Höhle war leer. Die funkelnden Mauern erleuchteten ein schmales Bett aus Heide. Das war alles. Der Fremde war nicht da.

Ich blieb in der Mitte der Höhle stehen und sah mich ungläubig um; noch immer hing die seltsame, schrille Melodie in der Luft, und ich überlegte, wie es möglich war, daß mich meine Ohren so täuschen konnten. Ich hatte mich bereits zweimal in der Höhle umgesehen und suchte die Wände noch einmal ab, ehe ich den schmalen Spalt in einer der Ecken entdeckte. Er war so schmal, daß man ihn im Schatten des Halbdunkels leicht übersehen konnte. Ich zwängte mich durch den engen Felsspalt, der sich zu einem Trichter weitete, an dessen Ende ein großer goldgelber Ginsterbusch stand. Ich schob die Zweige auseinander und starrte durch die Öffnung – starrte wie einer, der sein ganzes Leben lang mit Blindheit geschlagen war und plötzlich merkt, wie ihm die trockenen schwarzen Schuppen von den toten Augen fallen, dem sich die Herrlichkeit der Welt zum erstenmal offenbart.

Als ich die Zweige auseinanderschob, fiel ein goldener Blütenregen in das darunter vorbeifließende Wasser. Drei gefleckte Forellen schreckten von ihrem weißen Sandbett auf und schossen bach-

aufwärts in den Schutz der grauen Kiesel. Die Musik hatte aufgehört, aber ich bedurfte ihres fremden, schrillen Rufes auch nicht länger.

Der goldene Ginster stand am Ufer eines Baches, der sich durch ein breites Tal schlängelte. Die Sonne stand hoch am Himmel und schien strahlend auf die Hänge und breiten Felder herab, auf das ganze grüne lächelnde Tal; ein Tal voller Bäume, mit reichen, üppigen Feldern und Wiesen, auf denen fette Kühe und kugelrunde Schafe grasten, und wo Vögel aller Art aus voller Kehle sangen.

Ich sah den taubstummen Seoras an einem Tümpel. Er lag im grünen Schatten der hohen Farne auf den schwarzen moosigen Steinen und neigte den Kopf tief über den Bach, wo sich das Wasser unter den Steinen kräuselte; und ich wußte, daß er horchte; Seoras, der noch nie zuvor in seinem Leben das Plätschern eines Baches oder das sanfte Rauschen der Farne im Wind oder das Summen einer Biene gehört hatte, lag über das Wasser gebeugt und horchte.

Er stand auf, als Eachann Crubach auf ihn zugerannt kam und ihn beim Namen rief. Eachann hatte grade, kräftige Beine, die keiner Krücken mehr bedurften. Die beiden rannten zusammen davon, und Seoras sang dabei aus voller Brust.

Ich brauchte einige Zeit, ehe ich den Fremden entdeckte. Sein brauner Hals war nackt ohne den bunten Kattun, mit dem ich ihn bisher stets gesehen hatte. Er saß an der Böschung über dem Bach und spielte geistesabwesend mit seiner silbernen Pfeife. Neben ihm stand eine Trauerweide, aus deren Gezweig das Gezwitscher von Vögeln erklang; ein Geißblattbusch neigte sich mit seiner Blütenfülle über das Wasser.

Der Fremde beobachtete Runag, und das Äffchen starrte seinerseits fasziniert auf Matas Pfeife, die wie ein Schlot qualmte.

An der Seite des Fremden saß ein breitschultriger blonder Mann, der damit beschäftigt war, ein Seil zu spleißen. Ich dachte, er habe mich entdeckt, aber ich war zu gut versteckt, als daß er mich vom anderen Ufer aus hätte sehen können. Sein Blick galt vielmehr einer Forelle, die im Tümpel hochgeschnellt war. Seine kräftigen Finger fuhren fort, das Seil zu bearbeiten, während er sich dem Fremden zuwandte und sagte: »Wann kommt Calum Og?«

Die Antwort kam von Mairi Beathag, die ich in meiner Schwer-

fälligkeit zunächst gar nicht erkannt hatte. Sie trug nämlich nicht ihre alten, zerlumpten Kleider und hatte ihr wildes weißes Haar zu einem ordentlichen Zopf geflochten. »Er kommt nicht ohne Marsali«, sagte Mairi Beathag, »das tut Calum Og nicht.«

»Ja, aber es wird eine schwere Reise für ihn werden«, sagte Mata, indem er seine Pfeife aus dem Mund nahm und kräftig ins Gras spuckte, »denn der Weg ist nicht leicht, und die Menschen sind so blind, daß sie ihn nicht sehen wollen.«

Ich verstand zwar nicht, was er damit meinte, aber ich wollte Marsali keinesfalls zurücklassen. Ich erhob mich, zwängte mich durch den engen Felsspalt, rannte ins Freie und rutschte bereits den Berg hinunter, als sei der Teufel hinter mir her. Marsali sollte als erste vom Geheimnis der Goldenen Höhle erfahren.

Ich hörte nicht auf zu rennen, bis ich bei der Brücke über den Rha angelangt war. Das furchtbare Tosen des Wasserfalls ließ mich innehalten. Das Getöse war so gewaltig, daß es einen fast erschlug. Obgleich es stockfinster war, konnte ich sehen, wie der Wildbach unter der Brücke schäumte und spritzte, wie er brausend und tobend durch die tiefe, enge Schlucht dem Meer entgegenstürzte. Nur der Gedanke an Marsali und die Nachricht, die ich für sie hatte, bewog mich, die Brücke zu überqueren.

Vor mir hörte ich ein dumpfes Grollen wie von Kanonendonner und ein Knirschen, als ziehe jemand eine riesige Egge über den felsigen Strand. Ich blieb wieder stehen. Das Geräusch kam vom Conon. Ich rannte die Straße hinab, vorbei an dem offenen Tor der Lodge. Ich kam um die Biegung, am Haus des Oberaufsehers vorbei – direkt vor mir lag der Fluß –, als der erste Blitz den Himmel erhellte. Aber es war nicht der Blitz, der mich wie angewurzelt stehenbleiben ließ.

Die Brücke über den Conon war weg, in ihrer vollen Länge fortgespült von einer gewaltigen gelbbraunen Flut, die wie rasend den Berg herunterschoß. Die Steinstümpfe zweier Stützpfeiler auf jeder Seite des Ufers ragten wie abgehackte Gliedmaßen in die Luft. Ein Donnerschlag hallte über den Berg; Blitze durchzuckten den Himmel, und zwar so grell, daß sie den schweren Regenvorhang zerrissen. Ein

Baum jagte mit der Flut in die Tiefe; ein Kaninchen saß geduckt auf dem Stamm mit großen Augen, die ihm fast aus dem Kopf quollen. Der Sturzbach hatte den alten Lauf des Flusses verlassen und sich über den sandigen Hang des Friedhofs einen neuen Weg gegraben und hatte auf seiner rasenden Fahrt zum Meer die äußere Mauer der Lodge niedergewalzt.

Ich machte kehrt, rannte die Straße hinauf, stob durch das offene Tor der Lodge und raste die lange, von Bäumen gesäumte Auffahrt hoch. Ich blieb erst stehen, als ich die Wasserflut erreichte, die bereits an den Mauern des Hauses hochschlug.

Die Lodge war eine Insel in der Flut. Der angeschwollene Fluß teilte sich in zwei schäumende Arme, die links und rechts am Haus vorbeiflossen, ehe sie sich mit dem Meer vereinigten, dessen mächtige Wellen von unten über die Mauer schlugen. Die Strömung zerrte an meinen Füßen; das Wasser stieg immer höher. Ich hatte mich bis auf eine Armlänge an die Küchenwand herangearbeitet und stand inzwischen bis zur Hüfte im Wasser. Da rutschte ich aus. Ich versuchte wieder Tritt zu fassen, streckte die Hand aus nach der Wand, verlor vollends den Halt und lag der Länge nach im Wasser. Meine Finger schnappten nach der Wand, schabten über Stein, bekamen ein Rohr zu fassen und schlossen sich darum, als hätten sie ein Eigenleben. Meine Füße fanden wieder Halt und bohrten sich in den Boden. Das Zerren in meinen Armen ließ nach. Ich spuckte aus, kletterte an dem Fallrohr hinauf und hievte mich aufs Dach. Der Schiefer war tückisch, aber selbst das Äffchen Runag hätte das Stück bis zur Dachluke nicht schneller geschafft. Das Fenster war zu, und so mußte ich mich bis zur oberen Kante der Luke hinaufarbeiten, um mich an dem überstehenden Rahmen festzuhalten. In dem Zimmer brannte eine Lampe. Ich hämmerte mit meiner freien Faust gegen die vor Nässe triefende Scheibe, bis Marsalis erschrockenes Gesicht zu mir hochsah.

Ihr Mund öffnete sich. Durch das Tosen des Wassers konnte ich nichts hören, doch schien es, daß sie vor Entsetzen schrie. Ich mußte so lange gegen die Scheibe hämmern, daß mir die Hand weh tat, ehe sie Anstalten machte, das Fenster an der eingekerbten Metallschiene hochzuheben. Kaum daß sie das Fenster angehoben hatte, rutschte ich etwas tiefer, schob die linke Hand in den Spalt und packte das Fenster mit der rechten. »Laß die Schiene los«, schrie ich und warf es nach oben aufs Dach zurück. Die Scheibe zersprang, aber das kümmerte mich nicht. Ich wollte nur so schnell wie möglich mit den Füßen durch die Luke. Ich sprang hinunter ins Zimmer, schlug dabei gegen die Bettkante und ließ mich schwer auf einen Stuhl fallen.

»Der Kopf«, stieß sie hervor und sah mich an, als hätte ich Hörner bekommen. »Was hast du mit deinem Kopf gemacht?«

»Ich habe wunderbare Dinge gesehen, Marsali«, keuchte ich. Ich war völlig außer Atem, brannte jedoch darauf, ihr alles zu erzählen, was mir widerfahren war. »Ich habe Mata gesehen mit seiner Pfeife – er hat geraucht wie ein Schlot – und Eachann Crubach mit richtigen gesunden Beinen und den taubstummen Seoras, der aus voller Brust gesungen hat, und hören tat er auch. Stell dir vor, Seoras konnte hören, Marsali! Sie waren alle mit dem Fremden in einem herrlichen Tal hinter Uamh an Oir. Du mußt sofort mitkommen. Ich will es dir zeigen.«

Sie begann zu weinen! Bei allen Heiligen im Himmel, meine Schwester Marsali fing an zu weinen! Sie schniefte und wollte die Tränen zurückhalten, aber das gelang ihr nicht. Sie nahm ein Handtuch von der Stange über der Marmorplatte ihres Waschtisches und hielt es mir behutsam gegen den Kopf.

»Was tust du denn?« schrie ich, entriß ihr das Handtuch und warf es aufs Bett.

Darauf ging sie zu ihrer Kommode, hob den Handspiegel auf und hielt ihn mir vors Gesicht. Das leichenblasse Gesicht eines Fremden starrte mich an: Das Haar klebte ihm am Kopf, und über der Stirn hatte er eine lange, tiefe Wunde, aus der das Blut sickerte. Ich faßte mir mit der Hand an die Stirn und schaute dann völlig verständnislos auf das Blut an meinen Fingern. »Irgend etwas muß mich getroffen haben«, sagte ich schließlich.

»Hast du das nicht gewußt?«

»Nein, ich hab es überhaupt nicht gemerkt. Ich hab gedacht, die Nässe sei vom Regen.«

Sie tupfte sich mit einer Ecke des Handtuchs die Augen und reichte es dann mir. »Drück es fest auf die Wunde«, sagte sie energisch, obwohl sie eben noch geweint hatte. »Ich hol inzwischen Verbandszeug.«

Etwas Hartes schlug mit solcher Wucht gegen die Giebelwand, daß das ganze Haus erzitterte. Irgendwo splitterte Glas. Dann hörte man den dumpfen Aufschlag eines schweren Gegenstandes, der umgefallen sein mußte. »Sei doch still«, sagte ich und packte sie am Arm. »Ich muß überlegen.«

»Still soll ich sein?« rief sie, wieder den Tränen nahe. »Den ganzen Tag bin ich für mich allein still gewesen, ohne einen Menschen im ganzen Haus, und plötzlich ist das Wasser zur Tür hereingedrungen und hat die Küche überschwemmt, und dann war es stockfinster. Die Haushälterin ist in aller Frühe fortgegangen und immer noch nicht zurück.«

»Die sitzt in Cuil drüben fest. Die Brücke über den Conon ist hin.«

Die Art, in der sie mich anstarrte, als säße ein Fremder vor ihr, der ihr Angst machte, gefiel mir gar nicht. Aber ihr Blick veränderte sich schnell, und dann begann sie wie ein Sturzbach zu reden. »Überall ist Wasser«, sagte sie, »das ganze Erdgeschoß ist überschwemmt. Ich hab, kurz bevor du gekommen bist, zum Schlafzimmerfenster rausgeguckt, die Flut ist über die vordere Mauer gestiegen und reicht schon bis an die Treppe. Was sollen wir bloß tun?«

»Verschwinden«, sagte ich, »bevor das ganze Haus zusammenkracht.«

»Das Haus kann nicht einstürzen.«

»Meinst du? Die Brücke über den Conon ist aber bereits eingestürzt.«

»Das ist was anderes.«

»Der alte Seumas meint, es sei ein Wunder, daß die Lodge nicht schon vor langer Zeit eingestürzt ist, weil sie auf Sand gebaut ist. Es dauert sicher nicht mehr lange, bis das Wasser den Sand weggespült hat. Wir müssen von hier verschwinden, und zwar schnell.«

»Aber wie denn?«

»So wie ich gekommen bin. Es ist nicht schwierig, Marsali. Mit meiner Hilfe schaffst du's schon.«

Sie biß sich auf die Unterlippe und versuchte zu lachen. »Jedenfalls bleib ich nicht allein in diesem Haus, das sag ich dir.«

»Stricke«, sagte ich nach einigem Nachdenken, »wir brauchen Stricke.«

Sie schüttelte hilflos den Kopf.

Ich schaute auf das Bett. »Wir könnten die Decken in Streifen reißen und dann zusammenknüpfen.« Aber sie würden nie und nimmer ausreichen, nicht für das, was ich vorhatte.«

»Warte«, sagte Marsali, »die Wäscheleine. Sie wird zum Sonntag immer abgenommen und reingebracht.«

Ich wollte aufstehen, aber sie schubste mich auf den Stuhl zurück und drückte mir das Handtuch wieder in die Hand. »Halt das an deinen Kopf«, sagte sie in dem Kommandoton, den ich von ihr gewohnt war, »und laß es dort.« Sie nahm die Lampe von der Kommode. »Ich hol die Leine.«

Als sie gegangen war, tastete ich mich vor bis zu der schmalen Treppe und horchte auf die Plantschgeräusche, mit denen sie sich unten bewegte. Der Boden bebte unter meinen Füßen, das Gebälk des Daches ächzte und krachte. Von draußen drang ein regelmäßiges Hämmern, lauter als das Toben der Flut, an mein Ohr. Der reißende Strom, der eine Steinbrücke einfach fortgeschwemmt hatte, mußte große Felsblöcke vom Berg herabgerollt haben. Und das Haus stand allem, was das Wasser mit sich trug, im Wege. Plötzlich hatte ich Angst um Marsali und rief ihren Namen.

Sie kam die Treppe heraufgerannt. Ihre Röcke waren bis zu den Hüften naß. Sie schleppte eine ganze Rolle mit dikkem weißen Tau. Ich band mir das eine Ende um den Bauch und nahm die Rolle auf die Schulter.

»Schnell«, sagte ich, während ich mich unter der Luke

bückte. »Steig auf meinen Rücken und dann hinaus aufs Dach.«

Sie riß eine Schublade auf und wühlte darin herum. »Ich brauch meine Papiere für den Dampfer und die Eisenbahn«, erklärte sie.

Es lag mir auf der Zunge, ihr zu sagen, daß sie sie ohnehin vergessen würde, wenn sie das Geheimnis von Uamh an Oir erfuhr, aber dann hielt ich doch den Mund. Dafür war noch Zeit genug, wenn wir erst einmal hier heraus waren.

Marsali stopfte sich ein Leinentäschchen in ihr Mieder, sprang dann mühelos auf meinen Rücken und kletterte von dort aus flink wie ein Junge durch die Öffnung aufs Dach hinaus.

Ich folgte ihr. Inzwischen blies ein mächtiger Wind vom Meer her, der uns den Regen ins Gesicht trieb und Wolken von Gischt über das Haus schleuderte. Ich spürte das salzige Wasser auf den Lippen. Ich arbeitete mich bis zu Marsali vor und schrie ihr durch das Tosen der rasenden Wassermassen zu: »Halt dich fest und warte, bis ich dich hole.«

Es war nicht schwierig, über das Dach hinunterzurutschen und mich an der Rinne festzuhalten; es war auch kein Problem, die Beine um das Regenrohr zu klemmen und daran hinabzurutschen. Aber sobald ich das Wasser berührte, schnappte die Flut gierig nach meinen Beinen, und ich hatte die allergrößte Mühe, das andere Ende der Leine um das Rohr zu wickeln und festzuknoten. Gegen das reißende Wasser ankämpfend, watete ich, nachdem ich damit fertig war, zum Weg vor, wobei ich nach jedem Schritt die Leine ein Stückchen ausließ.

Das Wasser reichte mir bis an die Hüften, und nur wenn ich stolperte, versank ich bis zum Hals darin. Doch die Strömung war so gewaltig, daß ich das kleine Stück ins Trockene nie ohne Hilfe geschafft hätte. Es war Mairi Beathag, die mich rettete. Ich sah sie genau vor mir, Mairi Beathag, in einem schönen Gewand, ihr wildes weißes Haar zu einem dicken Zopf geflochten, und hörte, wie sie sagte: *Er kommt nicht ohne Marsali, das tut Calum Og nicht.*

Es waren ihre Worte, die mir die Kraft zum Durchhalten gaben. Ich sagte sie vor mich hin, als mich die Flut mit sich zu reißen drohte, und wiederholte sie noch immer wie eine Gebetsmühle, als ich nur noch bis zu den Knien im Wasser stand; ich murmelte sie noch, als ich ins Trockene stolperte und auf die Bäume zutaumelte.

Ich brauchte endlos, um den nassen Knoten zu lösen und mich von dem Seil zu befreien. Ich wickelte es in aller Eile um den Stamm des nächsten Baumes, zog es straff und vertäute es. Der Rest war eine Kleinigkeit. Ich hangelte mich an dem Seil zum Haus zurück, kletterte wieder an dem Regenrohr zum Dach hinauf und half Marsali herunter.

Für Marsali freilich war es nicht ganz so einfach. Sie war steif vor Angst und Kälte, so daß sie sich kaum bewegen konnte, und war, als wir schließlich den Schutz der Bäume erreichten, erschöpfter, als ich ahnte. Ich sagte: »Laß uns schnell gehen und die Wunder von Uamh an Oir sehen.«

Sie stieß nur einen kurzen Seufzer aus und wurde ohnmächtig. Ich fing sie auf, als sie fiel.

Wir hatten uns fest untergehakt und hielten den Kopf gegen den Wind und den Regen gesenkt. Ich redete die ganze Zeit über auf Marsali ein und erzählte ihr, wie es mich zu Uamh an Oir gezogen hatte, wie ich den Zugang zu dem grünen Tal gefunden und seine Herrlichkeit geschaut hatte. Ich mußte gegen das Rauschen des Wassers ringsum anschreien und war mir nicht sicher, daß sie mich hörte. Sie sagte kein einziges Wort, sondern klammerte sich nur noch fester an meinen Arm, als ich ihr erzählte, wie der taubstumme Seoras sich lauschend über den murmelnden Bach gebeugt hatte und Eachann Crubach wie ein junges Fohlen davongehüpft war.

Wir kämpften uns die Straße hoch, vorbei an der Kate des Schuhmachers, vorbei am Laden des Krämers. Ich redete noch immer auf Marsali ein, erzählte ihr vom Fremden, von Runag und Mata, von Mairi Beathag und von dem blondhaarigen Mann, der neben dem Fremden saß und ein Seil zusammendrehte. Wir passierten die Abzweigung, die ins Dorf hinunterführte; Marsali zog mich am Arm und wollte nach Hause gehen, während ich sie auf der Straße weiterschob – bis ich begriff, daß es keine Straße mehr gab.

Ich war wie vom Donner gerührt und wollte meinen Augen nicht trauen. Aber meine Augen trogen mich nicht. Ich konnte Marsali nicht zur Goldenen Höhle hinaufführen. Der Berg hatte sich völlig verändert, wie durch die Hand eines Riesen. Der Felsvorsprung, der den Eingang zu Uamh an Oir markierte, war verschwunden, begraben unter einem Berg von Felsbrocken und Erde, die durch einen gewaltigen Erdrutsch von oben herabgestürzt waren. Die riesigen Steinmassen, die die Straße verschlungen hatten, überragten sogar das höchste Haus des Dorfes.

Es war Marsali, die den bunten Stoffetzen entdeckte: Er flatterte an einem Stück Holz, das zwischen zwei Steinblöcken eingeklemmt war. Sie kletterte hinauf und kam mit der Armstütze einer Krücke und dem grellbunten Streifen Kattun wieder. Ich warf die zerbrochene Krücke fort, denn Eachann Crubach würde sie fortan nicht mehr brauchen, und stopfte das Tuch in die Tasche.

Ich ließ Marsali reden. Sie erzählte in allen Einzelheiten, was sich in der Lodge ereignet hatte – und nichts weiter. Als sie ihren Bericht beendet hatte, schloß mich unsere Mutter heftig in die Arme und drückte dann Marsali an sich, als wolle sie sie nie mehr loslassen.

Tomas Caogach war auch aufgestanden; die *cailleach* hatte ihn geweckt, nachdem ich in den Stall gegangen und nicht mehr wiedergekommen war. »Gut gemacht, Junge«, sagte er. Er holte trockene Kleider für mich, während sich unsere Mutter um Marsali kümmerte, und er war es auch, der meine Wunde am Kopf mit einem sauberen Tuch verband.

»Von mir aus kann das Korn in der Bucht verrotten«, erklärte die *cailleach.* Ihr Gesicht leuchtete vor Seligkeit, als hätten wir ihr eine Freudenbotschaft gebracht. »Wir haben bisher noch jeden Winter überlebt und oft genug am Hungertuch genagt. Meine Güte, wie leicht hättet ihr beide umkommen können. Halt die Füße ans Feuer und wärm dich auf, Mädchen.« Sie wirbelte in der Küche herum, machte Tee und stellte Scones auf den Tisch und schwatzte dabei die ganze Zeit.

Marsali begriff sofort, daß ihre Chance gekommen war. Sie las ihnen den Brief vor, den ihr die Kusine des Laird geschrieben hatte, und beide nickten und lächelten zu meiner Verwunderung voller Zustimmung und Zufriedenheit. Und als sie ihnen die Fahrkarten für den Dampfer und die Eisenbahn zeigte, nahmen sie sie mit soviel Vorsicht in die Hand, als fürchteten sie, sie könnten zu Staub zerfallen, wenn sie sie berührten.

Die drei hatten sich richtig warm geredet und legten sich ins Zeug, daß mir die Ohren sausten. Ich saß schweigend dabei, den zusammengeknüllten Fetzen Kattun in der Tasche befühlend. Ich dachte an den blondhaarigen Mann, der den Fremden gefragt hatte, wann ich kommen würde. Wie hatte ich nur so begriffsstutzig sein können! Er hatte dagesessen und ein Tau gesplissen, was doch die Arbeit eines Seemanns ist! Ich versuchte herauszubekommen, weshalb mir der Weg versperrt gewesen war. *Es wird eine schwere Reise für ihn werden, denn der Weg ist nicht leicht, und die Menschen sind so blind, daß sie ihn nicht sehen wollen.* Das waren Matas Worte. Und wie ich so dasaß, schweigend und taub gegen das Geplapper um mich herum, begriff ich plötzlich, was es damit auf sich hatte: Meine Reise war noch nicht zu Ende.

»Du solltest ins Bett gehen, Junge«, sagte die *cailleach.* »Was du jetzt brauchst, nach diesem Schlag auf den Kopf, ist Schlaf, viel Schlaf.«

»Ich fühl mich blendend«, sagte ich. Die drei starrten mich an, als sei ich ein Gespenst. Vermutlich hatten sie mich schon eine ganze Weile insgeheim beobachtet.

»Mach noch eine Kanne Tee, Iseabal«, sagte Tomas Caogach. »Es wird bald Tag, und dann werden wir sehen, was zu tun ist.«

Was die Lodge betraf, so gab es da nichts mehr zu tun, das war sogar in dem schwachen Licht des dämmernden Tages sofort zu erkennen. Alles, was von ihr übriggeblieben war, war der Rumpf eines Giebels, der wie ein dicker Finger aus dem reißenden Fluß stak, der sich schäumend und gischtend durch die geborstene Mauer in den Loch ergoß, auf dessen braunem Wasser die Trümmer der nächtlichen Verwüstung schwammen. Der größte Teil des Korns war dahin, bis auf ein paar zerzauste Garben, die stehengeblieben waren, wo das Land nicht im Wasser versunken war. Das Vieh brüllte in den Ställen, und das war etwas, was ich noch nie zu dieser Tageszeit erlebt hatte.

Vor jedem Haus des Dorfes stand eine Traube von Neugierigen; und jedes Auge starrte auf die leere Stelle, wo die Lodge gestanden hatte. Keiner gönnte dem Berg einen Blick. Nur wir beide, Marsali und ich, schauten hinauf zu der langen schwarzen Narbe, wo der Erdrutsch den Hang bis auf den nackten Felsen von Erde entblößt hatte.

Marsali holte tief Luft. »Ich hab nachgedacht, Calum Og«, sagte sie leise. »Der Mann, den du bei dem Fremden gesehen hast – der mit dem Haar wie Weizen, der nach dir gefragt hat – ich weiß, wer er war.«

Ich wußte es inzwischen auch.